Colombi e Sparvieri

ROMANZO

DI

GRAZIA DELEDDA

MILANO

FRATELLI TREVES, EDITORI

—

Terzo migliaio

COLOMBI E·SPARVIERI.

Colombi e Sparvieri

ROMANZO

DI

GRAZIA DELEDDA

MILANO

FRATELLI TREVES, EDITORI

—

Terzo migliaio

Milano, Tip. Treves. - 1913.

A Paolina e ad Antonietta Segrè.

COLOMBI E SPARVIERI

PARTE PRIMA.

I.

Dopo una settimana di vento furioso, di nevischio e di pioggia, le cime dei monti apparvero bianche tra il nero delle nuvole che si abbassavano e sparivano all'orizzonte, e il villaggio di Oronou, con le sue casette rossastre fabbricate sul cocuzzolo grigio di una vetta di granito, con le sue straducole ripide e rocciose, parve emergere dalla nebbia come scampato dal diluvio.

Ai suoi piedi i torrenti precipitavano rumoreggiando nella vallata, e in lontananza, nelle pianure e nell'agro di Siniscola, le paludi e i fiumicelli straripati scintillavano ai raggi del sole che sorgeva dal mare. Tutto il panorama, dai monti alla costa, dalla linea scura dell'altipiano sopra Oronou fino alle macchie in fondo alla valle, pareva stillasse acqua.

Ma il paesetto era asciutto; e i vecchi e gli sfaccendati avevano già ripreso i loro posti sulle panchine davanti al Municipio, su nella piazza che sovrasta la valle come una grande terrazza.

Da una delle tre case rossastre, — il Municipio,

la casa del parroco e quella di zia Giuseppa Fiore, — le cui finestruole munite d'inferriata e i balconi di ferro al primo piano guardavano sulla piazza, uscì una vecchia di bassa statura, col viso pallido seminascosto da una gonna nera in cui ella avvolgeva la testa e metà della persona come in un mantello; e prima di scendere gli scalini di granito che da una specie di «patiu» come quello dei «nuraghes» mettevano sulla piazza, volse in giro i grandi occhi cerchiati e un'espressione di sarcasmo le circondò d'un solco la bocca sdentata.

Eccoli tutti lì, sulle panchine e lungo il parapetto, gli sfaccendati del paese. Un tempo non era così, quando il villaggio, diviso in due partiti da un'inimicizia che appassionava anche i vecchi e i ragazzi, viveva d'una vita violenta ma anche attiva, e tutti stavano nelle loro case o nelle loro terre per badare alla propria roba e salvaguardarsi dai nemici. Ma da qualche anno, per intervento delle autorità ecclesiastiche e civili, le famiglie nemiche avevano fatto pace: gli animi, almeno in apparenza, si erano acquietati, e una specie di mollezza, di decadenza di costumi rendeva il paese sonnolento.

Tutto il santo giorno gli uomini giuocavano alla morra come fanciulli, e i vecchi tacevano, seduti all'orientale sopra la pietra delle panchine, immobili e già morti prima di aver chiuso per sempre gli occhi. La piccola vecchia scosse la testa sotto il suo bizzarro mantello nero, e scese lentamente gli scalini. Il vento sibilava ancora, a intervalli, e gli alberi spogli della piazza si agitavano sullo sfondo brillante del cielo come grandi polipi nell'acqua. Faceva freddo, ma i paesani barbuti e robusti, rossi in viso, con occhi nerissimi e denti candidi, erano vestiti di orbace, di pelli, di saja, con cappotti stretti e cappuccio in testa, e sentivano il sangue scorrere caldo nelle vene. Sembravano uomini di altri tempi, e il loro dialetto composto quasi tutto di latino accresceva quest'illusione.

Tutti salutarono la vecchia al suo passaggio: ella rispose con un lieve cenno del capo e scese la scalinata che dalla piazza metteva in una ripida strada in discesa. Anche dalla fontana, chiusa in una specie di tempietto con un cancello di ferro, le donne imbacuccate come arabe nelle sottane nere, mentre riempivano le loro brocche di creta e strillavano litigando, salutarono la vecchia rivolgendole parole scherzose.

— Vi siete alzata presto, oggi, zia Giuseppa Fiore! E dove andate? Se avessi la vostra pecunia starei a letto fino a mezzogiorno.

— Zia Giuseppa Fiò! Andate in chiesa? pregate Cristo che venga presto il tempo del latte e della mietitura.

— Tanti saluti al vostro vicino, il Rettore. È passato poco fa e tremava come uno stelo. Lui e voi, zia Fiò, in fede mia, siete due idioti: potete stare al caldo e ve ne andate in giro con questo tempo. Si gela, si muore....

— La tua lingua non è gelata, — rispose la vecchia, e passò oltre sdegnosa.

Il rigagnolo d'acqua che scorreva giù per la strada era coperto da un velo di ghiaccio, e dai tetti delle casette basse fumiganti pendevano ghiacciuoli enormi simili a stalattiti; qualche rimasuglio di neve scintillava qua e là sugli embrici nerastri e negli angoli ove non batteva il sole, e in ogni sfondo di straducola apparivano le montagne lontane, bianche e nere fra la nebbia, che svaniva.

La vecchia scese la strada in pendìo, che era la principale del paese, svoltò, risalì una specie di viottolo, si trovò nel piazzale della chiesa simile anch'esso ad una terrazza sospesa su un precipizio.

Di là si godeva la vista dell'altipiano; si vedeva la strada comunale serpeggiare sulle chine rocciose che dominano la chiesa e sparire nella linea coperta di boschi che chiude l'orizzonte. E la chiesa con la sua torre di pietra, l'abside e la facciata corrose qua e là coperte di edere e gramigne, pareva su quello sfondo grandioso un avanzo di castello abbandonato.

La vecchia attraversò il piazzale sterrato ed entrò; anche nell'interno della chiesa tutto era freddo, nudo e triste: solo alcune vecchie e un mendicante assistevano alla messa, e la voce lenta del giovine prete risuonava chiara nel vuoto, fra i sibili del vento che si sbatteva contro la torre come contro le rupi d'una cima deserta.

Finita la messa la vecchia aspettò che tutti se ne andassero e fece in modo d'incontrarsi sotto l'arcata della porta col sacerdote che usciva frettoloso, stretto in un grosso tabarro, con le mani dentro le maniche e il viso bianco e lentigginoso d'albino seminascosto da una sciarpa nera. Egli tremava visibilmente dal freddo e i suoi piccoli occhi grigi velati da lunghe ciglia bianche erano umidi di lagrime.

— Buon giorno, — salutò la vecchia, fissandolo in viso coi suoi grandi occhi tetri. — Mi rallegro molto di vedervi guarito. State bene adesso?

— Non c'è male, — egli disse con voce triste.
— Speriamo che il tempo si rimetta: così ci rimetteremo anche noi.

— Aria fina non ne manca! — aggiunse un po' ironica la donna, seguendolo attraverso lo spiazzo.

— Troppa fina, zia Giusé! — rispose il prete sul medesimo tono, precedendola senza guardarla. — In tre mesi che sono quassù due li ho passati a letto a starnutire, zia Giusé! Speriamo almeno d'aver fresco in estate.

— Ah, l'estate è proprio un paradiso, quassù. Missignoria[1]) vedrete. Del resto è che missignoria non si ha riguardo: oggi, per esempio, non era un giorno da uscire. State, state riguardato! Legna non ve ne manca, ben di Dio non ve ne manca. Del resto un raffreddore non è una malattia; anch'io sono stata a letto, questi giorni, e da fare certo non me ne manca. Stamattina sono uscita per la santa messa e perchè voglio visitare un malato: quello, sì, è un malato per davvero! È un disgraziato ragazzo.... uno studente....

— Ah, sì, ho capito!

— È un disgraziato ragazzo, — ripetè la vecchia, senza badare all'esclamazione vivace del prete. — È stato calunniato, qualche mese fa, è precisamente quest'estate scorsa, prima che missignoria arrivasse in paese: ed egli dal dolore s'è ammalato gravemente.... e, pare, non guarirà.... È stato all'ospedale di Cagliari fino a pochi giorni fa, ma adesso si è fatto trasportar qui perchè, dicono, vuol morire nel suo paese natio.... Dicono che non vuol vedere nessuno.... ma io procurerò di vederlo, adesso....

Il prete si fermò.

— Di che cosa è stato accusato?

La vecchia lo fissava in viso e strizzò un occhio come per significargli: «voi sapete la storia meglio di me e fingete di non saperla: ci intendiamo, però!»

— Cuore di babbo mio! — esclamò con accento drammatico. — Nessun figlio di madre venga accusato di quello che è stato accusato lui! Di

[1]) Mia Signoria.

furto, missignoria mia; di aver rubato denari in casa della sua fidanzata; cioè, per meglio dire, del nonno di questa, Remundu Corbu. Missignoria lo conosce.

Il prete accennò di sì, e traendo dalle maniche le mani coperte di guanti di lana marrone le guardò fisso, una dopo l'altra.

— Quando è tornato, quel giovine?

— Avant'ieri, credo. Quasi nessuno se n'è accorto.

— Non ha parenti?

— Nessuno: egli sta con la sua mala sorte. Si fa servire da un ragazzetto di dieci anni.

Il prete s'era mosso di nuovo e camminava frettoloso.

— Missignoria andrà certo a trovare il povero Jorgeddu, — riprese la vecchia seguendolo fino allo svolto della strada. — Glielo dirò, al povero disgraziato; gli dirò che voi non siete ancora andato perchè non sapevate del suo ritorno. Ah, non è cattivo, quell'infelice. C'è molta gente che tenta di screditarlo, dicendo che è un miscredente, un cattivo soggetto; e molti fingono di ignorare il suo ritorno in paese per non avvicinarsi a lui; ma fosse anche quale i suoi nemici lo dipingono, è una ragione per non aiutarlo? Egli è paralitico; è povero come Cristo: si aiutano anche i lebbrosi, anche i giudei: perchè non dobbiamo aiutare un cristiano?

— Va bene, va bene, — disse il prete, distratto e anche un po' annoiato, — più tardi andrò a trovarlo; basta che egli, che mi dicono un tipo prepotente, non faccia qualche scandalo. Addio.

— Ah, dunque lo sapevate che egli è tornato? — esclamò la vecchia discendendo giù per il viottolo, mentre il prete risaliva la strada della fontana.

Le porticine delle casette preistoriche s'aprivano su altissimi scalini di roccia, come se gli abitanti avessero le gambe gigantesche o si fossero premuniti contro qualche possibile inondazione: solo la penultima casa del viottolo, al di là della quale sorgeva una muriccia che recingeva un cortile sterrato, aveva due piani, con tre porte d'ingresso, di cui quella centrale grande e a livello della strada. I muri anneriti dal tempo e le piccole finestre irregolari munite di inferriata facevano anche qui pensare a un avanzo di castello medioevale.

Dal portone centrale socchiuso la vecchia intravide una specie di rimessa lastricata di macigni e in fondo un cortile ove un cavallo già sellato e carico di bisacce batteva la zampa al suolo, impaziente di partire. Ella diede uno sguardo bieco ed entrò nell'abitazione attigua.

Il luogo era triste e deserto; pozzanghere d'acqua gelata riempivano il cortiletto in pendìo, e la catapecchia che sorgeva in fondo sembrava disabitata. Una scaletta esterna, senza ringhiera, con gli scalini a metà rovinati conduceva alla stanza del piano superiore. La vecchia però, dopo aver attraversato il cortiletto badando di non rompere il ghiaccio delle pozzanghere spinse la porta della stanza terrena. Un tanfo di umido la colpì. Entrò senza salutare, quasi furtivamente, e si guardò attorno.

La camera vasta e bassa con le pareti color terra e il soffitto di assi nere di fuliggine, un tempo doveva aver servito da cucina perchè nel centro, sul pavimento di fango battuto, si notavano ancora le quattro liste di pietra del focolare; sarebbe parsa un sotterraneo senza un filo di luce azzurrognola che penetrava dallo sportello di una porticina che dava sul ciglione opposto al cortile.

Il tenue barlume illuminava una cassapanca

nera, un tavolino e un letto di legno dove coperta fin sul collo da una coltre grigiastra, con
un fazzoletto bianco intorno alle orecchie, dormiva una persona che a tutta prima sembrava
una donna. I lineamenti erano delicati, la fronte
alta nascosta sulle tempia da due bande di ·ca-
pelli neri finissimi: sotto la pelle di un grigio
azzurrognolo si delineavano le ossa, e le palpebre larghe dalle lunghe ciglia sembravano tinte
col bistro. Ma la lieve peluria che anneriva il
labbro superiore, sotto cui si notavano i denti,
rivelava il sesso del dormente.

Un'espressione di pietà raddolcì il viso tetro
della vecchia; piano piano ella andò a sedersi
sullo sgabello accanto al letto e dopo aver guardato i libri e gli altri oggetti — una bottiglia,
un bicchiere, un coltello a serramanico, — de-
posti sul tavolino senza tappeto, osservò che sulla parete, nonostante la fama di miscredente
che Jorgj Nieddu godeva, un piccolo Cristo nero
su una croce di metallo bianco curvava la testa
e pareva guardasse il malato.

— È curioso che non ci sieno medicine, — osservò fra sè la vecchia, — eppure dicono che egli
sta per morire.

Quasi per smentire questa pietosa diceria il
malato aprì gli occhi, grandi occhi lucenti d'un
nero dorato, e si animò come un morto che ri-
suscita: il suo viso si colorì, e fra le labbra ari-
de apparvero i denti intatti bianchissimi.

La vecchia gli prese la lunga mano scarna
dalle unghie violacee tenute con cura.

— Jorgeddu mio! Come ti rivedo!

— Come il Signore vuole, — egli disse, riti-
rando la mano. La sua voce era sonora ed echeggiava nella desolazione della stamberga.

La vecchia tentò di riprendergli la mano.

— Mi si spezza il cuore, a vederti così! Ma spe-

riamo che le tue pene cessino presto, anima mia.
bella! Ieri soltanto ho saputo del tuo ritorno:
sarei corsa subito, ma stavo poco bene anch'io.

— Eppoi pioveva!

— Questo non mi avrebbe trattenuto, figlio caro. Ma ho avuto anche altri impicci: sto accomodando la casa perchè devo alloggiare il Commissario regio. Tu sai che hanno sciolto il Consiglio comunale, perchè c'era chi mangiava a
due palmenti, figliuolo mio, e siccome anche gli
altri volevano mangiare ne nasceva questo: che
tutti si azzuffavano come i cani davanti al-
l'osso....

Ella parlava rapidamente come cercando di
stordirlo con le sue notizie; ma egli non si pla-
cava, e se il suo viso ridiventava pallido gli occhi continuavano ad esprimere un'ira interna, un
senso di diffidenza angosciosa.

— Adesso, come ti dico, arriva il Commissario:
dicono sia un cavaliere, un uomo come si deve,
che metterà a posto tutti; e chissà che non faccia qualche atto di giustizia! Tu forse mi capisci, Jorgeddu mio, tu capisci di chi voglio
parlare....

— Io sto davanti a Dio, zia Giusé! Egli solo
può rendermi giustizia!

— Non parlare così! Sei giovane e guarirai presto. Che malattia è la tua?

— Non lo so neppure io. Ho le gambe paraliz-
zate, e alle mani sento sempre un formicolìo e
se tento di sollevare la testa una vertigine terribile mi assale.... Non lo so.... non lo so.... —
egli proseguì con voce tremula, morsicandosi le
labbra per frenare il pianto. — Sono come lo
stelo del frumento, che la tempesta ha spez-
zato.... La spiga è matura.... e giace al suolo....
e nessuno la raccoglierà....

— Ma i medici, cosa dicono? Quello di qui è

mezzo matto e non capisce nulla, ma gli altri, quelli della città? Quelli son sapientoni....

Al ricordo dei medici e delle loro contradizioni, il malato si sdegnò; il suo viso fino riprese una espressione di energia che contrastava col tremito delle labbra, con le lagrime che bagnavano l'orlo delle palpebre. E come un gioco di luce e di ombra, di vita e di morte, passò su quel viso cadaverico, entro quegli occhi ove brillava un'anima ribelle.

— Che sanno i medici? Anch'essi!... Siamo tutti eguali, zia Giusé; tutti ignoranti! Uno mi disse che dovevo morire fra otto giorni, e un altro fra dieci anni! Uno mi disse che dovevo restare laggiù, un altro mi consigliò di tornare qui....

— Hai fatto bene a tornare. E dimmi una cosa: sei solo? Chi ti ajuta? E la tua matrigna?

— State zitta! Essa mi odia! Son solo, sì, come la belva ferita nella sua tana: tutti mi credono un ladro e nessuno si avvicina a me.... anche perchè tutti han paura che io domandi loro l'elemosina.... No, zia Giusé! Non ho bisogno di nulla, io; non domando che di lasciarmi morire in pace. Non venite a tormentarmi....

Ma la vecchia impassibile riprese le sue domande:

— Il dottore di qui è venuto? Che dice quel matto?

— Dice che guarirò: invece io so che morrò: e son tornato qui apposta, perchè qualcuno dica: l'ho fatto morire io....

— E tu credi che chi ti ha calunniato possa pentirsi? Ti inganni, figlio mio: quella è razza di assassini, — aggiunse a bassa voce, curvandosi sul malato, — sparvieri sono, maledetti sieno! Sono abituati ad uccidere, quelli; e l'unica arma che possa ferirli è quella che adoperano loro....

Egli agitò la mano come per respingere la vecchia e mormorò:

— Basta.... Tutti son morti, per me....

— No, non tutti. Io sono qui per aiutarti.... se tu vuoi. Poco fa ho incontrato il nuovo parroco, che abita vicino a me; io lo vedo poco, perchè anche lui è sempre malaticcio. Egli dice che non sapeva del tuo ritorno. Chissà!... Ad ogni modo io l'ho informato, ed egli ha promesso di venire a trovarti. È il suo dovere, del resto. Trattalo bene; non è cattivo; solo, dicono, non vive volentieri quassù, e da tre mesi che è arrivato, nessuno lo ha più veduto sorridere. Ricevilo con rispetto; vedendolo venir qui, la gente avrà miglior opinione di te....

— Diranno che l'ho chiamato per confessarmi!

— Bene! Tutti i cristiani vivi pecchiamo, figlio mio: sono soltanto i grandi peccatori, le anime dannate all'inferno, che non si confessano: vedi loro? Essi non vanno quasi mai in chiesa.... Dicevano, anzi, che la ragazza ti piaceva perchè miscredente.... Ti capisco, anima mia, — aggiunse, vedendo il malato mettersi la mano sotto la guancia e chiuder gli occhi con stanchezza, — ti fa male sentir parlare dei tuoi nemici: lo so, è come frugarti una piaga. Ma tu fai male a perdonare. Neppure Dio perdona i calunniatori, i perversi. Tu hai fatto male a non querelarli.... ma sei sempre a tempo; ed io, se vorrai, ti servirò da testimone. Io conosco da lunghi anni quella gente malvagia, ed io sola so di che cosa è capace il vecchio sparviero. Egli è stato la mia rovina, la rovina della mia casa.... Adesso che verrà il Commissario e metterà molte cose a posto, adesso tu devi tutelare il tuo onore: adesso che il vecchio non fa più parte del Consiglio, forse sarà facile ottenere giustizia. Io ti troverò i testimoni, figlio mio caro: troverò

molta gente che non avrà più paura di dire che
Remundu Corbu ti ha calunniato. Io farò per
te quello che una madre potrebbe fare per il
suo figlio: io cercherò l'avvocato, andrò a Nuoro
io stessa in persona.... Ma tu non stare così, come la lucertola sotto la pietra. Un uomo deve
sempre difendere il suo onore....

Giorgio tremava di sdegno, ma chiudeva gli
occhi e stringeva i denti per frenarsi. Incorag-
giata dal suo silenzio la vecchia proseguì:

— Io darò alloggio al Commissario; e ti dico
una cosa, che lo faccio perchè spero che egli ci
renda un po' di giustizia: altrimenti non lo avrei
fatto, perchè, sia lodato il Signore, io non avrei
bisogno di disturbarmi. Son vedova, son sola... e
benchè il vecchio sparviero abbia cercato di ri-
durmi alla miseria non c'è riuscito.... Egli mi ha
frodato, egli mi ha rubato, ma non del tutto.
Tu sai la storia; sua moglie, Mariagrassia Fiore,
era mia cugina: entrambe avevamo uno zio prete,
il vecchio Rettore Fiore, che lasciò i suoi beni
metà a me e metà a lei. Ebbene, e che cosa fece Remundu Corbu? Egli si impossessò di tutto:
la casa dove sta lui era mia, la tanca dove pa-
scola il suo bestiame era mia.... E cominciò la
lite; ma era il tempo delle inimicizie e la giustizia non giudicava bene le cose nostre perchè
credeva che tutte le testimonianze fossero false, che tutti parlassero e agissero secondo il proprio odio personale. Così io perdetti la lite e
mio marito morì di crepacuore: egli era un san-
t'uomo, Dio lo abbia accolto nel suo seno, ma
era dolce e molle come il miele.... Anche lui era
come sei tu, anima mia: moriva di dolore piuttosto che farsi giustizia da sè. Ad ogni modo egli
era sempre la colonna della mia casa, perchè val
sempre più un uomo debole che sette donne forti,
e dopo la sua scomparsa io son rimasta come

una cerva ferita; a che servono le sue gambe se essa non può correre? Ma la donna è paziente, figliuolino mio; essa non muore di crepacuore perchè aspetta, perchè crede nel giorno della giustizia; e Giuseppa Fiore è una donna! Tu mi capisci....

— Vi capisco, sì! — egli disse spalancando gli occhi luminosi di sdegno. — Voi non siete venuta qui per carità; siete venuta per odio. Andatevene!

Ella capì che per il momento non doveva insistere. Gli mise una mano sul capo, mentre con l'altra frugava nella sua saccoccia curvandosi sul fianco per cercar meglio, e riprese con voce dolce:

— Non adirarti; ti farà male.... Io non odio nessuno; ma desidero che venga fatta giustizia. Ma tu non sdegnarti, anima mia, sta tranquillo, cerca di curarti. Hai bisogno di nulla?

Trasse di tasca una moneta di argento e cercò di metterla sotto il guanciale; ma Jorgj se ne avvide e respinse la mano di lei.

— Non voglio nulla! per carità, lasciatemi in pace.... Andatevene!

La vecchia si alzò e rimise in tasca la moneta.

— Tu fai male a ricevere così la gente, Jorgeddu mio! Tu che perdoni ai tuoi nemici dovresti almeno accoglier bene gli amici!

— Amici! — egli disse con fiera tristezza. — Da tre giorni che son qui, nessuno è venuto a portarmi una parola di amore. La prima a ricordarsi di me siete voi; voi.... ma spinta dal vostro odio!... Basta.... neppure nel sepolcro mi lasciate in pace....

Il suo viso si contrasse come ad un sorriso amaro e uno scoppio di pianto infantile agitò il suo povero corpo ischeletrito.

La vecchia era intelligente: capì che nulla poteva confortare tanto dolore, e una pietà selvag-

gia la vinse, ma non una lagrima bagnò i suoi
occhi. Senza pronunciare più una parola si riavvolse nella sua gonna e se ne andò, decisa a
cercar giustizia contro il nemico comune, giustizia per sè, giustizia per l'infelice fanciullo.

II.

Subito dopo arrivò il servetto.

Giorgio si asciugò gli occhi per non farsi scorgere a piangere, ma anche perchè ogni volta che
entrava nella stamberga quel bel ragazzetto sano
ed agile i cui occhioni neri scintillanti erano come illuminati da una gioia inesauribile, i cui
capelli riccioluti e polverosi ricordavano il vello
degli agnellini di primavera, egli provava un senso di sollievo. Il servetto vestito con un costume
di orbace nero e di saja giallognola gli ricordava la sua infanzia, i luoghi più amati, la salute
perduta; inoltre gli era necessario, era l'unica
persona di cui egli si fidava ancora e da cui si
sentiva amato.

— Pretu, — gli disse, mentre il ragazzo versava l'acqua dalla brocca e insaponava uno straccio, — prima di lavarmi pulisci un po' intorno,
perchè deve venire qualcuno.

Sorpreso, il ragazzo si sollevò col catino del-
l'acqua tremolante fra le mani.

— Ma se ho detto a tutti che voi non volete
veder nessuno?

— Eppure qualcuno verrà.

— Be' cacciatelo via! — consigliò Pretu aggrottando la fronte; — tanto tutti parlano male
di voi e dicono che Dio vi castiga perchè siete
un miscredente, e che la vostra è una malattia.

che attacca.... Anche a mia madre han detto:
perchè lo lasci andare, tuo figlio? Gl'insegnerà
le cose contro Dio e gli attaccherà la malattia....
Ma mia madre non crede; però dice: e perchè
Jorgeddu non chiama il prete per confessarsi?

— Va bene, pulisci: il prete verrà....

— Il prete verrà? E chi vi ha detto che verrà?

— L'ho sognato....

— Ah, anch'io ho sognato che avevo un «sonette»[1]), e suonavo, qui sulla porta, ed era caldo.... Ecco, se il prete viene vi porterà qualche
cosa, perchè lui fa regali a tutti, e voi ditegli:
no, regalatemi un piffero per il mio piccolo servo, così egli suonerà e staremo tutti e due allegri!...
Intanto aveva preso un fascetto di scope legato con un giunco e puliva il pavimento, curvandosi e facendo forza con ambe le mani. Ogni
tanto si sollevava, scuotendo i capelli che gli
spiovevano sul viso olivastro e guardava verso
il cortile.

— Verrà stamattina, forse? Adesso accenderò
il fuoco e farò il caffè. Lo devo fare anche per
lui? Ma.... e la chicchera? Ci vorrebbe una bella chicchera e noi non ne abbiamo. Posso do-
mandarla in prestito.... Ma egli ha buon caffè
e buone chicchere a casa sua! — disse poi, ri-
pensandoci bene, — egli è ricco e non ha bisogno del nostro caffè. Dalla finestra aperta si
vedono i cadregoni rossi, in camera sua. Ma chissà se egli verrà presto. Mia madre oggi deve andare a infornare il pane in casa di Franzisca
Bellu, ed io devo spicciarmi presto perchè devo
badare al mio fratellino piccolo. Intanto vi farò
cuocere un uovo e vi metterò tutto sul tavolo....

— Pretu, — domandò sottovoce il malato men-

---

[1]) Un piffero.

tre il servetto dopo aver acceso un po' di carbone
in un fornellino a mano apriva la cassa aiutan-
dosi con la testa per tener sollevato il coperchio, — hai veduto qualcuno?

— Ho veduto i vecchi in piazza; essi tornano
a uscire come le lucertole al sole; poi ho incon-
trata zia Giuseppa Fiore, che saliva di quaggiù.
Abbiamo ancora tre uova, lo zucchero, il pane....

Il malato tacque; e il ragazzo, mentre preparava il caffè facendolo bollire in un pentolino
di terra che serviva a molti usi, e per non per-
der tempo metteva l'uovo fra la cenere calda
sotto il fornello, continuò a riferire le notizie
del paese. Sua madre era una infornatrice di
pane d'orzo e il suo mestiere le permetteva di
entrare in tutte le case dei proprietari e di sapere tutti i pettegolezzi del paesetto.

— Questa notte scorsa è stata a infornare in
casa di zia Martina Appeddu, quella che fa le
medicine e le magie, sapete; e parlavano di voi
e dicevano che vi siete ammalato perchè il nuovo fidanzato di Columba, quella che era la vostra sposa, sapete, vi ha «legato», cioè vi ha
fatto una malìa. Lui è un proprietario di Tibi,
e dicono che ci ha la barba lunga, ed è vedovo,
ma è un riccone, che una palla gli trapassi il
cappuccio, ha tre «tancas» in fila, col fiume in
mezzo, e duecento pecore e cinquanta vacche e
un cane che costa quaranta scudi. Quello deve
mordere, sì! Dicono che quando Columba si sposerà, lo sposo verrà con tutti i parenti, tutti a
cavallo, e che zio Remundu, il nonno di Columba, sapete, che una palla gli sfiori i baffi (anche quello ne ha soldi!) farà ammazzare tre vacche e venti capre, per il pranzo.... Ma, dicevo,
là da zia Martina le donne che facevano il pane
affermavano che questo sposo vi ha «legato»,
per farvi ammalare e restar impotente finchè lui

non si porta via Columba: altrimenti ha paura
che essa faccia ancora all'amore con voi.... Oh,
ecco, grazie a Dio, il caffè è fatto e l'uovo cot-
to. Adesso preparo tutto qui, e poi guardiamo
se viene il prete....

Per quanto si sforzasse a parer tranquillo, il
malato tremava. Cento domande gli salivano alle labbra, ma si frenava e taceva perchè desiderava che il servetto lo credesse indifferente a
tutto, e come tale lo descrivesse a chi domandava notizie di lui.

Malamente, sollevando appena la testa, poichè se si alzava a sedere orribili vertigini lo
coglievano, sorbì l'uovo dal guscio e il caffè
dalla rozza scodella dove Pretu l'aveva versato,
indi si passò uno straccio bagnato sul viso e
sulle mani e cominciò a pulirsi le unghie. Quest'ultima operazione faceva ogni volta sorridere
il servetto, che per conto suo non ricordava di
aversi mai tagliato le unghie anche perchè esse
non crescevano mai: egli però compativa il suo
padrone che aveva tempo da perdere ed era un
po' stravagante.

Con una forza ed un'agilità straordinarie spo-
stò alcune pietre che ingombravano un angolo
della stamberga, finì di ripulire, si caricò sul-
l'omero la brocca più grossa di lui e andò a riem-
pirla alla fontana; e alle donne che cominciarono
a interrogarlo disse che il prete doveva visitare il
malato. In un attimo la notizia si sparse per il
paese e vi destò grande sorpresa.

Quando Pretu rientrò, il parroco non era ancora arrivato; Giorgio però sembrava più tranquillo e leggeva un libriccino nero che teneva
sempre sotto il guanciale.

— Ho guardato per tutte le strade, — disse
il ragazzo deponendo la brocca, — ma il prete
non si vede. Io tornerò a mezzogiorno, e se lui

viene ditegli che se non ha il piffero ci regali almeno un libro di canzoni sarde, ma con la rima e allegre, non serie come quelle del vostro libriccino. Voi me le leggerete ed io le imparerò a memoria. Ecco che cosa ho comprato.... son due rognoni di maiale; guardateli, sembrano due fichi, e così saranno dolci....

Li sollevava e li pesava umidi e violacei sulle sue manine sporche, mentre il malato li guardava sorridendo quasi felice.

— Ma il dottore non vuole, io devo prendere solo latte e uova.

— Egli non lo saprà, che vi importa?

Uscito il ragazzo, Giorgio riprese a leggere il suo libriccino di « canzoni serie ». Fuori il vento mugolava fra i dirupi dietro la casupola, ma il raggio di luce che penetrava dallo sportello diventava sempre più vivo, d'un azzurro dorato, e arrivava al viso diafano di Giorgio circondandolo come d'un'aureola. Ed egli continuava la lettura dei Salmi e il piccolo Cristo dalla parete scura pareva curvasse la testa sanguinante per guardare anche lui le Sacre Scritture.

« Signore, come mai si sono moltiplicati quelli che mi perseguitano? molti insorgono contro di me. Molti dicono all'anima mia: Salute per lui non è nel suo Dio. Da' udienza, Signore, alle mie parole; pon mente alle mie grida. Dappoichè a te indirizzerò le mie preghiere; al mattino, o Signore, tu esaudirai la mia voce, perocchè tu non sei un Dio che ami l'iniquità.

« Nè starà presso di te il maligno; nè gl'ingiusti potran durarla innanzi agli occhi tuoi.

« Tu disperderai tutti quelli che parlano menzogna, e l'uomo sanguinario e fraudolente sarà in abbominio al Signore.

« Signore, conducimi nella tua Giustizia; per riguardo ai miei nemici fa' tu diritta innanzi a te la mia via ».

III.

Verso mezzogiorno il servetto tornò.

— Mia madre sta ancora lì a infornare il pane: son passato e sentivo che le donne parlavano di voi e dicevano: se ci va il prete segno buono; segno che Jorgeddu si pente e butta al fuoco i suoi cattivi libri: forse il Signore lo aiuterà.... E mia madre diceva: forse Martina può fare qualche medicamento per lui e scioglierlo dalla malìa con cui Zuampredu Cannas l'ha legato.... Cosa vi pare? Dobbiamo dirglielo a zia Martina di venire a trovarvi?

— Ma va, sta zitto e fa cuocere bene i rognoni: mettici l'aglio e il rosmarino secco, se ce l'hai.

— E dove lo trovo, il rosmarino secco? Forse fresco se ne trova: ne ho visto una pianta lassù al cimitero....

— Ah, quella è proprio adatta per me!

E risero entrambi, mentre l'odore gradevole dei rognoni fritti si spandeva nella stamberga ed eccitava l'appetito del malato. Egli mangiò con avidità infantile e il servetto dopo aver fatto ancora un po' di pulizia se ne andò ripetendo:

— Se viene il prete domandategli il sonetto, vi prego! Adesso tornerà la primavera, verranno le giornate lunghe, e dopo mangiato fa piacere stare all'ombra e suonare. Io mi metterò accanto alla porticina e voi dormirete.

Al malato sembrava già di sentire la sonnolenza primaverile; del resto egli provava sempre una lieve vertigine, un sopore che non lo ab-

bandonava se non nei momenti di grande eccitazione: il passato, nel quale riviveva continuamente, gli appariva come un sogno confuso, e
tutto, nel presente, era per lui caliginoso; eppure attraverso questo velo fosco la vita gli sorrideva ancora come una sirena dagli abissi del
mare in tempesta.

La giornata passò, lenta e triste nella stamberga, luminosa al di fuori, nel paese e nei valloni
pieni di sole e di vento: egli contava le ore suo-
nate dall'orologio di Santu Jorgj i cui rintocchi
gli sembravano i gridi di una cornacchia, e nel
suo dormiveglia aspettava sempre l'arrivo del
parroco, ma provava, come fin dal primo momento del suo ritorno, anche un senso di attesa
angosciosa, il desiderio e la speranza che prima
o dopo del prete un'altra persona arrivasse....

Ascoltava i più piccoli rumori del cortile; e le
voci lontane, i nitriti dei cavalli, il canto delle
galline, ogni vibrazione ogni suono gli destava
un ricordo.

Un passo che finalmente risuonò sui ciottoli
della straducola lo scosse dal suo sopore: il tramonto di marzo arrossava il piccolo vano del
finestrino, l'aria s'era fatta tiepida; ma nella
stamberga perdurava l'odore dell'umido e in fondo verso la porta del cortile era quasi buio.

Una voce timida un po' rauca domandò il permesso di entrare, e la figura alta e curva del
prete s'avanzò titubante. Aveva la sciarpa nera
intorno al viso scialbo, le mani entro le maniche. Giorgio lo fissò, e quello sguardo vivido
d'intelligenza, limpido e parlante come lo sguardo di un bimbo, parve intimidire maggiormente
il prete.

— Defraja, il nuovo parroco, — egli mormorò
curvandosi alquanto sul letto.

Il malato gli accennò lo sgabello, osservando

che la mano del prete, posata timidamente sulla
sua, era pallida e magra: si rassomigliavano, le
loro due mani, come quelle d'una stessa persona, ma invece di intenerirsi Jorgj provò una
sorda irritazione. Se il prete era malato, se sapeva che cosa era il dolore, doveva muoversi
prima per confortare il suo simile. Egli aveva
tardato troppo: oramai Jorgj lo metteva nel numero dei suoi nemici.

Ma l'altro intuì subito quest'avversione e cercò
di scusarsi:

— Solo stamattina ho saputo del suo ritorno....
Se no sarei venuto subito, sebbene mi tormen-
tasse un po' di febbre.

Sedette e guardò con insistenza i libri che erano sul tavolo.

— Eppoi il tempo era così brutto!... — disse
Giorgio con voce amara, e altre frasi scortesi
gli salirono alle labbra; ma si frenò, al solito,
anche perchè era certo che il prete lo avrebbe
in qualche modo provocato. Allora toccava a
lui parlare.

— E da molto tempo così malato? Come ha
cominciato la sua malattia?

— Non so.... Il medico dice ch'è una forma di
nevrastenia acutissima: forse e senza forse questa è una menzogna pietosa. Io credo sia una
paralisi....

— Una paralisi non le avrebbe prodotto questi
effetti. Sì, dev'essere una forma di nevrastenia....
La malattia del secolo! Anche i pastori, sulle
montagne, anche le donnicciuole dei villaggi se
ne lamentano....

Egli parlava serio e con la buona intenzione
di confortare il malato; ma Jorgj rispose ironico:

— Anche i pastori e le donnicciuole possono
avere un'anima o meglio un sistema nervoso sensibile, e soffrire fino ad ammalarsi....

— Ma la nevrastenia non è un prodotto del dolore morale; son le cure, la fretta di vivere, lo sforzo cerebrale, l'esaurimento fisico che la producono....

— Dica pure l'ambizione, la febbre del godimento.... la perversità dei propri intenti.... dica pure, non m'offendo!

— Parlavo in generale; del resto anche nei villaggi non si scherza, in fatto di ambizione, di vanità e di vizi. E più la popolazione è scarsa più queste passioni sono vive. Vedo che anche quassù..... sebbene la popolazione sia buona e generosa, in fondo.... vedo che anche quassù, dicevo, l'amor proprio esagerato, l'ambizione e la diffidenza non fanno difetto.... Del resto tutto il mondo è paese.... Da per tutto gli uomini si urtano fra di loro come le foglie d'una stessa pianta scosse dal vento, e nessuno pensa che la nostra vita è appunto un soffio di vento che passa....

— Appunto per questo bisogna goderla!

— Quando si può lecitamente! O almeno senza far male agli altri. Ma.... quando non si può? Allora bisogna rassegnarsi, e pensare che Dio ci manda le tribolazioni, in questa vita, per compensarci nell'altra.... Ogni nostro dolore ci verrà ripagato al doppio, al triplo di gioia; è come se noi facessimo un prestito ad usura....

Gli occhi di Jorgj scintillarono.

— E quelli che fan del male? che fanno il male per il male, anche se ciò non è necessario per la loro felicità? Che verrà riserbato a loro?

— Lei lo sa meglio di noi!

— L'inferno, vero? Essi se ne ridono, dell'inferno! Eppure essi vanno in chiesa; e sono amici dei preti.... Come spiega questo, lei?

— Essi sono ipocriti....

— E perchè allora i ministri di Dio non cer-

cano di smascherarli? perchè lei, scusi, non va
da loro, invece di venir da me?

— Che ne sapete voi se io ci vado o no? —
gridò il prete dandogli del voi, mentre due macchie rosse gli colorivano le guance.

— Ah, è vero, lei può dirmi: e non sono qui
da te?... Secondo molti io sono un malfattore:
io avrei calpestato le leggi divine ed umane per
il mio egoismo. E lei viene qui per convertirmi, per indurmi alla confessione e alla peni-
tenza....

— Nessuno di noi può dire: sono senza peccato! Dire il contrario è già un peccato di superbia, di ribellione a Dio. E uno come voi, am-
mettiamo pure calunniato, perseguitato, che non
riconosce la mano di Dio (Egli solo sa i suoi
fini!) e si ribella, e grida contro quel Divino
volere che ha guidato e fatto soffrire lo stesso
Cristo, ebbene, dico, uno che opera così fa più
male col suo cattivo esempio che se avesse davvero commesso il male di cui lo accusano!

— Grazie! Non c'è male, allora! Io dunque
avrei fatto meglio a rubare che a dirle, adesso:
voglio morire in pace; non voglio veder più nessuno degli uomini che mi hanno tormentato!

— Io non vi ho tormentato.... — mormorò il
prete, conciliante, quasi commosso.

— Lei fa peggio degli altri! Almeno essi, sa-
pendomi vinto, non si curano più di me: lei invece viene a tormentarmi ancora.... Ah, prete Defraja, lei tormenta un morto!...

— Ma io non vi tormento, figlio caro; abbiate
pazienza. Se volete me ne vado subito, vi lascio
in pace, ma non dite quello che non è.

— Come, non è? Lei viene a parlarmi di vita
futura, di compensi, di prestiti ad usura.... lei
viene insomma a dirmi: bada che stai per morire, confessati, dà ai tuoi nemici la soddisfazione

di dichiararti colpevole; e questo.... e questo....
non è un tormento?...

Il prete scosse la testa; ma i suoi occhi sfug-
girono quelli del malato e un'espressione di pietà
alquanto ironica gli si diffuse sul volto.

— Io non vi ho detto questo, precisamente!
Qualunque malato si confessa, senza per questo
dar da credere che abbia commesso delitti!
Chiunque crede in Dio procura, avvicinandosi
a lui, di mondarsi l'anima, come ci puliamo il
viso e ci mutiamo i vestiti quando andiamo presso una persona a noi superiore. Solo chi non
crede in lui....

— Io credo in Dio, — disse con voce grave
il malato, — ma fra me e lui non esistono in-
termediari, e l'anima mia è davanti a lui nuda
e pura e non ha bisogno di vestirsi....

Il prete continuava a scuoter la testa curva
sul petto come per significare: no, non c'intendiamo!

— Sì, — riprese il malato, — l'anima mia è
pura e nuda davanti al Creatore, e qualunque
contatto potrebbe macchiarla.... Egli mi ha purificato col ferro e col fuoco del dolore e riconosco e benedico la sua mano, ma respingo con
orrore il giudizio di qualsiasi uomo, sia pure un
sacerdote. Per me uomo è sinonimo di menzogna. Via, via, non voglio veder nessuno.... Da
bambino sono stato perseguitato, maltrattato,
calpestato; anche mio padre mi tradiva.... ed
io mi ostinavo a credere ancora alla bontà del
prossimo.... Ero ambizioso, sì, lo confesso, sì,
volevo innalzarmi al di sopra degli altri, ma
senza macchiarmi.... Il mio guajo è stato questo,
perchè il colombo non può vivere in mezzo agli
sparvieri. Ed essi mi hanno dilaniato il petto....
Ma cattivo non sono stato mai; il mio solo errore è stato quello di amare la vita, come ancora

la amo, come l'amerò fino all'ultimo respiro. E
lei viene a parlarmi di morte, e, grazia sua, ammette ch'io sia calunniato mentre mi vede qui
vinto, abbattuto dai colpi della perfidia umana....
Ah, un uomo che commette il male non si lascia vincere così dal dolore!

— Calmatevi, figlio caro! Voi siete malato di
nervi, e tutto vi si può perdonare; ma non bestemmiate, non parlate più così, se volete conciliarvi col prossimo. L'amore si ottiene solo con
l'amore.

— Io non ho ottenuto che odio: ecco perchè
ho finito con l'odiare anch'io! Adesso io non
domando più nè amore nè odio. Non domando
che di esser lasciato in pace. Morrò, sia pure! Ma
lasciatemi morire tranquillo. Vi cerco, io? No!

Abbassò le palpebre violacee e parve addormentarsi; ma la sua fronte era lucente di sudore e un tremito gli agitava di tratto in tratto la mano. Allora il prete sollevò la testa e
tornò a guardarlo in viso, curvandosi su lui e
parlando a bassa voce.

— Sentitemi; è un fratello che vi parla. Se
continuerete così non farete che aumentare il
numero dei vostri nemici; tutti vi abbandoneranno e resterete solo e disperato, perchè non
è vero che si possa viver soli, no! Soli non si
vive; si muore. L'uomo ha bisogno del suo simile, e prova ne sia che voi siete ritornato qui
per rivedere le persone che dite di odiare. Riflettete bene alle vostre parole, alle vostre follie, e staccatevi dalle cose terrene, se veramente
volete essere un uomo superiore.... Gli uomini
hanno un'anima immortale; ed è questa che bisogna amare; essa è parte di Dio, e amandola
noi amiamo Dio medesimo....

Giorgio spalancò gli occhi, li fissò in quelli
del prete, tornò a chiuderli.

— Io amo Dio e da lui aspetto giustizia: non amo l'uomo appunto perchè gli manca il senso della giustizia. Mi provi lei che c'è al mondo un uomo giusto, e tornerò a credere nell'uomo.

— Che devo fare?

— Ebbene, ascolti; io le farò la mia confessione, poichè lei vuole questo da me.... Gliela scriverò.... poichè voglio che ella si fermi bene in mente ogni mia parola; le dirò i miei errori, i miei falli.... E lei.... lei.... dal pulpito, quando i fedeli sono raccolti in chiesa, legga o dica ciò che io le confesserò.

Il prete sorrise.

— Che v'importa del giudizio degli uomini? voi dovete amarli quali essi sono.

— E allora anch'essi mi amino quale io sono, o stiano lontani da me. No, — disse infastidito, sollevando l'angolo del cuscino per nascondersi il viso, — noi non possiamo comprenderci, prete Defraja! Se ne vada; mi lasci in pace. Io non ho bisogno di nessuno; io sono tornato qui per morire, e ogni ora che passa mi distacca dal mondo. Lo dica pure ai miei nemici; io sono tornato per dar loro lo spettacolo della mia miseria. Se questo può destare nel loro cuore un palpito di pietà, se essi, nel loro intimo, possono dire a loro stessi: noi siamo ingiusti, bisogna ravvederci!... ebbene, prete Defraja, la mia sventura non sarà stata inutile, ed io benedirò il Signore che per mezzo del mio affanno ha ancora una volta toccato il cuore dell'uomo.

Ma il prete non capiva, o fingeva di non capire, e cercò di metter termine al doloroso colloquio.

— Calmatevi, calmatevi.... Voi tremate e sudate.... Ciò può farvi del male. Io me ne andrò, adesso, e vi domando scusa se la mia presenza vi ha irritato.... Non discutiamo più; io sono

qui come un amico, non come un prete. Parliamo
d'altro, se volete, ma calmatevi!

Giorgio tese la mano come per respingerlo.

— No, no; è meglio che se ne vada.

Il prete si alzò: un lieve tremito di sdegno
gli muoveva il labbro inferiore.

Per un momento rimase immobile davanti al
letto, con le mani raccolte e la testa reclinata,
perplesso, combattuto fra la collera e la pietà.

— Io me ne vado, allora. Ma sarò pronto ad
ogni vostra chiamata.... Nessuno può volervi male, ed io meno di tutti.... ricordatevelo....

Giorgio non rispose. Provava come un'ebrezza
di orgoglio, gli pareva di aver parlato con dignità e con sincerità. Eppure, rimasto solo non
si calmò. Tremava, aveva paura di morire da
un momento all'altro e invocava la presenza di
Pretu. Per calmarsi riprese il libriccino dei Salmi
e i suoi occhi corsero a caso sui versetti, come
l'ape va qua e là sopra i fiori che crede più
dolci.

«Nella fornace si provano i vasi di terra e
nella tentazione della tribolazione gli uomini
giusti.

«Periranno nel laccio quelli che si rallegrano
della caduta dei giusti, e il dolore li struggerà
prima che muoiano».

E la sera calò, fredda e limpida come una sera
di autunno. Dal suo giaciglio il malato vide il
vano del finestrino coprirsi come d'una lastra
di cristallo verde e una stella, Venere, grande,
senza raggi, luminosa come una piccola luna,
brillarvi a lungo e tramontare dietro la linea dello sportello.

Da tanto tempo egli non aveva più veduto
un simile spettacolo! Una gioia infinita lo in-
vase: gli pareva che la stella avesse guardato
entro il tugurio con uno sguardo d'amore. Ma

a poco a poco tutto fu buio: il cielo s'oscurava
e il vento, calmatosi alquanto dopo il tramonto,
riprendeva a sibilare con più forza; qualcuno si
mosse nella stanza superiore e mentre dal soffitto cadeva sul malato una pioggia di polvere,
di fuliggine e di calcinacci, una nenia funebre
scese di lassù attraverso le aperture delle assi
come da un luogo lugubre lontano.

Egli si coprì la testa col lenzuolo rabbrividendo.
Gli pareva che sul suo capo un essere malefico
cantasse per lui fra i sibili del vento le preghiere dei morti: i ricordi lontani della sua triste
infanzia gli tornarono in mente, la tetra figura
della matrigna passò e ripassò nello sfondo scuro
della stamberga.

L'arrivo del servetto lo rianimò.

— Fra poco viene il dottore. L'ho incontrato
che trottava col suo bastone e lo batteva sulle
pietre: sogghignava come un diavolo e mi domandò: «Non è ancora morto il tuo padrone?
Ebbe', la visita del prete non lo ha ammazzato?»
Io gli risposi: «Non so neppure se il prete sia
venuto; spero di sì, perchè volevo chiedergli un
sonetto». E lui disse sogghignando: «Ah, sì, un
sonetto? e perchè non ti suoni la pelle della
pancia, tanto è vuota?» E io replicai: «Se la
suoni lei!»

— Accendi il lume. La senti? — gli disse Giorgio senza badare alle sue chiacchiere, tendendo
l'orecchio alla nenia funebre che s'era fatta lieve e sottile come uno zufolio.

Pretu sollevò il viso verso il soffitto.

— E proprio qui sopra! Sì, adesso vado a guardare: deve essere la vostra matrigna che canta
così per dirvi che state per morire.

— No, lasciala in pace; altrimenti fa peggio.

Il servetto diventò pallido e si fece il segno
della croce.

— E se invece fosse uno spirito? Oh, tu, — gridò verso il soffitto, — se sei anima buona va in ora buona, se sei anima mala va in ora mala....

La voce tacque.

— Avete visto, zio Jorgj? Tace! O è proprio la vostra matrigna o è proprio uno spirito! Ma quando io avrò il piffero suonerò e non si sentirà più. Lo avete chiesto al prete? No? Che testa avete! Non pensate mai a divertirvi.... Ma ecco il dottore!

Il rumore di un bastone ferrato risuonò sui ciottoli della strada; s'udì una voce di baritono che accennava un'aria del «Mefistofele» e una strana figura si avanzò inciampando sulle pietre del focolare. Pretu si ritirò quasi pauroso in un angolo e non aprì più bocca.

Il dottore sembrava un uomo del Nord, alto e grosso, vestito di un lungo soprabito di orbace con manichini e collo di volpe: un berretto della stessa pelliccia calato fin sulle orecchie confondeva i suoi peli con quelli di una gran barba rossiccia.

Due occhietti verdazzurri, or limpidi e infantili, or foschi e minacciosi, brillavano fra tutto quel pelame rossastro come due lucciole in mezzo ad una siepaglia secca.

Dopo aver battuto qua e là il bastone come per assicurarsi che il terreno era fermo, egli spinse col piede lo sgabello, vi si sedette pesantemente, e muovendo le grosse labbra rosse come se ruminasse allungò la mano pelosa per tastare il polso del malato.

Accanto a quella figura possente dai piedi che sembravano di bronzo e sul cui viso si spandeva il vapore dell'alito che usciva abbondante dalla bocca e dal grosso naso a scarpa, Giorgio pareva una statuetta di cera. Ma un'espressione dolce infantile gli rischiarava il viso mentre il suo fragile polso si abbandonava fra le dita del dottore come lo stelo di un fiore.

— E va benone! M'hanno detto che hai avuto visite, oggi.

— Sì, ma le ho cacciate via.

— Hai fatto male, ottimo amico! Anche il dottore l'hai cacciato via, il primo giorno, e poi l'hai richiamato! Forse avevi letto il tuo libercolo (col bastone toccò il libro dei Salmi, poi lo prese e cominciò a sfogliarlo). Ecco, qui dice che bisogna rendere onore al medico, per necessità, è vero, ma anche perchè è stato fatto dall'Altissimo. Eran ben furbi quei tuoi profeti; anch'essi non osavano pigliarsela con la scienza, ma cercavano di appropriarsela come cosa loro! Capisci, ecco qui cosa dicono:

«È l'Altissimo che creò dalla terra i medicamenti, e l'uomo prudente non gli avrà a schifo.

«La virtù di questi appartiene alla cognizione degli uomini, ed il Signore ne ha dato ad essi la scienza affine di essere onorato per la sua meraviglia».

— Bella roba! Ecco poi cosa dice questo bel tipo qui:

«Figliuolo, quando sei malato non disprezzare te stesso, ma prega il Signore, ed egli ti guarirà: offerisci odor soave e fior di farina per memoria, e sia perfetta la tua oblazione, e poi dà luogo al medico!»

— Meno male; aspetta, però:

«Perocchè Dio lo ha istituito; ed egli non si parta di te perchè l'assistenza di lui è necessaria».

— Bene, bene, grazie tante!

Buttò il libro sul tavolo e accavalcò le gambe ajutandosi con le mani.

— Contami dunque delle tue visite....

Giorgio raccontò, attenuando le sue espressioni di collera per non farsi sentire dal servetto i cui occhi, nella penombra, sembravano quelli di un gatto in attesa del topo.

— Fai male! — ripetè il dottore tra il serio e il beffardo. — Tu credi di poter vivere sempre così?

— Vivere! E perchè devo morire che voglio morire in pace.

— Morire, morire! — cominciò a gridare il dottore battendo furiosamente il bastone per terra. — E chi ti ha detto che devi morire? Quelle bestie, lassù? Salutali a nome mio, ottimo amico; essi sono bestie perfette, a cui non manca neppure la ragione. Ah, la paralisi? — proseguì, facendo orribili smorfie. — Quell'amica non avrebbe lasciato il tuo scilinguagnolo così sciolto! Non si muore per un piccolo male come il tuo. Se avessi dato retta ai miei nervi, alla mia bile, a quest'ora sarei crepato mille volte.

Giorgio rideva; i suoi occhi cercavano quelli di Pretu e ad entrambi le smorfie, le parole, le furie del dottore sembravano la cosa più divertente del mondo.

— Lei era forte; lei è un gigante!

— Alla tua età ero mingherlino come te, ero stupido come te. Come te immaginavo che i mulini a vento fossero castelli. La semenza dei Don Chisciotte non si perde mai, ottimo amico. Ma un giorno mi accorsi che io avevo dentro di me uno spiritello indemoniato: bisognava combattere e strozzare quello lì, non i nemici che non esistono. Siamo noi i nostri nemici, carissimo Jorgeddu; siamo noi che ci diamo fastidio e ci secchiamo notte e giorno. Allora; aspetta, dissi fra me, ora t'aggiusto io, ottimo Don Chisciotte. E rincorsi e chiamai il mio spiritello, come mia madre faceva coi suoi polli quando voleva strozzarli; giusto così feci anch'io col mio spiritello. Ed egli si dibattè, anche dopo strozzato; ah, come si dibattè! Esso camminava anche senza testa, giusto come i polli. Ah, ottimo amico mio, gli dissi, crepa! Si deve vivere solo col corpo; mangiare, bere, respirare aria buona. Da ragazzo andavo a caccia, e un giorno, gira e rigira, capitai da queste parti. Le pernici pareva sbucassero di sotto terra, e arrivai a contarne cinquanta in un solo stormo. Le lepri mi correvan tra le gambe come gatti. Allora decisi di vénirmene qui, e venni, vidi e vinsi. Tu sai cosa vuol dire vincere in questo paese: altro che Don Chisciotte ci vuole, ci vuole Napoleone. Una leggenda afferma che questo paesetto fu fondato dal diavolo, che vi si rifugia ancora quando la tempesta lo sorprende a cacciare nella boscaglia comunale. Ah, ah, il diavolo cacciatore! Ti dico francamente che questa leggenda mi piacque; un giorno, dissi fra me: chi l'ha inventata doveva essere uno del paese, dunque in questo paese v'è gente di spirito. Dunque; primo, gente di spirito; secondo, aria buona e fredda che ammazza i microbi e spaccia i malati e rende meno faticoso il mestiere del medico; terzo, caccia abbondante e probabilità d'incontrare il diavolo senza andare a teatro.... «Ecco il mondo!» (Egli sollevò la mano con la palma concava, e accennò ancora la sua aria favorita). E così venni: e andai a caccia e nei primi tempi tutti i farabutti di questo paese, che facevano il loro bravo Sabba nella foresta comunale, dissero di aver incontrato il diavolo perchè incontravano me! Ne avrei delle belle da raccontarti! Ma se loro incontravano sempre lo stesso diavolo rosso, io per lo meno ne incontravo dieci o dodici al giorno, neri e rossi e anche calvi o canuti. Quello vero, che avrei voluto davvero incontrare, quello grande, non ho avuto l'onore di vederlo ancora da queste parti....

— Fausto era più vecchio di lei!

— Vuoi dire che non devo ancora disperare? Ah, ah, aggiungi che la mia serva si chiama Margherita! È bruna, però, e sporca; riguardo al resto farebbe quello che ha fatto Margherita, ma senza impazzirne.

Ed ecco che all'improvviso egli cominciò a cantare in falsetto la nenia di Margherita, imitando così comicamente la voce d'una donna che il servetto scoppiò a ridere.

Il dottore si volse minacciandolo col bastone, ma il ragazzo fattosi coraggio disse:

— Quasi quasi canta meglio quella lassù, sul pagliaio.

— Chi, scarafaggio?

— Uno spirito.... — disse Giorgio.

— No, no, signor dottore; è la sua matrigna, che tutte le sere viene su nel pagliaio, ancora di sua proprietà, e canta una nenia funebre, per far dispetto al mio padrone.

Allora il viso del dottore diventò pavonazzo.

— E poi dite che non è un covo di diavoli, questo? Adesso ci mancava anche la sua nenia! E tutti così, tutti, dal primo all'ultimo! E quando io dicevo ad alta voce, su nella piazza, nei primi anni di soggiorno in questo paese infernale, che siete davvero un popolo degno del diavolo, ebbene, le donne si facevano il segno della croce, passandomi davanti, e passandomi dietro facevano le fiche, e gli uomini piuttosto che ricorrere a me, quando tornavano con la polmonite dalle loro scorribande misteriose, chiamavano Martina Appeddu coi suoi unguenti e crepavano allegramente....

— E perchè c'è rimasto, allora?

— E tu perchè ci sei tornato?

— Io ci sono nato.... La polvere del nostro corpo tende a ritornare al mucchio donde è venuta.

Il dottore lo fissò in viso e per un momento tacque: il suo sguardo s'era fatto serio, quasi triste.

— Tu dici una sacrosanta verità, Jorgeddu! Spesso la filosofia anche la più rudimentale dà la mano alla scienza. Che cosa è, in fondo, la nostra malinconia, la nostra incessante inquietudine? Noi tendiamo a ritornare alla terra donde siamo venuti. Recenti esperimenti dimostrano che l'uomo è, sulla terra, uno spostato: le sue malattie, la sua morte precoce, la sua incontentabilità provengono dal suo organismo imperfetto, o meglio da certi organi che egli ha creditato dai suoi padri animali, indispensabili a loro, nocivi all'uomo. La nostra esistenza è intossicata da questi organi. Noi siamo animali degenerati, e la nostra vita non è naturale, come non è naturale la vita dell'uccello in gabbia, del serpente nei giardini zoologici. Noi tendiamo verso quello che una volta era il nostro stato naturale, la vita in mezzo alla natura, i contatti istintivi coi nostri simili, l'appagamento completo dei nostri sensi. Tutto ciò che si oppone alla vita animale, che è la nostra vera vita, è fonte della nostra infelicità. Allora, dato questo spostamento, visti inutili i nostri sforzi, l'unico conforto che ci resta è il pensiero della morte, il ritorno alla materia primitiva, la riunione completa con la madre terra. E va benone, — concluse alzandosi, — e oggi cosa abbiamo mangiato? Carne, s'intende! Forse bevuto anche vino, forse anche liquori....

— No, no! — protestò il servetto, mentre Giorgio abbassava le palpebre come un bimbo colpevole.

— Be', e il latte dove lo prendi, scarafaggio?
Lo fai bollìre?

— Sì, bollire e ribollire.

— Quanti litri?

— Uno.... no, bugia mia, tre litri....

Servo e padrone tornarono a guardarsi perchè veramente di latte Giorgio non voleva berne neppure un sorso: gli destava nausea.

Il dottore capì la bugia.

— Be', domani mattina il latte te lo mando io.

— No, no, non si disturbi....

— Non mi seccare. Be', e tu, come ti chiami, scarafaggio, prendi un po' il lume e vieni con me.

Per alcuni momenti Giorgio rimase al buio. Sentì il dottore e Pretu salire la scaletta esterna e battere alla porticina del pagliaio, e attese palpitando i gridi della matrigna santamente bastonata da quei due. Ma nessuno rispose. La strega doveva essersene andata. Pretu rientrò ridendo.

— Il dottore ha detto che domani sera si apposta sulla scaletta e le maciulla la cuffia col bastone.... Ma se non è lei? Se è uno spirito? Allora bisognerà chiamare il prete, che legga il Vangelo per farlo andar via. Ah, perchè avete cacciato via il prete? Avete fatto male....

— Adesso basta; son bell'e stufo di prediche, oggi, — disse Giorgio chiudendo gli occhi; e mentre Pretu finiva di sfaccendare ricadde nel suo dormiveglia.

Gli pareva di veder sedute davanti al suo letto. tre figure: zia Giuseppa Fiore, il prete, il dottore; tutt'e tre discutevano e il medico sollevava il bastone chiamando quei due «animali degenerati!» Ed egli, il malato, fingeva di dormire con la speranza che essi se ne andassero e lo lasciassero solo. Il vento soffiava nella valle, dal pagliaio scendeva la nenia funebre

della matrigna; una tristezza di morte regnava
intorno; ma ad un tratto s'udiva un lieve scric-
chiolìo di passi nel cortile, dietro la porta socchiusa.... Il sangue scorreva rapido nelle vene
di Jorgj: egli sentiva le sue membra sgelarsi,
i lacci che lo avvinghiavano sciogliersi, come
se la persona che si avvicinava alla sua porta
fosse la vita stessa, la vita che tornava a lui....

IV.

Tutte le mattine Margherita la serva del dottore, un'adolescente alta e magra, dal viso
olivastro e gli occhi nerissimi più grandi della
piccola bocca rossa, portava al malato una bottiglia di latte. Il dottore abitava poco distante, in una casetta rossa costrutta fra le roccie
fuor del paese. I vicini di Giorgio Nieddu, povera gente di cui buona parte viveva di elemosine,
brontolavano vedendo Margherita entrare dal malato. Essi lo odiavano perchè ai suoi tempi egli
li aveva chiamati poltroni e superstiziosi, e adesso, se tentavano di entrare nella sua stamberga
per curiosare, li cacciava via come cani. Uno
solo, un mendicante sordo e semiselvaggio che
abitava di fronte alla casa dei Corbu, trovava
grazia presso il malato: ma il poveretto, bisogna dire, non era molesto; si sedeva dietro la
porta e non entrava se non chiamato e non parlava se non lo interrogavano. Da Giorgio non
accettava mai nulla sapendolo più povero di lui,
ed era il solo che non molestasse la serva del
dottore.

Le donnicciuole invece la fermavano per il
braccio e le dicevano:

— Dàllo a mè quel latte: non senti che tosse
che ho? Lo farò bollire con la malva.... Il tuo
padrone parla male del paese, ma i denari li
accumula, la casa se l'ha fatta, le vacche le ha
comprate, che una palla gli trapassi il garetto!
E non dà nulla a nessuno, neppure se lo ammazzano: solo a Jorgeddu, perchè è un miscredente
come lui....

Ma la ragazza era taciturna: volgeva qua e
là gli occhi diffidenti, si scuoteva dalla stretta
delle donnicciuole e non rispondeva.

Solo se le donne parlavano troppo male del
dottore diventava livida in viso e rispondeva
qualche parola, ma così tagliente che le altre
raddoppiavano le ingiurie.

Le loro voci stridenti arrivavano fino a Giorgio, mentre Pretu correva a curiosare e gli riferiva poi le cose orribili che le donnicciuole dicevano per lui e per il dottore. Allora Jorgj pregava Margherita di riportare via il latte: ma
ella deponeva la bottiglia sulla cassa, si riav-
volgeva nella sua gonna nera e se ne andava
senza salutare, senza parlare, talvolta anche senza neppure guardare il malato. Egli la seguiva
con lo sguardo turbato, e la sua mano diafana
tremava lievemente fra le pieghe del lenzuolo:
quella figurina silenziosa e nera dal profilo ara-
bo, quel bel viso di sfinge paesana gli ricordava
l'altra, quella che non veniva mai.

Un giorno anche il prete e zia Giuseppa Fiore
e altre pietose persone del villaggio gli manda-
rono le loro serve con canestrini di pane e di vivande. Egli respinse tutto. Le donne che entra-
vano da lui dimostravano più curiosità che pietà e gli rivolgevano domande indiscrete: l'umiliazione e la collera aumentavano allora il suo
male; una vertigine angosciosa lo assaliva e non
sapeva più quello che si dicesse.

Una mattina Margherita trovò la porta chiusa; per quanto picchiasse nessuno aprì, nessuno rispose: mise allora la bottiglia sulla soglia e se' ne andò; ma il giorno dopo trovò ancora la porta chiusa, la bottiglia sulla porta.

Il mendicante stava appoggiato fuori al muro del cortile davanti al sole sorgente.

— È morto? — gli gridò Margherita all'orecchio.

L'uomo trasalì: la sua faccia ispida che ricordava quella del cinghiale espresse uno spavento infantile.

— Morto? — ripetè.

— Sì, domando se è morto. Non apre più. Avete visto Pretu?

— Da ieri non aprono più; non ho più veduto nessuno, — disse il mendicante, e si fece il segno della croce con una medaglia nera che teneva sul petto, — Sant'Elia e San Francesco lo aiutino.... Bisogna chiamare il prete.

Margherita correva già, spaventata, e in breve la sua figura bruna sparve in fondo al viottolo giallo di sole. Il tempo era bello, dolce, e il dottore si preparava per andare a caccia (alla sera tornava stanco e se lo chiamavano per qualche malato urlava: andate da Martina Appeddu!), ma appena sentì le notizie portate dalla serva corse da Giorgio.

Bisognò che battesse furiosamente alla porta col calcio del fucile e gridasse mille ingiurie perchè il servetto aprisse. La porta era fermata all'interno da tre grosse pietre.

Giorgio guardava dal suo letto, coi grandi occhi spalancati pieni di angoscia. La porticina in fondo era aperta e vi si scorgeva un lembo di paesaggio grigio e verde dorato dal sole.

— Ebbene, che c'è? Non sei morto? Fa' sentire, disgraziato.... hai la febbre.... Che hai fatto?

— Tanta gente è venuta.... — disse il malato sottovoce, come confidandogli un segreto. — Tutti mandavano l'elemosina.... e passavano di qui come in una strada dove c'è uno che è caduto.... È tornata zia Giuseppa Fiore e mi ha tormentato.... Ecco perchè ho fatto chiudere; non voglio nulla, non voglio veder più nessuno.... tranne che lei, dottore....

— Ma, disgraziato, se vogliono venirti a scovare possono passare anche di qui....

— La strada è difficile, di qui: guardi, neppure lei la conosce; bisogna scendere il sentiero dietro la chiesa, risalire la china.... Guardi, guardi....

Il dottore, che torceva le grosse labbra da ruminante, non si volse neppure: a un tratto scoppiò a ridere.

— E tu credi che Giuseppa Fiore non possa scendere e risalire il sentiero? Chi può fermare quella giumenta? E gli altri anche?

— Be', ma non verranno tutti i momenti.... Ho bisogno di star tranquillo, lei lo sa.... lei lo sa.... Lo dica a tutti; e non mi mandi più nulla, più nulla.... Quando son solo e quella porta è chiusa mi figuro di essere lontano da tutti.... solo come un eremita....

Il dottore profittò di questa confessione per ripetere le sue teorie favorite:

— Io non ti do torto: ancora una volta il tuo istinto dimostra che l'uomo ha bisogno di vivere in modo naturale, anche se è malato, anzi specialmente se è malato. Le bestie malate si nascondono e lasciano che il fenomeno si risolva spontaneo, senz'altro aiuto che quello della natura. E per lo più, appunto, la morte negli animali avviene per cause naturali, per vecchiaia, ecc. Oh, quando l'animale non è perseguitato, deformato, ucciso dall'uomo, intendiamoci! E che cosa è infine la paura della morte, nell'uomo? È la certezza di morire prima del tempo, per malattia, dopo lunghe crisi di dolore. Se l'uomo morisse di morte naturale, cioè senza dolore, d'una morte che è dolce come il sonno in un essere sano, cosa che non può avvenire perchè il nostro organismo è imperfetto, la paura della morte sparirebbe.

Ma Giorgio non si confortava.

— Fa vedere la lingua, — gridò il dottore curvandosi sul letto.

La lingua era gialla, screpolata, ed egli scrisse una ricetta e la porse a Pretu:

— Scarafaggio, marcia....

— Devo prendere il bicchiere?

— Niente, corri....

Mentre il servetto correva, egli sedette sullo sgabello e allungò una gamba.

— Sì, sì, tu hai ragione, Jorgeddu carissimo! Ieri io mi trovavo nel bosco, su, sull'altipiano; c'era un bel sole e le roccie eran calde. Io mi coricai sopra una di esse, incavata come una culla, e stetti là quasi due ore come un bambino, cioè come un animaletto felice. Il cielo era azzurro e i colombi selvatici passavano sul mio capo ed io pensavo: mi infischio di voi: passate pure, non vi prendo. Anzi, dirò di più: sorridevo nel vederli passare, appunto come il bambino stupido che dalla sua culla sorride agli uccelli e alle nuvole. Ed io pensavo, sì: l'uomo è nato per viver solo: gli eremiti che han fama di essere stati magnifici egoisti, erano invece uomini ancora vicini alla loro primitiva perfezione di animali. Essi seguivano il loro istinto, quello che non ci inganna mai! Caro mio, da giovane io pensavo di raddrizzar le gambe ai cani, e la superstizione, l'ignoranza, l'infingardaggine mi sembravano le tre gambe storte dell'animale uomo: la quarta, l'astuzia, quella che giusto proviene dall'istinto di conservazione, quella sola mi sembrava ancora dritta.... Dimmi che cosa vuole da te Giuseppa Fiore....

— Vuole che io dia querela per diffamazione a quelli lì.... Essa si propone di cercare i testimoni e di.... pagarli.... Mi ha offerto la sua protezione presso il Commissario per farmi dare un sussidio.... essa vuol dannare l'anima mia, mentre l'altro, il prete, vuole salvarmi per forza! Egli disse a qualcuno che farà venire su il vescovo per convertirmi....

Il dottore indicò col bastone la porticina.

— Hai fatto bene ad aprire quella lì! Senti, hai fatto benone! Ti permetto di bere una bottiglia di vino di Oliena: anzi te la manderò io!

— No, no, non mi mandi nulla....

— Zitto, silenzio, disgraziato! perchè non la vuoi? per orgoglio? Hai diritto di essere orgoglioso, tu?

Giorgio credette che il dottore alludesse al triste passato; e i suoi occhi si cerchiarono d'ombra, ma le sue labbra si chiusero come quelle di un morto.

Egli non parlava mai del suo passato, sebbene convinto che anche il dottore lo credesse colpevole. Il ritorno di Pretu con la medicina e con la notizia dell'arrivo del Commissario ricondusse un po' di letizia nella stamberga.

— Il signor Commissario è alto e secco e nero come la croce di Cristo. Ha gli occhi piccoli, le palpebre rosse, la bocca grande; è calvo come ziu Remundu, ma ha una corona di capelli neri e i baffi lunghi e pure neri neri, e mia madre ha sentito dire che forse forse egli si tinge, come si usa in Continente, forse con la fuliggine sciolta nell'olio.... Questo però me lo immagino io. Egli ha, inoltre, un vestito nero, poi ne ha

un altro a righe, e un gabbano lungo col collo
di pelo, come quello di vossignoria, ma più nuovo. Ha una cravatta color prugna selvatica, con
un anello d'oro, e un altro anello alle dita, grosso come gli anelli che si fanno con le foglie della palma, a Pasqua.... I piedi son lunghi e sottili, e le scarpe hanno i bottoni....

Egli avrebbe proseguito chissà fino a quando
con questi particolari, se il dottore non avesse
gridato:

— Basta con queste scemezze! Di' piuttosto co-
m'è la sua voce.

— È una voce grossa, ma non come quella di
vossignoria. Il Commissario poi è cavaliere, viene da Nuoro e, dicono, ha molti denari. E dicono che qui ci starà sei mesi e che si mangerà
quattrocento scudi del comune.

— Bastassero! — disse il dottore, rivolgendosi
a Pretu. — Ma questo vi sta bene, benone, benissimo! È il flagello che Dio vi manda, e ve
ne accorgerete meglio un altro giorno. Io per
me me ne lavo le mani, ottime bestie; io non
ho mai voluto un voto vostro; mi vergognerei
di far parte di un'amministrazione come la vostra, ma vi dico che adesso il flagello vi sta
bene, benone!

Pretu sollevava il coperchio della cassa, aiu-
tandosi con la testa per tenerlo aperto bene, e
contava i denari del padrone, che lo preoccu-
pavano molto più che i denari del Comune. Trasse una piccola salvietta bucata e la porse al malato che aveva versato la medicina dalla bottiglia
nel bicchiere trangugiandola poi con supremo
disgusto.

— Dio mio, Dio mio, — mormorò Jorgj pulendosi le labbra e la lingua, — è meglio morire!

Andato via il dottore, Pretu disse:

— Ziu Jò, là nella farmacia ho sentito dire

una cosa. Che il Commissario vi farà dare un sussidio....

— Non voglio nulla, — gridò il malato rianimandosi. — Tu devi dire a tutti che non ho bisogno di nulla.

— Per adesso! Abbiamo due biglietti grossi e quarantacinque soldi in rame: abbiamo pane, formaggio, uova, una salsiccia.... Ma poi, zio Jò, come faremo poi?

— Venderò la casa; il dottore la comprerà per farne un pagliaio.

— E poi, finiti quei denari?

— E non devo morire? Lasciami in pace dunque, se no ti mando via come ho fatto con gli altri.

Ma il ragazzo si mise a ridere.

— Pretu, — disse il malato dopo un momento di silenzio, — se tu riuscissi a comprarmi un po' di uva passa! È da tanto che la desidero.

— In casa di zio Remundu Corbu ne vendono, bella e grossa che sembra uva fresca.

— Tu non andrai in quella casa, Pretu! Guai a te se ci vai! Ti maledirò anche morto.

Allora il ragazzo, che non aveva paura del suo padrone vivo, rabbrividì e s'avvicinò al letto.

— No, no, zio mio, non fate questo! Passerò a spalle voltate davanti a quella casa. Io non guardo mai là! Anche oggi ho visto Columba, quella che dovevate sposar voi; era sulla porta; era vestita a nuovo, col corpetto di velluto broccato; chissà, forse doveva arrivare lo sposo.... Ma io non ho guardato; vi giuro sulla mia coscienza, non ho guardato....

— Era magra? Era pallida? — domandò Jorgj sottovoce.

— Sì, è magra; sembra una capretta assiderata; aveva tanti anelli d'argento alle dita...

— Non ti ha detto nulla?

— Nulla.

— Se t'ha detto qualche cosa dimmelo: non ti sgriderò.

— No, vi giuro, nulla. Solo mi guardava. Volete che mi faccia dire qualche cosa da lei?

— No, nulla! Guardati bene dall'avvicinarti a lei, Pretu: tanto io verrei a saperlo lo stesso.

E siccome il ragazzo tornava a sorridere con malizia, egli aggiunse:

— Io sento tutto, anche quello che dicono in piazza, anche quello che dicono nelle case. Il vento mi porta le notizie di tutto il paese, ed io posso dirti anche quello che tu non sai....

— Allora siete uno stregone; sì, ma io non ho paura di voi, ecco, — rispose Pretu traendo dal seno una medaglia antica che sua madre gli aveva appeso al collo fin da bambino per preservarlo dalle stregonerie.

La giornata passo così, fra chiacchiere puerili. Nel pomeriggio il malato si sentiva già meglio, per effetto della medicina e perchè nessuno era andato a battere alla sua porta.

Dopo aver dormicchiato come al solito prese il suo libriccino e lesse: poi ad un tratto diventò pensieroso. Fece ricercare da Pretu un taccuino che stava in fondo alla cassa, ne staccò qualche foglietto già scritto, e col pollice fece scorrere a lungo distrattamente gli angoli dei molti foglietti ancora vergini.

Vedendolo tranquillo Pretu andò via e ritornò verso il tramonto.

Giorgio scriveva sul taccuino appoggiato ad un libro sull'orlo del letto, e il ragazzo si meravigliò di trovarlo in una posizione insolita, con la testa molto reclinata sul cuscino.

— Non state male così? Non vi gira la testa? Zio Jò, cosa fate?

Ma il malato, che aveva messo il calamaio sul

letto e ogni tanto allungava la mano per bagnar
la penna senza abbandonar con gli occhi il taccuino, non rispose neppure. Sembrava assorto nella sua scrittura come quando leggeva il libro
dei Salmi.

Ma qualcuno battè alla porta: egli sollevò gli
occhi ansiosi e si sentì battere il cuore sembrandogli ancora una volta che Pretu dopo aver spiato dalla fessura mormorasse: « È Columba.... »

— È quella demonia nera, la serva del dottore: ha una bottiglia.... — disse il ragazzo sottovoce, avvicinandosi in punta di piedi al letto.

— Non aprire, no!

La serva picchiò di nuovo, poi se ne andò.
Più tardi s'udirono passi nel cortile e Pretu guardò e vide il mendicante. Qualcuno picchiò ancora ma la porta rimase sempre chiusa.

Verso sera il cielo si coprì di nuvole e il vento
fischiò e urlò nella valle. Pareva che parlasse
davvero e raccontasse storie e leggende. A volte
la sua voce era lontana e supplichevole: voce
che implorava, che narrava una storia triste e
domandava pietà, aiuto, conforto: nessuno l'a-
scoltava e allora la voce si avvicinava, diventava ardita, ripeteva la stessa storia, ma con
accenti gagliardi, e domandava giustizia: nessuno rispondeva, nella sera verdastra che copriva
di veli lividi il misterioso paesaggio: e per un
attimo la voce taceva, come sbalordita che al
mondo non esistesse più giustizia nè pietà; ma
dopo qualche momento di silenzio profondo si
levava un urlo di minaccia, seguito da lunghi
gridi di vendetta, da fischi diabolici, da risate
clamorose. Lo spirito dapprima timido poi ar-
dito era diventato feroce e possente e si vendi-
cava contro la natura impassibile al suo dolore. E sconvolgeva tutto, flagellando le pietre, le
macchie, i fili d'erba più umili e innocenti: tra-

volgeva ogni cosa nella sua collera suprema, è
pareva che le grandi nuvole nere e gonfie come
otri immense fuggissero sul cielo verdognolo della
sera spaventate dall'ira del vento, andando a vuo-
tarsi dietro i boschi dell'altipiano.

Giorgio ascoltava e provava una tristezza infinita; a volte gli sembrava che fosse l'anima
sua a parlare con la voce del vento, a volte che
il suo povero corpo inerte fosse l'umile pietra
percossa dalla raffica infernale.

— Vattene, — disse al ragazzo quando la luce
si spense nello sportello: — passa per il cortile.

Ma Pretu nonostante le sue paure superstiziose
preferiva la porticina sul ciglione. Un istinto
di bravura, il desiderio di cose ignote e terribili lo spingeva ad attraversare di notte il sentiero mal sicuro. Aprì la porticina e riattiran-
dola a sè sparì come ingoiato dal vento e dalle
tenebre.

Di nuovo Jorgj rimase solo nella sua tomba
di vivente, solo coi suoi fantasmi. Nel dormiveglia aveva l'impressione di alzarsi, di aprir la
cassa con la testa come faceva Pretu, di contare i denari, gli ultimi che gli restavano della
vendita di un suo pezzo di terra. I biglietti grossi
erano due carte da dieci lire l'una. E dopo? La
morte di fame o l'elemosina. Ma egli non voleva morire: tutta la sua anima si ribellava a
quest'idea; gli pareva di essere come la natura in quella stagione, gelata e inaridita dal
freddo, tormentata dalle bufere, ma pronta a
ridestarsi al primo soffio della primavera.

Egli non voleva morire: il dolore stesso gli
era caro perchè gli dava ancora un senso di
vita. La collera che i curiosi gli destavano, l'urlo del vento, la nenia funebre della matrigna, le
parole pungenti del dottore, la visione di Columba sulla porta, l'attesa, il ricordo, tutto era

segno di vita, luce lontana che illuminava ancora l'abisso nero entro cui egli si sentiva disteso con le membra rotte come uno che è caduto dall'alto.

Nei giorni seguenti qualcuno battè ancora alla porta del cortile.

— È la serva del parroco, — diceva Pretu sottovoce, dopo aver spiato dalla fessura: oppure: — è zia Giuseppa Fiore; è Margherita con un involto sotto la gonna.

— Non aprire.

E le visite se ne andavano e non tornavano. Pretu raccontava:

— Sentite, zio Jò, in casa di Dionisio Farranca ieri dicevano che è stato il dottore a farvi chiudere la porta perchè avete un male che attacca. Dicevano: Dio lo castiga bene quel superbone. E a mia madre dicevano: perchè lasci andare tuo figlio? Ma mia madre rispose: finora Pretu mio è stato bene e le sette lire che Jorgeddu gli dà ogni mese sono per me come sette oncie d'oro....

Anche il dottore, visto che il malato non peggiorava e non migliorava, diradò le sue visite. Un giorno Pretu disse:

— Mia madre è stata ad infornare il pane da zia Giuseppa Fiore: e là dicevano che il Commissario verrà a farvi visita. Ma egli passeggia sempre col prete e forse questo gli dirà di non venire perchè voi lo caccerete via come gli altri....

Infatti il Commissario non si lasciò vedere: a poco a poco il malato si abituò alla sua solitudine e non attese più che qualcuno battesse timidamente alla porta e che il servetto spiando dalla fessura mormorasse:

— È Columba!

Ella non sarebbe venuta più; ma egli non voleva morire come un condannato innocente, portando con sè nella tomba il peso della calunnia. Tutti i giorni Pretu lo trovava a scrivere sul taccuino e gli domandava se scriveva la sua confessione.

— È lunga. Avete molti peccati, zio Jò! Ma li notate tutti, ad uno ad uno? Leggetemi un pezzetto della vostra confessione: vi giuro sulla mia coscienza che non lo ripeterò a nessuno....

Un giorno, — era ai primi di aprile e il tempo s'era di nuovo rasserenato, — Pretu arrivò saltellando su dal sentiero del ciglione e portò a Jorgi due violette umide, pallide e profumate. Un tremito agitò le povere mani dello studente: egli si portò le violette alle labbra, chiuse gli occhi, e le sue lagrime bagnarono i piccoli petali che rappresentano la primavera, la poesia, tutte le cose belle della vita che non gli appartenevano più!

Pretu guardava meravigliato.

— Che avete, zio Jò? Vi sentite male?

Ma d'improvviso il malato diventò allegro.

— Senti, Pretu, ti voglio leggere i miei peccati. Quando sarò morto tu porterai questo libretto al parroco....

— Ma se voi morrete egli verrà bene a confessarvi a voce....

— Egli disse che non tornava se non lo chiamavo; ed io non voglio chiamarlo più....

Il ragazzo portò il fornellino accanto alla porta e cominciò a preparare il pranzo.

Dal ciglione arrivava il profumo del timo e qualche grido d'uccello vibrava nel silenzio insolito della valle.

Jorgj trasse il taccuino di sotto al guanciale e cominciò a sfogliarlo. Egli non sapeva per chi aveva scritto quelle paginette, ma era contento di averle scritte; e si sentiva sollevato come uno che davvero ha fatto la sua confessione.

V.

«Il paesetto ove son nato è quasi esclusiva-
mente dedito alla pastorizia. La natura del terreno montuoso, accidentato, non permette l'agri-
coltura, e d'altronde gli abitanti per l'indole
loro speciale non possono abituarsi a lavorare
pazientemente la terra. L'uomo di queste montagne è ancora un primitivo e se gli riesce di rubare una capra e di mangiarsela coi suoi compagni o con la sua famigliuola se ne compiace
come di una piccola impresa andata bene. Anche
a lui, il giorno prima o la settimana prima,
è stato rubato un capretto: perchè non dovrebbe rifarsi? E se voi gli dite che ha fatto male
si offende, e vi serba rancore come un uomo a
cui voi tentiate di togliere qualche diritto. Se-
gregato dal resto del mondo, in lotta continua
con i pochi altri suoi simili, spesso coi suoi stessi
parenti, col fratello stesso, l'uomo di questo villaggio si crede in diritto di farsi giustizia da
sè, con le armi che possiede: la forza muscolare,
l'astuzia, la lingua. Egli non sa cosa è la società, e la legge per lui è una forza illogica che
bisogna eludere perchè non si può vincere. Del
resto ha ragione: la società lontana si ricorda
di lui solo per sfruttarlo: gli richiede i tributi,
lo costringe al servizio militare, e non lo salva-
guarda dal suo nemico, non dai ladri, non l'aiuta
quando l'inverno rigido fa morire il suo bestia-

me, non lo salva dal testimonio falso quando egli è accusato di qualche crimine.

Egli quindi si difende da sè per istinto, per abitudine, per diritto. Per anni ed anni una feroce inimicizia ha dilaniato gli abitanti di questo paese. L'inimicizia nacque appunto tra due famiglie per un diritto di passaggio in una tanca. La lite giudiziaria che ne seguì non risolse con equità la questione, e il proprietario che vedeva calpestato il suo diritto si fece giustizia da sè, uccidendo il nemico che attraversava la sua terra. La famiglia di costui si vendicò; l'odio si propagò di famiglia in famiglia come una mala radice; e furono anni terribili di continue vendette e di morte.

Io ero un bambino, allora, ma ricordo benissimo che la gente aveva una fisionomia triste e cupa. Gli uni pareva·diffidassero degli altri, anche se appartenevano alla stessa fazione; al cader della sera si chiudevan le porte, e anche quando si celebravano nozze tutti erano taciturni e melanconici.

Molti individui accusati di delitti che avevano o forse non avevano commesso, vivevano nelle macchie, ma di là impartivano ordini agli abitanti del paese: le due fazioni obbedivano ciecamente a due capi che appartenevano ancora alle due prime famiglie nemiche: uno di questi capi era zio Remundu Corbu, il nostro vicino di casa, l'altro era zio Innassiu Arras, parente di mio padre. Entrambi erano latitanti.

Anche mio padre era pastore; aveva sposato, dopo la morte di mia madre, una vedova più vecchia di lui, che però possedeva qualche cosa ed era parente dei Corbu: il matrimonio avvenne al tempo delle paci, concluse tra le due fazioni dopo lunghe trattative e per intromissione delle autorità civili ed ecclesiastiche.

Ricordo ancora la scena grandiosa. La cerimonia per le paci si compì in una chiesa campestre dell'altipiano. Ai latitanti era stato concesso un salvacondotto onde prender parte alla cerimonia e stringere la mano ai propri nemici; ma si diceva già che uno dei capi, zio Innassiu Arras, non si sarebbe presentato.

Il vescovo, il prefetto della provincia ed altre autorità accompagnate da un numeroso seguito di borghesi e di paesani, di donne e di fanciulli, cavalcavano attraverso l'altipiano che divide il villaggio di Tibi dal villaggio di Oronou. Pareva una processione e non mancava lo stendardo portato da un vecchio patriarca la cui lunga barba gialla copriva la testina d'un bimbo seduto sul davanti della sella. Il bimbo ero io; i miei occhi non si staccavano dal bastone dorato dello stendardo che stringevo con le mie manine; e la seta azzurra della bandiera mi sembrava un lembo di quel gran cielo chiaro che si stendeva da una montagna all'altra sopra l'altipiano roccioso coperto di boschi e di macchie.

Chiudendo gli occhi rivedo ancora il corteo pittoresco ove predominavano i colori rossi e gialli dei costumi paesani, rivedo il paesaggio grandioso, la linea d'oro del mare lontano.

Il sole ancora basso sul mare mandava una luce rosea e dolce sul quadro indimenticabile; il vescovo, un bellissimo uomo dal viso color di rosa e dagli occhi azzurri, cavalcava una giumenta bianca mansueta e invece di precedere il corteo di tanto in tanto si trovava indietro come se i paesani e i borghesi che cavalcavano tutti cavalli semi-selvaggi ognuno dei quali voleva precedere gli altri, lo avessero dimenticato.

Egli sbuffava allora sollevandosi il tricorno sui capelli bianchissimi e si guardava attorno borbottando qualche parola in un dialetto che rassomigliava allo spagnuolo. La croce d'oro che posava sul suo petto scintillava al sole e sul suo dito la perla dell'anello pastorale pareva una goccia di rugiada.

Era senza dubbio la più bella e imponente figura del quadro, e i molti preti che si mischiavano al corteo lo guardavano con ammirazione ma anche con un certo terrore. Quando rimaneva indietro nessuno si fermava ad aspettarlo, perchè tutti sapevano che lo faceva apposta per rimanere qualche momento solo.

A un tratto, dopo che il corteo ebbe passato il guado di un ruscello, in un piccolo avvallamento coperto di erba e di fiori violetti, un uomo a cavallo, armato come un guerriero, stretto in un cappotto nero e col cappuccio sul capo, uscì dal bosco e raggiunse il vescovo. Rimasero indietro, soli. L'uomo non era più giovane, ma ancora forte poggiava sulla sella come su una sedia: non un suo muscolo si muoveva, mentre il cavallo camminava come per conto suo, abituato al peso e alla mano che gravavano giorno e notte su lui. Il cerchio nero del cappuccio incorniciava un viso arcigno quasi interamente coperto da una barba grigia ispida le cui due punte si volgevano diabolicamente in su: il bianco degli occhi diffidenti e della dentatura ancora intatta spiccava fra il grigio ed il nero della figura selvaggia.

Un mormorio corse tra la folla; l'uomo era zio Innassiu Arras. Il vecchio davanti alla cui sella io sedevo, e che era un parente dell'Arras, faceva cenno a tutti di non voltarsi, di non disturbare il discorso del vescovo col capo ribelle alle paci. Tutti sapevano che l'Arras avrebbe messo certe condizioni per prendere parte alla cerimonia. Il colloquio col vescovo durò per un buon tratto di strada: l'Arras parlò poi col prefetto, e alcuni uomini del corteo, tra cui il vecchio dello stendardo, furono chiamati a discutere.

Si formò un gruppo e l'Arras parlò. Era eccitato e chiamò una finzione la cerimonia.

Domandava che si desse libertà a tutti i latitanti e si stabilissero pene gravi a chi prima rompeva l'accordo.

Il vescovo sbuffava, il prefetto sorrideva e col manico del frustino batteva lievemente una spalla dell'Arras. Ma il latitante era serio e tragico. A un tratto tutti cominciarono a gridare discutendo; molti del corteo che erano andati avanti tornarono indietro e s'unirono al gruppo.

Dall'alto del suo cavallo bajo zio Remundu Corbu taceva guardando con un certo disprezzo la scena. Alla fine l'Arras spronò il suo cavallo e se ne andò senz'aver concluso nulla, e tutti gli diedero torto. Si riprese il viaggio, e il vescovo e il prefetto stettero quasi sempre a parlare con zio Remundu Corbu.

Alto e rigido sul suo cavallo egli destava in me una grande ammirazione; mi sembrava più maestoso e terribile del vescovo e del prefetto. E veramente egli è ancora un uomo imponente, dritto, dagli occhi d'un nero verdognolo brillanti e minacciosi. La pelle del suo viso dal profilo ebreo ricorda la scorza delle quercie ed anche la folta capigliatura grigia e la lunga barba a ciocche nere e giallastre hanno qualcosa di vegetale.

Egli era stato lunghi anni latitante e molte accouse gravavano su di lui; era temuto e rispettato per questo.

Finalmente arrivammo alla chiesetta della Madonna del Buon Consiglio che sorge a metà strada fra il paese di Oronou e quello di Tibi. Da quest'ultimo paese erano convenute molte famiglie imparentate con quelle di Oronou, per prender parte alla pace.

Il posto è ameno, ombroso: un boschetto di quercie circonda là chiesetta che sembra una casupola con una croce sul tetto; un ruscello scorre poco distante fra due fila di oleandri selvatici e in lontananza si vede il mare.

I paesani avevano già acceso i fuochi per preparare il pranzo; come nelle feste campestri si vedevano molti carri alla cui ombra sedevan d'onne e fanciulle, e mentre i buoi e i cavalli pascolavano nei prati i cani saltellavano intorno alle bisacce colme di provviste e gli uomini sgozzavano gli agnelli per il banchetto.

Una donna magra e gialla, vestita di nero — quella che doveva diventare la mia matrigna —, mi tirò giù dal cavallo e mi condusse in chiesa. Un drappo verde copriva una lapide sulla parete a fianco dell'altare ornato di fiori campestri; un gran Cristo nero era disteso in mezzo alla chiesa sopra un antico tappeto giallo e le donne inginocchiate tutto intorno a questo quadrato d'oro pregavano sospirando, battendosi il petto e baciando il suolo.

La mia futura matrigna prese posto fra le donne intorno al Cristo, tenendomi sempre vicino a sè e anch'io mi inginocchiai e pregai. La chiesetta si riempì di gente. Il vescovo celebrò la messa e dopo il Vangelo s'avanzò sui gradini dell'altare per parlare al popolo: la sua voce era limpida e tonante, le sue parole d'amore, di minaccia, di rimprovero, d'esortazione alla pace, alla concordia, al lavoro, echeggiavano nella chiesetta facendo pianger le donne e curvar la testa sul petto agli uomini.

Finita la messa il prefetto in persona scoprì la

lapide: un colombo con un ramo d'ulivo decorava l'inscrizione:

IL 15 MAGGIO 1895

NELLA CHIESA DELLA MADONNA DEL BUON CONSIGLIO

GLI ABITANTI DI ORONOU E DI TIBI

FIERI E FORTI

DOPO LUNGHI ANNI DI ODIO

DI SVENTURE E DI CECITÀ

APERTI GLI OCCHI A LUCE D'AMORE

GIURANO PACE PERDONO

INAUGURANDO UN'ERA NOVELLA

DI VITA CIVILE

A due a due uomini e donne delle diverse fazioni passavano davanti al Cristo e scambiavano il bacio della pace. Li rivedo ancora: zio Remundu Corbu alto e duro pareva facesse uno sforzo per chinarsi alquanto, tragico e sdegnoso, sul piccolo Dionisi Arras fratello del capo ribelle alle paci. Un mormorio passò tra la folla quando i due si baciarono. Zio Dionisi, un ometto rosso e allegro, si volse e aprì le mani come per dire: mio fratello non c'è; ebbene che volete farci? non sono qua io?

Seguirono gli altri: erano uomini fieri e protervi, giovani alti dal viso di bronzo, vecchi intorno ai cui volti scuri pareva pendessero le liane delle quercie sotto cui essi passavano i loro giorni e le loro notti. In tutti c'era qualcosa di duro e di enigmatico: essi partecipano della natura della roccia di cui è formata la nostra montagna.

Anche le donne si baciavano: alcune piangevano, altre ridevano e queste forse erano le più commosse. Ah, ecco finalmente finiti i tristi giorni di ansie e di terrore: finalmente le vecchie nelle notti di vento furioso non si solleveranno

come serpi nei loro giacigli imprecando contro
il nemico e aspettando da un momento all'altro
la notizia di una tragedia; finalmente le fanciulle potranno sorridere al loro vicino di casa
e scegliere fra tanti giovani il più bello senza
pensare: «quello è il nemico che bisogna odiare
e non amare».

Alcune coppie che s'amavano in segreto come
ai tempi eroici di Giulietta passarono sorridendo
davanti al Cristo; un prete lesse le pubblicazioni
di molti matrimoni fra nemici, compreso quello di mio padre con la vedova.

Fu un giorno di festa, di vera pace. La primavera calma e quasi austera dell'altipiano e
quel grandioso paesaggio chiuso dal mare erano
degno sfondo al quadro popolato di tipi bellissi-
mi, dal vescovo decorativo seduto ai piedi di una
quercia come un sacerdote druidico, ai vecchi
pastori che neppure per mangiare si levavano
il cappuccio dalla testa; dal prefetto pallido e
sarcastico vestito da cacciatore, al segretario del
comune che per l'occasione s'era comprato un
abito da società e un cappello duro.

Le donne e gli uomini giovani ballavano davanti alla chiesetta; serii e quasi tragici pareva
compiessero ancora un rito religioso. Io rimasi
tutto il giorno attaccato alle gonne della vedova. Seduta per terra all'ombra d'un albero ella
fissava coi piccoli occhi scintillanti i vari gruppi
e brontolava parlando male di tutti.

Mio padre venne per condurmi al banchetto:
mucchi di pane, di formaggelle, di focacce, di
frutta secche, sopra i sacchi e le bisacce che
servivan da tovaglie attiravano i miei sguardi.
Mi pareva di sognare, di assistere ad un banchetto come quello delle fiabe: c'era di tutto e il vino
scorreva dalle botti come l'acqua dalle fontane;
il latte si mischiava col miele, interi cinghiali,

cataste di pernici, «laccheddas»[1]) di anguille passavano davanti al vescovo che beveva solo un po' d'acqua e masticava un cardo selvatico.

Discorsi, canti e brindisi seguirono. Io, il vecchio nonno e la futura matrigna tornammo in paese prima del tramonto, ma la festa durò tre giorni, dopo i quali parecchi latitanti tornarono ai boschi, altri si costituirono, altri furono rilasciati in libertà provvisoria.

La notte del terzo giorno qualcuno entrò nella chiesetta, spezzò la lapide e lasciò alcune monete per il rifacimento dei danni. Tutti dissero che era stato l'Arras.

Non accaddero più fatti di sangue, i matrimoni furono celebrati e le parti nemiche tornarono a scambiarsi il saluto, ad aver relazioni ed a concludere affari: ma l'avversione segreta, tra famiglia e famiglia, tra individuo e individuo, dopo quindici anni dal giorno delle paci rimane ancora.

Zio Remundu Corbu, costituitosi, fu assolto: altri furono condannati, altri morirono. Rimane ancora zio Arras: egli è da trent'anni bandito e fra poco ha diritto a ritornare libero, assolto da quell'unico giudice incorruttibile che è il tempo.

VI.

Mio padre sposò la vedova pochi giorni dopo le paci. Era un uomo piuttosto mite e taciturno, incapace di far male a una mosca, ma guai se l'offendevano senza ragione o se gli prendevano la sua roba. Allora domandava giustizia e se non la otteneva se la faceva da sè.

---

[1]) Vassoi di legno.

Ricordo; avevo nove anni e vivevamo in questa casupola, mio padre, la mia matrigna ed io. Mio padre era quasi sempre assente e non voleva che lo seguissi all'ovile perchè desiderava che io studiassi per diventar notaio o prete. Quando non andavo a scuola vagavo per le strade del villaggio o litigavo con la mia matrigna, la quale forse conservava per me l'odio di famiglia. Un giorno io ritornavo dall'attingere acqua quando vidi mio padre e un contadino di Nuoro salire la scalinata della piazza. Sapevo che mio padre doveva al contadino il fitto di una tanca; preso quindi da curiosità corsi giù per il viottolo, deposi i recipienti dell'acqua e corsi via. La mia matrigna, affacciatasi alla finestrina della camera di sopra, mi richiamava con strilli d'aquila, augurandomi di morir di fame o di esser perseguitato da qualche cattiva fata. Ma io correvo come una lepre ed in un attimo fui sulla piazza, dove del resto passavo buona parte della giornata guardando come affascinato il panorama di valli grigie e verdi, le cascate di roccie, le pianure lontane e le montagne che chiudono l'orizzonte.

Il vento soffiava ininterrotto come sulla vetta di un'alpe, gli alberi mormoravano e grandi nuvole argentee passavano sul cielo di un turchino intenso.

Vidi mio padre e il contadino seduti su una panchina e piano piano andai ad appoggiarmi al parapetto poco distante da loro.

Del resto essi parlavano a voce alta e pareva litigassero; un vecchio con una lunga barba gialla seduto all'orientale sopra la panchina attigua cercava di metterli d'accordo.

— Sant'uomo, — diceva il contadino, — io ho bisogno di denari non di chiacchiere: non me ne andrò di qui, oggi, senza i denari, perchè do-

mani mi scade una cambiale e se chi mi deve
non mi paga sarò costretto a vendere il mio cavallo. Il mio cavallo! Lo stesso che l'anno scorso mi ha fatto vincere il premio di dodici scudi
e due palmi di broccato alle corse per le feste
del Salvatore. E perchè me li fate perdere quest'anno, questi dodici scudi, veri come i dodici
apostoli? Solo il mio cavallo può vincer la corsa, che i vermi vi rodan le orecchie.

E mio padre urlava:

— Pagherò! Non s'è mai sentito dire che Remundu Nieddu sia un mal pagatore: ho vacche,
ho capre, ho intenzione di far di mio figlio un
notaio.

Ma il contadino insisteva, ripetendo la storia
del suo cavallo fino a suggestionarmi. Dopo che
egli e mio padre si misero d'accordo e se ne andarono insieme alla bettola, io rimasi sulla piazza sognando. Mi pareva di vedere nello stradone
di Nuoro la corsa dei barberi. Cavalli neri e bianchi, puledri bai e cavalle pezzate correvano giù,
fra la polvere dorata dal sole; correvano così
rapidi che si distingueva appena il loro colore:
e i fantini, tutti ragazzetti come me, piegati sul
collo delle bestie, scalzi, a testa nuda, cavalcavano senza sella fermi e sicuri come piccoli cen-
tauri. La gente guardava dai dirupi e dagli orti,
e un grido solo si levava da tutta quella folla
in attesa. Anch'io sentivo il mio cuoricino battere perchè mi pareva di prender parte alla corsa; arrivavo il primo e il grido della folla e i
dodici scudi eran tutti per me.

Mi scossi quando la campana rauca di Santu
Jorgi annunziò il mezzogiorno. Anche i vecchi
seduti a gambe in croce sopra le panchine ap-
poggiavano il bastone al suolo per alzarsi e andarsene; uno dopo l'altro scendevano la scalinata lenti e solenni con le lunghe barbe di pa-

triarchi scosse dal vento. Io li seguivo. Una donna che tornava dalla fontana mi disse:

— Ohi, ohi, matrigna tua sembra una biscia calpestata: va, va, che t'aspetta!

— Che m'importa? Io andrò a correre i cavalli alla festa del Salvatore!

— Cuore di madre, — strillò la donna, — il sole ti ha sciolto il cervello!

Ma io non mi davo pensiero e correvo giù per i viottoli cantando. La gente rientrava a casa e solo qualche vecchia si attardava a filare seduta in qualche angolo ombroso.

Nonostante i minacciosi pronostici della donna mi affrettavo a rientrare: l'odore di carne di capra arrostita allo spiedo che usciva da molte casupole stuzzicava il mio appetito: appena fui qui dentro vidi appunto un pezzo di carne infilato in uno spiedo, e siccome la mia matrigna era andata su a prendere il pane mi curvai sul focolare come una volpe affamata e coi dentini cominciai a strappare qualche pezzetto di arrosto....

Ero un monellaccio, non lo nego, ma nessuno badava a me se non per maltrattarmi. Mi par di rivedermi ancora fanciullo in questa tana che non era squallida come lo è adesso; mi aggiravo sempre in cerca di qualche cosa, sollevando con la testa il coperchio della cassa, arrampicandomi sugli sgabelli per guardare cosa c'era nell'armadio; e rivedo nel vano della porta la tragica figura della mia matrigna, gialla e nera in viso come nei vestiti, con un canestro di pane sul capo e le mani che minacciano.... Ma io non avevo paura di lei; la fissavo in viso deridendola e sfidandola.

— Tu ritorni sempre all'ora del pasto come le lepri alla vigna, — mi diceva, — poltrone, malandato, buono a niente....

Eterna storia di tutti i fanciulli abbandonati a sè stessi! Io provavo dolore, umiliazione, dispetto, e pensavo solo al modo di poter guadagnare qualche cosa per sottrarmi alle ingiurie della mia nemica.

Ma appena sentiva il rumore degli scarponi ferrati di mio padre che risuonavan sui ciottoli del cortile come ferri di cavallo, ella mutava fisionomia, di severa e minacciosa diventava dolce e servile; preparava il tagliere, deponeva il canestro del pane accanto al focolare e mi diceva:

— Avvicinati, cuore mio, mangia; avrai fame.

Mio padre rientrava, parlava del fitto della tanca, del contadino che voleva i denari; parlava delle capre, delle vacche, del servo che guardava l'ovile; di tutto fuor che di me.

Io passavo i giorni ad oziare, a portar acqua e ad immischiarmi nelle questioni delle donne alla fontana: a tutti domandavo chi aveva un bel cavallo da corsa, ma tutti mi dicevano se volevo comprarlo e mi ridevano in faccia. Finalmente un vecchio rimbambito mi indicò un ricco paesano malato che voleva vendere il suo cavallo. Io andai: l'uomo giaceva immobile e giallo su una stuoja e le donne lo piangevano già come morto; tuttavia domandai del cavallo e una vecchia mi rispose sottovoce che era al pascolo nel bosco comunale: se qualcuno voleva comprarlo andasse a vederlo.

Allora l'idea di cercare il cavallo per condurlo alle corse non mi abbandonò più. Si avvicinavano i giorni della festa e tutti nel nostro cortiletto ne parlavano: le nostre vicine di casa avevano deciso di andarvi attraversando a piedi la valle, ed erano talmente infervorate nei loro progetti che non ascoltavano più neppure le storie di zio Remundu.

Seduto su lo scalino alto della porta a destra
della sua casa, col bastone fra le gambe e le
mani appoggiate al bastone, egli raccontava le
sue vicende passate, mentre le donne e i ragazzi
lo ascoltavano come se egli narrasse fiabe e
leggende.

Anche questo quadro caratteristico non s'è mai
scolorito nella mia memoria.

Alle spalle del vecchio, accoccolata sulla soglia si vedeva sua figlia Liedda, vedova anche
lei precocemente invecchiata da una malattia di
cuore; come sfondo alla sua figura nera dal viso
cereo l'interno della cucina rosseggiava al chiarore del focolare acceso anche d'estate, e le cas-
seruole di rame brillavan sulle pareti come lune
al tramonto. Nel vano di una finestra al primo
piano si sporgeva il visetto bruno e intento di
Colomba, mentre Banna (entrambe figlie di Liedda) già fidanzata a dodici anni con un pastore
di trenta, alta e precoce, ascoltava i racconti del
nonno appoggiata al muro accanto alla porta con
le mani sulla schiena e un sorriso ambiguo sulle
labbra.

Benchè gemelle Colomba e Banna non si rassomigliavano; la prima col viso ovale bruno come un'oliva, gli occhi d'un nero verdognolo semi-
nascosti da larghe palpebre violacee, era delicata e timida, mentre Banna, robusta, scura in
viso come una mulatta, con le labbra grosse,
il naso aquilino dalle narici frementi, gli occhi
verdastri maliziosi e felini, pareva avesse assor-
bito lei tutta la vitalità che mancava alla sorella.

Nelle sere di festa s'univa al gruppo il fidanzato di Banna; un semplicione alto e grosso che
stava in ammirazione davanti al vecchio e non
badava alla promessa sposa.

E il vecchio raccontava e pareva prendesse gu-

sto a esagerare le sue storie per spaventare le
donne.

— Una volta fui ferito; sì, una palla mi attraversò l'omero, così l'ira di Dio attraversi l'a-
nima del mio nemico. Bene; il sangue colava di
qui (col mento si toccò il braccio) come l'acqua
dalla brocca: ed io zitto. Mi buttai dietro una
roccia e stetti là zitto e immobile tre giorni; sentii passare qualcuno ma non chiamai. E se era
il mio nemico, che il Signore lo disperda come
polvere ai venti? Alla forca! No, meglio morire che aprir bocca per domandar soccorso. Finalmente un amico mi trovò; avevo già perduto
i sensi e stentarono a salvarmi.

— Contate, ziu Remù, contate quando vostra
moglie venne a cercarvi!

— Ah, quella volta la bocca l'ho aperta! Ah,
piccole lucertole mie, quella volta sì. Dunque
mia moglie venne a trovarmi. Ero nel salto «de
S'Ena e Melas», dove una volta abbiamo avuto
il bestiame. Mia moglie sapeva la strada. Ebbene, e non c'era il nemico, in agguato, che spa-
rò contro la donna? Ah, che tu sii squartato,
maledetto demonio; tu volevi bere il mio sangue, il sangue mio; volevi uccidere anche mia
moglie? Essa era pallida come la cenere, ma non
tremava. Io cominciai a urlare; le mie grida
echeggiavano come i ruggiti del leone nel deserto: il nemico fuggì e ci lasciò tranquilli, perchè credette che con me ci fossero altri venti
uomini, tanto avevo gridato.

— Contate, contate, — dicevan le donne; e
il vecchio raccontava.

La luna attraversava il cielo sopra la straducola rocciosa e le figure e il paesaggio apparivano in bianco e nero come in una nitida acqua-
forte, o in nero e rosso se la notte era interlunare e dalle casette usciva il chiarore del fuoco.

Anche Dionisi Oro il mendicante seduto sulla pietra davanti alla sua casupola, sebbene sordo pareva ascoltasse: di tanto in tanto sollevava il viso selvaggio verso Colomba e le faceva un cenno di minaccia scherzosa, poi tornava a fissare zio Remundu baciando le medaglie che gli pendevano dal petto e si segnava come spaventato dai racconti del vecchio.

— Contate, contate, ziu Remù!

— Una volta Innassiu Arras, quel poltrone che se ne rimane fuori del paese perchè gli torna conto più che a lavorare, mi mandò a dire che entro otto giorni mi fossi confessato. Va bene; voleva dire che al nono giorno mi faceva la festa. Allora, piccole colombe mie, io mando a dire a prete Arras, il cugino di Innassiu, che venisse a confessarmi perchè quel poltrone di suo cugino mi aveva imposto così. Prete Arras, Dio l'abbia sotto le sue ali adesso che è morto, voi tutte lo avete conosciuto, era un uomo che amava la vita. Mi mandò a dire che se volevo confessarmi andassi a casa sua; se no confidassi i miei peccati a un tronco di sovero. Va bene, allora cosa faccio, gli mando a dire che sarei andato, di notte, travestito da donna; ma che non volevo esser veduto che da lui. Egli accettò. Cosa facciamo, io ed altri amici, giunta la notte del convegno mandiamo in casa di prete Arras una donna vera, che voi tutta avete conosciuta, ma che adesso torna inutile ricordare. È morta anche lei, adesso; era una donna allegra, Dio l'abbia in gloria. Appena lei dentro, qualcuno va a batter alla porta del prete: nessuno risponde: ci avanziamo in parecchi, e giù colpi alla porta gridando che un moribondo vuol confessarsi. La donna, dentro, finge di spaventarsi e salta da una finestra: la prendiamo, fingiamo di smascherarla, gridiamo. Tutto il paese l'indomani sapeva che prete Arras riceveva di notte quella tale....

— E Innassiu Arras cosa v'ha fatto?

— Lui, quel poltrone? Lui quando sente l'odore delle mie scarpe fugge come la lepre davanti al cane.

Nelle sere precedenti le feste di Nuoro, le donne dunque si distraevano parlando della loro gita: anch'io provavo una smania febbrile e una sera senz'altro dopo aver rovesciato il lievito che la mia matrigna doveva versare sulla farina, inseguito dalle minaccie di lei mi avviai di corsa fuor del paese.

Ricordo sempre; era una notte di luna piena; ogni sassolino aveva la sua ombra e le montagne lontane sembravano veli azzurri stesi all'orizzonte. Quando fui sullo stradale su in alto al principio dell'altipiano mi volsi per guardare il villaggio azzurrognolo alla luna e come dipinto sullo sfondo roccioso del monte: mi pareva di sognare. Sentivo un odore di ginepro, vedevo all'orizzonte di qua e di là dal cono azzurro del Monte di Galtellì due lembi di mare che mi sembravano due occhi misteriosi, e mi sentivo libero nella notte come una lepre scappata dal laccio. Allora credevo ai morti, agli spiriti infernali che vigilano i tesori, ai banditi che attraversano i boschi, alle donne bianche sedute sulle roccie filando la lana bianca e che se vengono disturbate e cade loro di mano il fuso fanno morire il viandante causa della loro distrazione; ma appunto per sfuggire a tutti questi fantasmi e perchè un cavallo visto di notte poteva anche essere uno di quei misteriosi cavalli verdi che in certe leggende conducono ai precipizi chi osa cavalcarli, decisi di fermarmi e di passare la notte nel bosco. Mi coricai dietro una muriccia e sognai che la mia matrigna mi inseguiva a cavallo minacciandomi. All'alba ero di nuovo in viaggio; per non sbagliare costeggiavo lo stradale che attraversa l'altipiano roccioso fra boschi di soveri e di quercie, ma di tanto in tanto mi fermavo per guardare attorno. Le pernici con le ali dorate dai primi raggi del sole svolazzavano d'albero in albero; montagne azzurre e rosee apparivano attraverso il bosco, all'orizzonte, e quelle d'Oliena biancheggiavano fantastiche come montagne di marmo.

Poi riprendevo la strada sempre con la speranza di trovare il cavallo al pascolo. Finalmente mi parve di vederne uno all'ombra sotto una specie di collinetta dominata da un «nuraghe»: ma avvicinandomi vidi che era una roccia!

Cominciavo a disperarmi quando incontrai un vecchio pastore di Nuoro che cavalcava verso la Serra.

— Zio, — gli dissi, — me lo fate correre alla festa, questo bel cavallo? Divideremo il premio.

Il vecchio, un uomo grasso e bonario dal viso rosso lucido, invece di stupirsi mi guardò con benevolenza facendomi qualche cenno amichevole con la testa.

— Di chi sei figlio? — gridò.

— Di babbo mio!

— Bè, senti, vieni martedì a casa mia. Mi chiamo Giuseppe Maria Conzu. Ti darò il cavallo; ma spero non scapperai con esso!

Giunto a Nuoro stanco ma beato, incontrai una mia compaesana che mi diede un pezzo di torrone. Con questo solo cibo rimasi fino all'indomani. Dormii all'aperto in compagnia dei fruttivendoli Baroniesi che avevano fermato i loro carri davanti al casotto del dazio, e il primo giorno della festa vagai a lungo tra la folla va-

riopinta. La musica suonava una marcia allegra
e tutti camminavano e s'agitavano come seguendo quel motivo.

Anch'io camminavo; ma sentivo un gran fra-
stuono entro le orecchie, le gambe mi si piegava-
no e tra la folla mi pareva ogni tanto di vedere
il viso della mia matrigna. Andai a cercare il
pastore, ma mi risposero che sarebbe tornato solo
all'indomani.

Anche la seconda notte dormii fra i Baroniesi
nutrendomi con scorze d'angurie che essi but-
tavano.

Il secondo giorno della festa andai nuovamente
in cerca del pastore ed egli tenne la parola.

— Ti leverai il berretto e le scarpe, — mi disse
mentre attortigliava la coda del cavallo legan-
dola con un nastro giallo. — E bada che devi
prendere il primo premio; ma non farmi crepare
la bestia. Oggi l'ho lasciata digiuna.

— E così ho fatto anch'io! — dissi sbadi-
gliando.

— Meglio! Correrai più leggero: dopo la corsa
ti darò da mangiare.

Egli mi accompagnò fino al punto ove i priori
della festa registravano i cavalli per la corsa,
ed io, montato sul dorso nudo della bestia irrequieta, mi piegavo indietro e in avanti e sui fianchi per far vedere tutta la mia agilità.

Il pastore mi accompagnò per un tratto, poi
continuai da solo fino al punto di partenza, che
era il ponte tra la valle e la montagna. Gli altri
fantini, scalzi e a testa nuda, si sbeffeggiavano
a vicenda lodando ciascuno il proprio cavallo:
in lontananza sui dirupi dardeggiati dal sole ne-
reggiava la folla qua e là come macchiata di
sangue: il rosso dei corsetti paesani.

La fame e il calore del sole mi davano il capogiro; guardavo con ansia i cavalli più belli

del mio, ma speravo di vincere almeno il secondo, almeno il terzo premio. Era necessario; bisognava che portassi a casa almeno cinque lire. Finalmente un uomo ci dispose in fila e battè le mani. I cavalli partirono come freccie fra nuvole di polvere e ben presto io, che fin dal principio m'ero trovato fra gli ultimi, mi vidi solo, curvo sulla criniera umida del cavallo ansante, — solo, ultimo, votato allo scherno della folla.

Vinto da un'angoscia profonda cominciai a urlare per aizzare il mio cavallo; ma gli altri correvano sempre avanti ed io avevo l'impressione che si inseguissero e scappassero l'uno dopo l'altro pazzi di terrore e di rabbia.

Ma il più folle era il mio, ed io quasi del tutto disteso sulla sua groppa ardente più che guidarlo mi lasciavo trasportare da lui. Allo svolto sopra la fontana il cavallo che precedeva il mio inciampò e rallentò la corsa: in un attimo lo raggiunsi, lo sorpassai e il coraggio mi ritornò. Mi sollevai urlando: il cavallo come preso da un impeto di gioia nitrì e raddoppiò di velocità. Ecco sorpassato un altro cavallo, poi un altro ancora.... Mi pareva un sogno. Prima di arrivare all'abbeveratoio, dove già la folla guardava e gridava, raggiunsi e sorpassai gli altri cavalli. Il cuore mi batteva violentemente; vedevo tutto intorno grandi macchie rosse e sentivo come un ronzìo di api.

La gioia mi dava le vertigini. Non pensavo più a niente, nè al premio nè alla matrigna; solo, all'improvviso, sentii una voce che mi fece tremare:

— Bravo, Onorou, bravo!

Ma alla voce del padrone il cavallo sussultò e si scosse violentemente come per liberarsi del mio peso, ed io precipitai sulla polvere come un sasso buttato dall'alto.... La polvere mi parve rossa, i ferri del cavallo che mi passava sopra mi percossero la testa come martelli.... Ma più che il dolore mi fece svenire il grido di terrore della folla.

VII.

Restai tre mesi a letto; e quella malattia che fu come un lungo sonno febbrile mutò completamente il mio carattere.

Divenni sensibile, nervoso; non amavo più girovagare per il paese, non chiacchieravo più con le donne, non litigavo più con la matrigna.

Tutto mi dava noia; ma mi rodevo entro di me senza potermi sfogare a parole quasi fossi diventato muto. Per sfuggire alle persecuzioni della matrigna me ne andavo fra i dirupi nei dintorni del paese nascondendomi fra le pietre e l'erba come una lucertola.

Ma un giorno mio padre ordinò alla matrigna di riempire di pane, di formaggio e di legumi una bisaccia, e tutti e due, lui in sella io in groppa, montammo a cavallo diretti a Nuoro.

Era di ottobre e tutta la valle ancora gialla di stoppie e di cespugli secchi sembrava qua e là tinta dal verde tenero dell'erba di autunno. Il cielo cosparso di nuvolette grigie immobili biancheggiava luminoso come uno specchio ove pareva si riflettessero le roccie del paesaggio; all'orizzonte i colori si facevano vividi illuminati da una luce lontana, e il Monte di Galtellì sullo sfondo d'oro del mare sorgeva simile ad un enorme scoglio azzurro coperto da un velo rosa.

Mentre mio padre mi raccontava le vicende dell'inimicizia del nostro paese la mia fantasia svolazzava di qua e di là come le pernici su gli olivastri, e in ogni pietra vedeva un ricordo, in ogni susurrio di sorgente ascoltava una leggenda.

Così arrivammo a Nuoro e andammo nella casa di zio Giuseppe Maria Conzu. Là rimasi cinque anni a pensione; a pensione per modo di dire perchè pagavo solo il fitto di una stanzetta terrena e mi preparavo il pasto da me con le provviste che ogni due o tre settimane mio padre mi mandava.

Anni di semplicità e di gioia! Io mi alzavo prima dell'alba gorgheggiando con gli uccelli; tutto mi sembrava grande, tutto mi sembrava bello; mi pareva di vivere in una città tumultuosa; se andavo a messa il vescovo mi sembrava Cristo; a scuola consideravo i professori come uomini grandi e celebri, e se coi compagni facevamo qualche escursione nei dintorni o ci spingevamo sino ad Oliena o a Mamojada ero convinto di aver veduto i più bei paesaggi del mondo e di aver esplorato terre ancora ignote. Leggevamo ancora le poesie di Iginio Tarchetti mentre i romanzi e le novelle di Gabriele D'Annunzio ci rivelavano un mondo incantato e malefico, una plaga dolce e ardente piena di fiori velenosi e di frutti proibiti.

Passavo le vacanze qui in paese e le relazioni con la matrigna diventavano quasi amichevoli. Non ero più il ragazzaccio degli anni scorsi ma uno studentello che poteva diventare qualche cosa. Essa mi diceva:

— Perchè non guardi Columba, la nostra vicina? Essa ha roba e zio Remundu molti denari. Si dice che quando era bandito abbia trovato un «accusorgiu»[1]). Guardatela adesso che è ra-

---

[1]) Un tesoro.

gazzetta; altrimenti si sposa con qualche altro.
Così, se tu diventi notaio e segretario comunale,
potrete formare una famiglia ricca e rispettata.

Io in quel tempo rileggevo «Terra Vergine»
e sognavo grandi fiumi luminosi con isole coperte di canne e di giuncheti, ombreggiate di boschi di salici e di pioppi; tutto un paesaggio
caldo, fantastico, velato di vapori rosei, popolato
di donne belle e voluttuose. E queste donne le
vedevo coperte anch'esse di veli fluttuanti, coi
capelli sciolti e gli occhi in color di viola come il cielo al crepuscolo.

Il mondo reale intorno a me era invece nitido
e duro; un mondo fatto di roccia e di macchie
dai rami contorti come membra che la lotta
eterna col vento ha indurito e ripiegato ma non
vinto. Se la nebbia passava sul mio capo il vento la portava subito via: e le donne erano vestite
di nero e di giallo, di panno ruvido e di velluto
rasato, come se rappresentassero il giorno e la
notte assieme, ma senza crepuscoli, l'amore e
l'odio ma senza pervertimenti.

Sopra questa stamberga vi sono due stanzette,
anche allora in pessimo stato. L'acqua sgocciolava dal tetto e il vento penetrava dalle fessure
delle imposte corrose. In una dormivo io: la
finestruola domina una distesa di casupole e di
cortiletti; fra gli altri, attiguo al nostro, il cortile di zio Remundu. Buoi e cavalli, cani e maiali
popolavano sempre il portico che precede la casa
e il cortile che sembrava una gabbia; spesso vedevo Banna, agile olivastra e fiera come una do-
matrice, passare e ripassare fra le gambe dei
cavalli e dei puledri e accanto ai giovenchi che
scuotevano minacciosi la coda, mentre Columba
passava rasente al muro timida e quasi paurosa,
accostandosi al pozzo per attingere acqua. Qualche volta le due sorelle litigavano e Banna si

ergeva selvaggia pronta a gettarsi contro Columba che si ritraeva spaventata.

Columba mi destava pietà; era un essere debole bisognoso di protezione, e l'idea suggeritami dalla matrigna di innamorarmi di lei mi sembrava buona e generosa. Di due anni più giovane di Columba io ero già alto e forte mentre lei, sottile come un asfodelo, sembrava ancora una bambina.

Un senso di poesia barbara e un velo di leggende circondavano la casa antica ov'ella abitava: talvolta vedevo la testa medioevale del vecchio apparire nel vano delle finestruole simili a feritoie, e tutto un passato epico risorgeva davanti a me, nel silenzio intenso dei meriggi profumati dall'odore del lentischio, o nei crepuscoli interminabili quando io stanco di una realtà troppo meschina mi abbandonavo alle mie fantasticherie di adolescente.

Allora tutto mi sembrava poetico nella casa dei miei vicini, il pozzo primitivo che ricorda la costruzione dei «nuraghes», i cavalli che ruminavano il fieno estraendolo dai cestini di canna, il vecchio che li accarezzava e parlava loro come ad amici, la mola romana trainata dall'asinello, la vecchia serva che puliva la farina seduta sotto la tettoia, i ballatoi di legno, e soprattutto una specie di veranda sporgente sul cortile sopra il portico terreno. Era un ballatoio coperto da un tetto di tegole, una rozza imitazione dell'antico «calcidium», sul quale s'aprivano le porte delle camere al primo piano: spesso Columba stava là seduta su uno sgabello accanto a una pianticella di basilico verdeggiante in un vaso di sughero.

Ella cuciva o ricamava e un agnellino nero stava sdraiato ai suoi piedi. I falchi passavano sul luminoso cielo d'agosto sopra il cortile patriar-

cale; il loro strido d'amore e di rapina faceva
sollevare il viso a Columba, e quel viso delicato
e ardente, quei grandi occhi dalle palpebre brune,
tutto il quadro semplice e antico richiamava sulle mie labbra i versetti del « Cantico dei Cantici ».

Ma la presenza di Banna mi richiamava spesso
alla realtà. Ella usciva nel portico e attaccava
una bisaccia o una sella ai lunghi piuoli infissi
nel muro; sgridava la vecchia serva che le rispondeva con insolenze, attraversava il cortile,
mi salutava sorridendomi e si indugiava al pozzo.

I suoi saluti frequenti, i suoi sorrisi ambigui,
che talvolta mi sembravano beffardi, tal'altra
pieni di tenerezza, mi destavano un senso di mal
essere. Ella mi mandava spesso regali di frutta,
carne, dolciumi. La vecchia serva scalza dal corto
viso egiziano, con le gonne rigide e la cuffia
lunga, veniva a passi silenziosi con un piatto
sotto il grembiule. Lentamente, quasi con mistero scopriva il dono.

— Per Jorgeddu bello! Lo manda Banna, la
mia padrona.

Era benevola e ironica. La mia matrigna prendeva il piatto e lo vuotava ringraziando con dignità.

— E quando si sposa dunque, la tua padrona?

— Presto, anima mia; non c'è furia, però.

— Eh, aspettano forse che lo sposo cambi i
denti?

— E perchè no? I ricchi han sempre sette anni, anche quando ne hanno settanta.

— Ascoltami, consolazione mia; — mi diceva
la matrigna, quando la vecchietta se ne andava
col suo piatto sotto il grembiale, — se Banna
non fosse promessa sposa ti consiglierei di guar-
dàrtela: con lei ti intenderesti forse meglio che
quell'acqua morta di Columba....

E mi porgeva una delle pere verdi che la ser-

va aveva portato nel piatto; ma io la respingevo
con un senso di ripugnanza.

Le nozze di Banna furono celebrate a Pasqua.
Io ero ritornato per qualche giorno in paese e
fui invitato; per tre giorni le tavole rimasero
apparecchiate e mentre zio Remundu presiedeva
seduto in capo alla mensa fra due boccali di
vino lo sposo andava su e giù per la casa e aiutava a sgozzare le pecore e i capretti destinati
al banchetto.

Nel cortile si ballava al motivo di un canto
corale. Le donne e gli uomini con le dita intrecciate saltellavano seri e quasi tragici intorno
al gruppo dei cantori che riuniti viso contro viso
con le mani sulle guancie pareva si comunicas-
sero un segreto. Sotto il portico ove si sgozzavano i capretti e si scorticavano le pecore, la
scena aveva alcunchè di rituale, simile ad un sacrifizio accompagnato da canti e danze in onore
degli sposi. Anch'io ballai, e Columba mi diede
la sua mano gracile che a poco a poco io sentii
scaldarsi e quasi gonfiarsi entro la mia come un
uccellino assiderato che riprende vita e calore.

La sera del terzo giorno si ballava ancora. Io
rimasi a cena; le tovaglie erano macchiate di
vino, di sangue e di miele, tutta la casa esalava
un odore di bruciaticcio e di liquori ed era piena
di dolciumi, di frumento regalato alla sposa, di
mazzolini di fiori, di bioccoli di lana e di carne
fresca. Un disordine indescrivibile regnava in tutte le camere e la gente vi passava come in un
luogo pubblico; nel cortile i cantori proseguivano
la loro cantilena sonora, e i ballerini danzavano
emettendo gridi sonori.

Sembrava un'orgia, una festa bacchica illuminata fantasticamente dai fuochi di lentischio
che ardevano nel cortile e dalla luna che calava
rosea sul cielo di primavera,

E il vecchio presiedeva a capo della tàvola fra i due boccali di vino raccontando le sue avventure, mentre lo sposo un po' pallido rideva é beveva, e agli scherzi e alle allusioni degli invitati rispondeva dicendosi capace di andare alla tanca per domare i puledri. Le donne, compresa la sposa i cui occhi sembravano più verdi nel loro cerchio di viola, erano stanche e pallide; soltanto Columba insolitamente eccitata dai suoni e dalla danza o dalle frasi degli invitati, aveva gli occhi lucenti e il viso roseo. Ballammo ancora assieme nel cortile al chiarore del fuoco e della luna. La notte era fresca, ma noi respiravamo con piacere l'aria che aveva l'odore delle roccie umide e del lentischio fiorito. La luna batteva sulla veranda, dove a un tratto apparve la figura di Banna e subito dopo quella dello sposo. Vedendoli, qualche ballerino emise gridi selvaggi e Columba sussultò come spaventata stringendomi la mano; io allora sentii un brivido; la guardai e il suo sguardo rispose al mio.

Continuando a ballare io sentivo il suo fianco sfiorare il mio, mentre il canto corale monotono e sonoro che guidava la danza mi ricordava il vento nella foresta.

Mi pareva d'essere su una montagna illuminata dalla luna, tra roccie fantastiche e tronchi d'alberi fossilizzati, e che noi tutti che formavamo il circolo del ballo tondo fossimo uomini primitivi riuniti per una danza sacra dopo la quale ciascuno di noi poteva portarsi via la sua compagna e folleggiare con lei nel paesaggio lunare, nascondendosi entro le grotte, baciandosi all'ombra delle quercie, vivendo insomma secondo il suo istinto e il suo desiderio.

Spinto da quest'illusione io seguii Columba un momento che ella si staccò dal circolo per entrare nella casa. Salì la scaletta, attraversò la

stanza del banchetto, uscì in un ballatoio che
comunicava con un'altra camera: io la seguivo.
La luna era tramontata e solo un'aureola bian-
castra segnava i profili dei monti. Il chiarore e
i canti che salivano dal cortile si affievolivano
come se la scomparsa della luna segnasse la
fine della festa. Io presi Columba fra le braccia e la baciai con tutto il mio ardore e la mia
fede di adolescente: ella per me rappresentava
in quel momento il mistero della notte, la primavera, la poesia dell'amore; le sue labbra erano
per me come l'orlo d'un vaso pieno dell'essenza
stessa della vita.

VIII.

L'indomani all'alba partii senza averla riveduta e per settimane e mesi vissi in una specie
di ebbrezza, in una illusione dolce e profonda
come un vero sogno.

In estate ritornai e continuammo ad amarci
in segreto.

Dopo il suo matrimonio Banna abitava l'ala
destra della casa completamente separata dal
centro e dall'ala sinistra, e spesso la serva andava da lei per lavorare. Se il vecchio era assente, Columba sola in casa non esitava a rice-
vermi.

Abbiamo passato intere notti assieme, quando
il nonno era all'ovile e la serva di Banna a fare
il pane.

Anche all'interno la casa è misteriosa; coi suoi
anditi, gli stretti passaggi, i ballatoi, i ripostigli, sembra una costruzione medioevale.

Una notte Columba mi fece vedere uno stanzino segreto.

— Qui il mio nonno stette una volta nascosto sette giorni, mentre la casa era piena di soldati che lo cercavano e lo aspettavano credendo che egli dovesse tornare dalla foresta. Non vedendolo tornare se ne andarono. Durante tutto il tempo che stette bandito egli avrebbe potuto benissimo viver qui nascosto, ma egli amava la campagna. Anche adesso se sta qualche giorno in casa dice che gli sembra di soffocare.

Io amavo aggirarmi con Columba nelle camere basse e nude, affacciarmi con lei al ballatoio ove la prima volta l'avevo baciata. Se qualcuno batteva alla porta trasalivamo tutti e due e ci stringevamo come se un pericolo terribile ci sovrastasse. Il nostro amore aveva un sapore di leggenda.

Ma una sera purtroppo i colpi alla porta si fecero insistenti e furiosi; Columba aprì la finestra ed io sentii la voce di Banna che imponeva di aprire. Allora tentai di saltare dal muro del cortile, ma affacciandomi vidi il marito di Banna coll'archibugio in mano come in attesa d'un ladro.

Rientrai e aprimmo: Banna si precipitò dentro tentando di afferrar la sorella per i capelli. Io difesi Columba che si ritraeva smarrita e Banna a bassa voce per non destare l'attenzione dei vicini di casa pronunziò contro di noi i più sanguinosi vituperii. Columba taceva. Natura chiusa e debole ella non ama la lotta, ma ha la forza straordinaria di dominare la sua collera e di non rivelare mai il suo pensiero segreto. Alle domande e alle ingiurie di Banna rispondevo io solo; la scena era comica e tragica perchè anche il marito era venuto dentro con l'archibugio e a momenti mi guardava torvo pronto a vendicare l'onore della famiglia, a momenti sorrideva e faceva cenni scherzosi di minaccia alla povera Columba. Infine fu lui a proporre un accomodamento.

— Moglie mia, non senti che egli è pronto a chiederla in matrimonio? perchè ti arrabbi come un verro? Quando egli prenderà la laurea si sposeranno e così avremo un cognato notaio.

Ma Banna sghignazzava accennando con disprezzo la sorella.

— Essa è fatta per esser moglie di un pastore. E il nonno non può vedere i borghesi affamati e non ti vorrà, Jorgj Nieddu; prenditi una borghese puzzolente, e va via di qui, e ringrazia il Signore che non abbiamo avvertito il nonno, perchè se vi sorprendeva lui vi schiacciava le teste l'una contro l'altra. Vattene.

Dopo quest'avventura io decisi di chiedere al vecchio la mano di Columba, e siccome egli teneva molto alle usanze del paese, una domenica mattina mio padre andò in casa dei nostri vicini e sedette davanti al focolare domandando:

— Remundu Corbu, io ho perduta un'agnella che formava l'onore del mio gregge. Era bianca, coi peli arricciati, morbida come la prima neve. Tu che giri per le campagne l'hai vista, per caso? per caso non s'è mischiata al tuo gregge?

— Remundu Nieddu, nel mio gregge ci son tante agnelle, una più bella dell'altra: può darsi che la tua ci sia; bisognerebbe andare a vedere.

E così di seguito finchè entrò Columba. Allora mio padre balzò in piedi e battè le mani.

— È proprio questa l'agnella che cercavo.

Ma prima di dare una risposta decisiva il vecchio domandò sette giorni di tempo; durante questa settimana Columba fu tenuta chiusa a chiave e solo qualche volta io la vedevo attra-

verso l'inferriata d'una finestra, come una pri-
gioniera. La mia matrigna origliava alla porta
dei nostri vicini, dicendomi che fra Banna e
il vecchio si discuteva continuamente: la donna
voleva che la domanda di matrimonio venisse
respinta con sdegno, mentre il vecchio faceva
le mie lodi, ma con ironia, chiamandomi già il
«notaio» oppure «su cusino mizadu» (il borghese
con le calze).

La vecchia serva confabulava con la mia matrigna.

— Jorgeddu verrà accettato, — diceva con la
sua voce ambigua. — Non dubitate, verrà accettato; all'avvenire il Signore penserà.

Ed io fui accolto ufficialmente in casa Corbu
come promesso sposo di Columba. Ricominciarono
i regali: ma adesso la vecchia veniva a nome
del nonno, ed ogni volta io le davo una moneta
d'argento, cosa che provocava i suoi ringrazia-
menti e le sue lodi enfatiche ma non valeva a
rendermela veramente amica.

Essa vigilava sempre e non mi riusciva più
di trovarmi solo con Columba. Ogni sera andavo
a farle visita, ma mi trovavo sempre davanti al
nonno la cui presenza mi dava un senso di soggezione e di freddo.

Fra me e lui qualcosa di fatale sorgeva; qualcosa che ci impediva scambievolmente di capirci
e di amarci. Egli era intelligente e non si confondeva davanti a nessuno; fin da bambino io
avevo ammirato la sua figura, il suo modo di
parlare, la forza e l'astuzia che trasparivano dai
suoi sguardi e dai suoi gesti, la sua volontà in-
crollabile di vivere a modo suo; volontà che egli
non cercava di nascondere: adesso la mia ammirazione diminuiva di giorno in giorno, lasciando
luogo a un vago senso di soggezione, a un senso
di avversione e di antipatia. Sul principio cre-

detti che si trattasse dell'eterno conflitto fra generazione e generazione: egli era vecchio, aveva trascorsa una vita selvaggia; io ero quasi ancora un fanciullo e coglievo ogni occasione per inveire contro gli usi primitivi del paesetto e predicare l'amore verso il prossimo, la giustizia, la pace fra gli uomini.

Il vecchio mi trattava con ironia; pareva mi considerasse come un ragazzo debole corrotto e si divertiva talvolta a beffarsi di me in presenza di Columba.

Spesso mi diceva:

— Finchè non ti levi l'abitudine di portar calze non sarai uomo: chè forse tuo nonno e tuo padre le portavano?

Se Columba interveniva egli si beffava anche di lei.

Seduto davanti alla porta appoggiato al suo bastone d'oleastro grosso e lucido come una piccola colonna, raccontava le sue storie e coglieva ogni occasione per rivolgere a me od a Columba frasi ironiche.

— Uccellino calzato, tu non avresti fatto questo; tu attraversi più facilmente il tuo letto che quello di un torrente straripato.

— Le donne di quel tempo non avevan paura: non erano come la nostra agnellina che cade svenuta se un sorcio attraversa il portico.

Le donne ridevano, e specialmente la mia matrigna: ella mi aveva suggerito l'idea di sposar Columba; adesso che ero stato accettato pareva ne provasse dispetto, e fra lei e Banna e le altre donne del vicinato eran continui pettegolezzi a proposito di noi due fidanzati.

In ottobre ripartii: ma dopo qualche giorno dovetti ritornare perchè una terribile malattia, il carbonchio, uccideva mio padre.

Invece di chiamare subito il dottore la mia

matrigna era ricorsa a zia Martina Appeddu.
Quando arrivai mio padre era morto.

Giaceva disteso per terra su stuoie e sacchi,
col viso violetto rivolto alla porta; e la matrigna
coi capelli sciolti coperti di cenere, in mezzo
a un cerchio nero di donne fra cui Banna, Columba e tutte le vicine di casa pallide e maca-
bre come streghe, ululava intorno al cadavere,
si batteva la testa alle pareti, si buttava per
terra e urlava come un'ossessa. Non dimentiche-
rò mai la triste scena. Rimasi ore ed ore impie-
trito in un angolo guardando mio padre morto
e le donne ululanti. Avrei voluto cacciarle fuori
ma non osavo perchè la presenza del cadavere
con quel viso violetto che pareva sogghignasse
di dolore e di beffe mi imponeva rispetto. D'altronde quei gridi funebri scomposti, d'un dolore
folle, mi sembravano talvolta i gridi stessi del
mio cuore. Tacevo, ma tutto gridava entro di me.

Portato via il cadavere mi scossi dal mio dolore.

Alcune donne continuavano ad ululare mentre
le prefiche di mestiere ricevevano già il com-
penso: una misura di frumento e una libbra di
formaggio. La vedova batteva la testa contro
il giaciglio dal quale era stato portato via il
cadavere.

Io mi alzai e dissi:

— Adesso basta: tutto è finito

Ma la scena doveva continuare fino a notte
inoltrata: di tanto in tanto la matrigna s'alzava,
s'affacciava alla porta dicendo di sentire i passi
del marito che tornava dall'ovile; poi urlava chia-
mandolo. Sembrava pazza ed anch'io sentivo un
brivido di follia. Mi alzai una seconda volta e
dissi con forza:

— Donne, adesso basta. Andatevene, se no vi
caccio via per forza.

La prima a tacere fu Columba: a poco a poco anche le altre tacquero; alcune si alzarono e la nera ghirlanda fu scomposta.

Solo la mia matrigna continuò ad urlare; e nel suo grido echeggiava non più il dolore per il morto ma l'odio per il vivo.

*

Zio Remundu mi mandò a chiamare. Sedeva accanto al focolare, in mezzo ad una nuvola di fumo, col suo bastone lucente come una colonna, e non era più nè calmo nè ironico. Sembrava un Dio corrucciato: i suoi occhi verdognoli scintillavano feroci. Banna sedeva sulla pietra del focolare, accovacciata implacabile come l'angelo che accusa i peccati umani alla giustizia divina.

— E dunque, Jorgj Nieddu, perchè hai fatto così?

— Che ho fatto, zio Remù?

— E anche me lo domandi? Hai cacciato via dal tuo focolare le donne che piangevano tuo padre. Puoi vivere così solo tu, come il cinghiale nel salto, per cacciar via così i tuoi simili?

Cercai di scusarmi facendogli capire la mia avversione per certi usi barbari; era come battere la mano contro un macigno con la speranza di romperlo. Egli ridiventò ironico.

— Ah, tu vuoi metter le calze a tutti? Lascia, lascia correr l'acqua per la sua china, e se non vuoi vivere in mezzo a noi vattene nelle città: là troverai gente come te.

— Zio Remù! Ma le donne che ho cacciato via erano prezzolate, ricevevano un tanto per ogni loro strido.

— E tu, quando farai l'avvocato, tu non ti farai pagare per gridare? E ti cacceranno via allora, dal Tribunale o dalla Corte?

Una sorda irritazione mi prese. Gli domandai se si burlava di me, ed egli s'alzò e sollevò il bastone; io balzai davanti a lui gridando:

— Percuotetemi pure, ma cercate almeno di capire quello che dite e che fate.

Columba che fino a quel momento era stata in un angolo a guardarci con occhi spauriti si precipitò in mezzo a noi piangendo; il vecchio abbassò il bastone e ci guardò entrambi con disprezzo.

— Non ho mai detto una parola senza pensarci su sette volte, — gridò rimettendosi a sedere, — così fosse di voi, scemi!

Per non continuare le questioni ripartii subito e lasciai che la mia matrigna disponesse lei dell'eredità di mio padre. Ella si ritirò in una sua casupola, ma si tenne le proprietà del piano superiore di questa stamberga. Quando ritornai la casa era desolata e vuota: io l'animavo con la mia giovinezza ed i miei sogni.

Continuai ad essere il fidanzato di Columba ma col vecchio le relazioni erano sempre tese. Eravamo due mondi che si urtavano a vicenda; egli era il passato, io mi credevo l'avvenire, e Columba andava dall'uno all'altro sballottata come un pianeta fra due astri la cui potenza di attrazione era parimenti grande e terribile.

Ma col passare del tempo mi accorgevo che l'avversione del nonno per me non era l'odio del passato contro il presente: era ancora l'«inimicizia», l'odio di famiglia. Per il vecchio io ero sempre il parente degli Arras, e bastava che nominassi zio Innassiu (del resto io non lo avevo più veduto dopo il famoso giorno delle paci) perchè il nonno diventasse ironico e cattivo.

Ma io continuavo ad amar Columba per pietà; volevo trarla dal mondo ove viveva, mi sembrava che liberando lei dalle superstizioni e dalle miserie che la circondavano avrei cominciato a liberare tutto il mio popolo.

Intanto per continuare gli studi vendevo la mia poca roba: questo mi diminuiva agli occhi dei miei compaesani e si diceva che spendevo i denari per divertirmi. Ogni volta che tornavo in paese mi si guardava con maggiore curiosità e diffidenza.

Columba mi lasciava capire che fra lei e Banna era una lotta continua a proposito del progettato matrimonio.

— Quando tu sei nella città mia sorella mi dice, ogni sera: «a quest'ora egli sarà con le donne indemoniate di quei posti ove si mangia denaro» oppure: «egli ti mangerà anche la cuffia e ti lascerà sola e andrà a divertirsi con altre donne». Ed io allora mi metto sul limitare della porta, guardo la stella della sera come la guardano i prigionieri e piango e piango.

— Dunque tu dài retta alle malignità di tua sorella?

— No, no, cuoricino mio; ma penso giusto che tu sarai un avvocato, un signore, ed io sarò sempre una paesana. Tu ti vergognerai di me.

Invano cercavo di liberarla dalle suggestioni maligne della sorella e del nonno; ella era sempre triste e diffidente. Io soffrivo e quando andavo in quella casa provavo un senso di oppressione come se nei ripostigli e negli angoli bui si nascondesse un nemico pronto a farmi del male.

Ma quando ero nella città sentivo la nostalgia della mia campagna selvaggia e ventosa e ritornavo con gioia alla mia stamberga.

L'anno scorso tornai per Pasqua: da Nuoro

presi a nolo un cavallo e rifeci la strada percorsa la prima volta con mio padre.

Era un pomeriggio d'aprile. In fondo alla valle già coperta d'erbe e di fiori una striscia violacea di puleggio fiorito accompagnava la striscia argentea del ruscello; sulle roccie cresceva il musco novello e da ogni cespuglio, da ogni pietra pareva salisse un soffio profumato. Il canto degli uccellini mi sembrava un grido di gioia affievolito nel silenzio del paesaggio, e mi sentivo così felice che mi pareva di formare una cosa stessa con la natura. Anche il mio cuore fioriva e la mia fronte era luminosa come il cielo.

A metà strada non potei resistere al desiderio di smontare e di sdraiarmi sull'erba.

Anche il cavallino al quale tolsi il freno perchè brucasse un po' d'erba si scosse tutto, guardò il sole calante e nitrì come per annunziare ai puledri che pascolavano in lontananza che anch'esso almeno per un momento era libero.

Libero! Anch'io, almeno per un momento, ero libero! Mi tolsi le scarpe, mi sdraiai sull'erba: il sole cadeva già senza raggi sul cielo argenteo; il vento soffiò da occidente, dapprima lieve, poi sempre più forte, e l'erba ondulò argentea quasi volesse sfuggire spaurita mentre i cespugli si curvavano con un lieve fruscìo che sembrava un gemito di piacere.

Io guardavo il sole, mi volgevo, guardavo il mare lontano e mi sentivo felice.

— Ecco, — pensavo, — adesso cominciano le funzioni religiose in chiesa, Columba si veste per andarci, e anche il nonno prende il suo bastone e va.

A un tratto mi parve di veder la chiesa semibuia, di sentire l'odore dell'incenso, la voce del prete. Il sole era tramontato; cadeva già la notte. Come ero giunto al paese? Mi scossi e mi trovai ancora sull'erba ove mi ero addormentato fantasticando. Balzai in piedi un po' intirizzito e cercai con gli occhi il mio cavallo, ma non lo vidi; tutto era silenzio intorno; solo si udiva il rumore lontano del torrente e la stella della sera brillava già sull'orizzonte come una scintilla dimenticata dal sole.

Corsi di qua e di là, balzai sulle roccie, m'inerpicai su per un sentieruolo. Si faceva buio. Finalmente scorsi il cavallo in una piccola radura chiusa da un gruppo di macigni simile ad un castello diroccato; mentre attraversavo quel laberinto di pietre vidi un vecchio seduto davanti a un fuoco acceso in una specie di focolare scavato nella roccia.

Il quadro era bello ed io mi fermai ad ammirarlo. La fiammata rossa e tremula pareva volesse volare intera, e non potendolo mandasse via frammenti che si perdevano nell'aria come piume d'oro.

E il vecchio vestito di nero e col cappuccio in testa, con una lunga barba grigia divisa in due punte, un rosario in mano, sembrava un eremita. Mi parve di riconoscerlo e lo salutai.

— Ziu Innassiu Arras! Siete voi?

Egli mi guardò con diffidenza e mi domandò se ero uno della polizia: quando sentì il mio nome scosse sdegnosamente il capo.

— Ah, tu sei Jorgj, il figlio di Remundu Nieddu? Siamo parenti, sebbene tu ti vergogni a dirlo.

— Perchè mi vergogno a dirlo?

— Perchè ascolti volentieri Remundu Corbu, quando egli dice che io sono un poltrone. Ah, tu vuoi sposare la sua nipotina? Fai bene, molto bene, perchè egli ha un «malune»[1]) pieno di monete, che il diavolo si porti via lui e il suo

---

[1]) Vaso di sughero.

denaro. Sta' attento però, ragazzino, tu non conosci ancora bene quell'uomo.

Io fui per esclamare: « oh, sì, lo conosco! » ma giudicai prudente tacere; però quando il vecchio mi disse:

— Ebbene, non indugi? Non è ieri che ci siamo veduti, — io sedetti su una pietra accanto a lui e sebbene l'ora fosse tarda lo pregai di raccontarmi qualche cosa della sua vita.

— Ebbene, che devo dirti? Il torrente mormora quando è pieno; quando non ha più acqua tace.

Ma alle mie insistenze mi raccontò un'avventura che aveva rinfocolato l'odio fra lui e zio Remundu.

— Io non ho mai commesso un delitto; quelli che ne han commesso stanno a casa loro tranquilli; io ho vissuto come una fiera, solo perchè domandavo giustizia. Ero io il perseguitato; perchè dovevo farmi chiudere in gabbia quando ero innocente come il sole? Ed ecco un giorno il vescovo salì su una giumenta e andò al paese come Cristo a Gerusalemme; bastarono tre o quattro sue parole perchè tutti piangessero come donnicciuole e come queste facessero pace. Tutti quelli che battevano la campagna si arresero, andarono in carcere, mentirono, pur di tornar liberi. Furono vili, figlio caro, perchè l'uomo, se è vero uomo, muore prima di travisare la verità. Remundu Corbu fu tra quelli che baciarono la mano al vescovo e ritornò a casa sua. Un giorno io lo incontrai qui, in questi dintorni, e gli rinfacciai la sua viltà. L'ingiuria trae l'ingiuria, figlio caro, come la pietra che rotola sulla china trae la pietra che trova più sotto. Io percossi Remundu e gli sputai sul viso, egli minacciò di uccidermi, ma quell'uomo è vile, sai; ha paura del sangue e dei ferri e non mi uccise, ma senti cosa fece. Finse di dimenticare, e gli anni passarono ed io non pensavo a fargli del male. Egli mi mandava a dire: «Presentati, io ti servirò da buon testimonio e ti assolveranno: abbiamo giurato tutti di vivere in pace». Ma io avevo giurato di morire nel bosco piuttosto che provare i ferri. Bene, fra pochi mesi saran trent'anni ch'io batto il bosco e sarò libero, allora avrò diritto a tornare in paese. Ma il cuore è cuore, ed io spesso pensavo alle mie figlie, e quatto quatto come la donnola che si allunga sotto le pietre tornavo qualche volta in paese. I carabinieri non mi conoscevano e nessuno dei miei compaesani poteva tradirmi. Ebbene, una volta Remundu Corbu venne a cercarmi in campagna, e mi fece camminare con lui, mi fece passare dove voleva lui e arrivati su un'altura mi strinse la mano e mi lasciò. Aveva fatto la parte di Giuda: due carabinieri, di quelli che ancora non mi conoscevano, sbucarono da una macchia e mi rincorsero. Ma le mie gambe erano agili, figlio caro, ed io corsi come il cane, corsi tanto che quando arrivai al punto ove nessuno più poteva vedermi mi tolsi dalle spalle la «tasca» e vidi il mio pane di nuovo ridotto in farina.[1]) Tanto avevo corso, figlio caro!... Allora decisi di uccidere Remundu, di ucciderlo in piazza o in chiesa, in un luogo pubblico infine, per sua vergogna. Era di questi tempi, il Venerdì Santo. Tornai in paese verso sera e andai in chiesa sicuro di trovare il mio nemico. Si celebravano i sacri Misteri, la morte e passione di Nostro Signore, e la folla era tale che io dovetti stare alcun tempo nell'ingresso tra la gente che si accalcava per entrare. Alcuni uomini mi riconobbero, ma sorridevano e mi si stringevano attorno come per nascondermi e di-

[1]) Pane biscotto che si sgretola facilmente.

fendermi, tanto ero rispettato, figlio caro. Sentivo la voce di Gesù che diceva: «Ouddu chi mi traichet est chin mecus» (colui che mi tradisce trovasi con me) e la voce di Giuda che rispondeva: «Cheries narrar pro me, amadu Deus?» (Volete dire per me, amato Dio?). Poi sentivo Gesù che diceva: «Dio mio, allontanate da me questo amaro calice, però sia fatta la vostra volontà» e stretto tra la folla sentivo anch'io un freddo sudore bagnarmi le spalle. Cercavo con gli occhi il mio nemico, ma non vedevo che teste nere e bianche illuminate dal chiarore dei ceri, e stringevo entro la saccoccia il mio coltello. A un tratto la folla si diradò: Gesù era stato portato via dai soldati e nell'intermezzo tra una scena e l'altra del Mistero il prete salito sul pulpito predicava. Allora io potei avanzarmi e inginocchiarmi in un angolo dietro una panca fra due vecchie donne. Il prete abbracciava un Cristo nero e sanguinante che stava sul pulpito, e piangeva e gridava: «Dio mio, Signore mio, perdonate a quelli che non sanno quel che si fanno. Qui sotto i vostri occhi, mentre il sangue vostro cade per la salvezza dei peccatori, qui, qui c'è chi pensa ad uccidere, chi tiene il suo coltello in pugno per uccidere il suo fratello».... Te lo dico francamente, figlio caro, ho avuto paura; credevo che il prete mi vedesse. A un tratto un uomo andò a sedersi sulla panca davanti a me: era lui, il mio nemico. Mi bastava tirar fuori la mano di saccoccia per vendicarmi; ma mi pareva che la mia mano fosse diventata di ferro e non potesse più venir fuori dalla tasca. Non ho vergogna a dirlo, figlio caro: io vedevo Cristo lassù in croce e sentivo le donne piangere come se fossi io il morto: e quando il prete disse: «Cristo sarà deposto nel sepolcro, ma risorgerà, e così voi, peccatori, deponete i vostri rancori se volete che l'anima vostra risorga» ebbene, figlio caro, io mi misi a piangere con le donne. Remundu Corbu si volse e mi riconobbe. Egli aveva paura di me e rimase sbalordito; poi si alzò e si allontanò rapidamente. Ecco perchè dice che io sono un poltrone, un buono a niente: perchè quella volta non l'ho ucciso, e perchè non lo odio e non gli faccio del male.

Mentre raccontava, il vecchio sgranava il rosario e non cessava di volgere la testa di qua e di là mosso dall'istintiva abitudine di ascoltare i minimi rumori del luogo.

Io mi sentivo triste: la figura di zio Remundu mi appariva fosca ed equivoca.

Tentai di difenderlo, ma il vecchio bandito non parlò più: quando credeva di aver detto una verità non discuteva oltre.

Solo prima di lasciarci mi disse:

— Se tu non mi credi, meglio, o peggio per te. Cristo è morto ed è risorto e non tutti ci credono.

Io rimontai a cavallo e ripresi il viaggio al chiaror della luna che saliva dal mare. A poco a poco la calma e la gioia ritornavano nel mio cuore.

Ricorderò la storia del vecchio finchè vedrò la terra rifiorire dopo l'inverno grigio e ogni volta che vedrò un uomo tendere verso la sua vera risurrezione che non è dopo la morte ma in questa vita stessa ed è il bene dopo il male, l'amore dopo l'odio.

Ma l'incontro col vecchio Arras mi portò sventura.

Columba era malinconica e taciturna più del solito; il giorno di Pasqua non volle neanche andare a messa, e a me che le chiedevo ragione del suo cattivo umore diceva di preoccuparsi perchè la serva era malata. A tavola quel gior-

no sedemmo io, il vecchio, il marito di Banna
e un ospite di Tibi. Era un ricco pastore di qua-
rant'anni, bello, colorito di viso, con una barba nera lucida e gli occhi castanei e dolci: ma
aveva le gambe corte e il corpo grosso e se seduto a tavola aveva un aspetto imponente, alzandosi diventava ridicolo.

Il pranzo non fu allegro. Columba serviva a
tavola, e l'ospite, vedovo da pochi mesi, parlava della moglie morta e sembrava afflitto anche per la mancanza di lei come massaia.

— Adesso la mia casa è come una capanna
aperta a tutti i venti; ogni soffio porta via qualche cosa.

— Riprendi moglie, Zuampredu Cannas! — disse il vecchio. — Sei ricco, non hai figli. Qualunque donna, se tu la cerchi, si bacerà il gomito per l'allegria.

L'ospite guardò il vecchio sorridendo, ma non
replicò.

Nel pomeriggio il marito di Banna venne a
cercarmi e m'invitò ad andare con lui in giro
per il paese. Aveva bevuto bene ed era allegro
più del solito; con le saccoccie piene di pere
secche e di mandorle fermava qualche bambino
per offrirgliene e ridere con lui, ma di tanto in
tanto si raccoglieva come immerso in un profondo pensiero e faceva segni e cenni parlando
fra sè ad alta voce.

— Senti, fratello caro.... — cominciò due o
tre volte, ma non proseguì.

Finalmente arrivati che fummo sulla piazza
mi disse:

— Egli non ha figli, come me; solo che io
posso sperare ancora di averne perchè mia moglie è lì, bella e scalpitante come una puledra,
mentre lui moglie non ne ha. Di chi parlo, dici? Di Zuampredu Cannas, parlo! E ricco, che

una palla gli trapassi il garetto; ha un sughe-
reto che gli rende come una parrocchia: è ricco,
sì, ma non ha figli. A che serve la sua roba?
Un patrimonio senza eredi è come un alveare
senza api!

E così proseguì per un bel pezzo sebbene io
l'ascoltassi con indifferenza.

— Egli è partito: hai veduto che cavallo aveva? Quello è un cavallo! Come, tu non lo hai
veduto?

Eravamo fermi davanti al parapetto; nuvole
bianche correvano sul cielo turchino, il vento
soffiava: io ricordavo il cavallo di zio Conzu e
la mia terribile avventura infantile.

Vedendosi poco ascoltato, il marito di Banna
tossì, raschiò, disse:

— Hai veduto come guardava Columba, che
una palla gli sfiorì l'occhio!

Allora mi volsi a guardarlo ed egli si curvò
sul parapetto per sfuggire al mio sguardo. Ma
io avevo già indovinato il suo pensiero e ciò che
si tramava contro di me.

Tuttavia non dissi nulla. Studiavo Columba e
speravo che ella parlasse spontaneamente, ma
ella taceva e se io faceva qualche allusione fingeva di non capire, o non capiva davvero. Un
giorno, prima di ripartire le dissi:

— Ascoltami, Colomba; io credo che i tuoi
parenti abbiano piacere che tu ti dimentichi di
me. Essi hanno messo gli occhi su un altro partito, certo più conveniente di me. Tu devi sapere qualche cosa, dimmi la verità: non ti domando che di essere sincera; e se tu vuoi io ti
rendo la tua parola.

Ella mi guardò offesa e meravigliata.

— Nessuno può disporre di me contro la mia
volontà. I miei parenti non mi hanno parlato
di nessuno, e nessuno mi ha guardato. Se sei

tu che vuoi riprenderti la tua parola riprenditela pure, ma sii sincero!

Contento della sua fierezza io ripartii tranquillo. Ma al mio ritorno, in luglio, appena arrivato in paese vidi Columba e Banna davanti alla loro porta, e mi parve che mentre Banna mi dimostrava un'insolita affabilità, la mia fidanzata fosse più che mai fredda.

Appena aprii la porta della mia stamberga vidi una lettera che era stata introdotta per la fessura e che pareva mi aspettasse sul limitare. Doveva esser lì da qualche tempo perchè era ingiallita e coperta di polvere. La raccolsi e l'aprii con ripugnanza. Era senza firma, scritta con calligrafia alterata.

«Tutti sanno che tu ti diverti, lontano di qui, «coi peggiori compagni, ridendoti della religio«ne e di Dio. Quando vieni qui fai come il leone, «che si metteva la pelle dell'agnello; ma Dio «ti castigherà. Columba fa bene a lasciarti ed «a pensare ad un altro. Quello che ti resta da «fare è di andartene via dal paese».

Per nascondere e frenare la mia collera mi chiusi nella mia stamberga. Chi aveva scritto la lettera? Pensai a Banna: era un modo di licenziarmi come un altro.

Solo verso sera uscii: la luna nuova tramontava sulla linea violetta dell'altipiano e dalla vallata salivano i tintinnii delle greggie e il zirlio dei grilli; le voci umane tacevano, tutto era pace e dolcezza. La via lattea apparve come una fiumana chiara attraverso un'immensa pianura fiorita, ed io appoggiato al parapetto della piazza ascoltavo le voci della sera ripensando alla storia di zio Arras ed ai progetti di pace e di amore che avevano accompagnato allora il mio viaggio.

Perchè abbandonarmi all'ira? Se Columba mi

amava davvero avrebbe vinto le male arti dei suoi; se non mi amava era inutile combattere.

Ritornai verso casa, andai a trovarla. Mi invitarono a cena, poi il vecchio sedette sugli scalini della porta e le donne e i ragazzi gli si riunirono attorno. Columba era pensierosa, ma mi disse che si preoccupava per la vecchia serva sempre malata; infatti questa morì qualche giorno dopo e Columba non volle sostituirla.

Quando il vecchio andava in campagna ella rimaneva sola nella grande casa silenziosa; ma se io andavo a trovarla, Banna ci raggiungeva subito, e d'altronde io sentivo che anche rimanendo soli mai più fra me e Columba si sarebbero rinnovate le scene idilliache dei bei tempi passati. Un'ombra era intorno a noi. Per orgoglio io non parlavo della lettera anonima; ma adesso era lei ad alludere a cose che io non riuscivo a capire.

Un giorno qualche mio compaesano cominciò a domandarmi come passavo il tempo in città, e le donnicciuole mi guardarono con diffidenza. Io pensavo sempre alla lettera anonima; qualcuno doveva aver sparso voci calunniose sul mio conto, ed io mi domandavo che cosa avevo fatto per giustificare la mia cattiva fama. La mia vita di studente povero era incolore e monotona: io vivevo di sogni e non ricordavo di aver commesso mai una cattiva azione.

I miei compagni si burlavano di me per le mie fantasticherie, per la mia vita casta e ritirata: eppure una mia vicina di casa mi domandò se era vero che avevo bastonato un prete e un'altra mi diede buoni consigli:

— Hai venduto la tua terra: adesso non vendere anche la casa, chè i denari portano sempre al vizio!

Io mi irritavo contro questa piccola gente, poi

mi irritavo contro me stesso per il mio inutile
sdegno; e come da ragazzetto dopo la caduta
da cavallo, me ne andavo nei dintorni del paese
fino all'altipiano o scendevo giù nella valle spinto da un profondo bisogno' di solitudine. Partivo alla mattina presto e se incontravo il dottore che andava a caccia facevamo assieme un
tratto di strada, ma poi uno tirava a dritta, l'altro a manca, desiderosi entrambi di star soli.

Sebbene d'estate, il tempo qualche volta era
fresco; soffiava il vento, il cielo sembrava il mare, sparso di nuvole immobili simili ad isole e a
scogli argentei.

Io percorrevo i sentieri più scoscesi, fra macchie d'arbusto e di ginestra, e il vento che mi
batteva sul viso e sul petto mi dava l'impressione
di una mano che cercasse di spingermi indietro,
ma scherzosamente. Veniva il lieto soffio, si ri-
tirava, ritornava all'improvviso, pareva stesse in
agguato allo svolto del sentiero e mi assalisse
tutto ad un tratto con la speranza di abbat-
termi sulle roccie e di sballottarmi meglio dopo
avermi vinto; a volte mi pareva che il vento
fosse animato e avesse voglia di lottare con me
per divertirci assieme come fanno i ragazzi e
sentivo anch'io una smania di saltellare, di combattere con gli elementi, di unificarmi con la
natura che mi circondava. Quando mi trovavo
in quello stato d'animo dimenticavo tutto e
tutti: Columba, i suoi parenti, il paese intero,
persino i miei studi.

Come il bimbo in grembo alla madre io mi
sentivo cullato e sicuro quando sedevo sulle roccie o posavo la testa sull'erba. Il vento era mio
fratello; le nuvole i sogni che non potevan tradirmi; l'eco la sola voce che non potesse ingannarmi. Un giorno rifeci la strada fino alle
roccie simili a un castello, e andai in cerca di

zio Innassiu Arras; le pietre che avevan forma d'un camino naturale conservavano un po' di cenere e di tizzi spenti, ma il vecchio non c'era.

Gira e rigira a un tratto mi sentii chiamare da una voce sonora, alla quale seguì tosto un nitrito di cavallo e poi un raglio lamentoso e il canto d'un gallo che stonò bizzarramente nella pace armoniosa del luogo.

Erano due studenti di Nuoro miei antichi compagni; andavano a fare una scampagnata in un ovile lì vicino e m'invitarono. Li seguii e passammo anche la notte lassù, cantando e ridendo. Quello che imitava la voce degli animali e il canto degli uccelli aveva un flauto e cominciò a suonare: a un tratto nel silenzio della sera tranquilla s'udì un lamento d'assiuolo, melanconico e cadenzato, or vicino or lontano come il grido di uno spirito errante nella notte. Lo studente suonava il flauto, l'assiuolo rispondeva col suo lamento; e il paesaggio notturno parve animarsi di folletti e di fate, di ninfe e di fauni, di cervi che si rincorrevano nel bosco e di lepri che danzavano alla luna. Il dolore e la menzogna erano scomparsi dalla terra e solo una melanconia piacevole velava la dolcezza di quel mondo fantastico.

Anche dopo che i miei compagni si furono addormentati sotto le loro bisaccie io rimasi a fantasticare fra le roccie. Ricordavo la sera in cui avevo ballato con Columba e mi ritrovavo nel mondo sognato allora; ma ella, ella non c'era, nè io desideravo più che ci fosse. Provavo l'ebbrezza della solitudine e ascoltavo le voci delle cose: il cielo davanti a me sopra il mare mi sembrava un orizzonte boreale; sentivo le pecore a brucare il fieno e distinguevo il rumore degli steli spezzati; le roccie sotto la luna mi parevano torri; tutto era bello e fantastico. Quando vidi una forma strana avanzarsi sul sentiero con una grossa gobba sulle spalle, un corno sul capo e accanto al corno una scintilla, non mi meravigliai. Lo credetti un fauno. Ma egli si fermò, mi fissò bene e mi salutò.

— Che fai tu da queste parti?

— Ziu Innassiu! Ed io oggi v'ho cercato!

Egli sedette accanto a me: la sua gobba era la «tasca», il corno il cappuccio e la scintilla il fucile.

Gli offrii un sigaro, ma egli non fumava e non beveva.

— Gli uomini che vogliono correre come me non devono aver vizi. Il vino fa inciampare, il tabacco fa odore.

— E le donne, zio Arras?

— Il bandito non deve aver che la madre; tutte le altre donne sono sue nemiche.

— Raccontatemi qualche storia!

— Cosa vuoi che ti conti? Le storie si raccontano intorno al focolare o seduti sulla soglia della propria casa: allora, quando si è contenti, si può anche inventare e fare come il cucitore di cinture che ricama i fiori sul cuoio puzzolente.

Egli alludeva al nonno.

— Voi amate la verità, ziu Innassiu, e forse perciò non sapete inventare!

— Tu ti burli di me, ma non importa! Io posso fare a meno di te! Sappi soltanto, se lo vuoi sapere, che il mondo della verità è lontano da noi; noi lo ritroveremo solo se cercheremo la verità anche in questo mondo!

— Ma che cosa è la verità?

— Bè, — egli disse sdegnoso, — lasciami in pace. La verità è la verità. E va a coricarti, che fai bene.

— Quando tornerete in paese?

DELEDDA. *Colombi e sparvieri*.   7

— Dio volendolo fra nove mesi: il giorno di San Francesco uscii in campagna, il giorno di San Francesco ritornerò all'ovile; ed egli mi ha sempre accompagnato in questi trent'anni, egli è stato il mio amico e il mio fratello, e mi ha sempre aiutato perchè, ohè, intendiamoci, io gli ho chiesto sempre cose lecite; io vado tutti i mesi alla sua chiesa, eccola lì, la vedi? in mezzo al monte come un'agnella bianca, m'inginocchio davanti al recinto e domando quello che ho da domandare. Ma, ohè, intendiamoci, non gli chiedo che faccia morir di peste il mio nemico; non gli porto una moneta rubata, come fanno altri. Eppoi con lui non si scherza. Una volta un magnano girovago rubò un archibugio che un pellegrino aveva deposto con la sua bisaccia accanto al muro della chiesa. Ebbene, leprotto mio, sai che cosa accadde? E accadde che l'archibugio esplose e il ladro rimase gravemente ferito! Il male del resto viene sempre punito. Uno crede di farla franca, e va e va dritto di corsa come un puledro: ed ecco a un tratto una mano che non si vede lo ferma e una voce grida: «hai fatto questo, hai fatto quest'altro!» Chi è che grida così? Un santo, un diavolo? Va e cercalo; ma la cosa succede.

Quella notte ziu Innassiu era di buon umore; chiacchierammo a lungo, ma per quanto lo interrogassi non volle parlare del nonno.

In paese seppero tosto della mia gita, e che l'Arras aveva passato la notte con noi; tutti me ne parlarono fuorchè il nonno e Columba.

Ella era sempre taciturna: la vedevo ancora sulla veranda seduta a cucire accanto al vaso di basilico, ma adesso mi pareva che qualche cosa ci dividesse ogni giorno di più, e la vecchia casa mi sembrava una fortezza inespugnabile piena d'insidie. Mi sentivo oppresso dal caldo e come

da un senso di attesa angosciosa. Dóveva succe-
dere qualche cosa: era impossibile andare avanti
così. Io passavo quasi tutta la giornata buttato
sul lettuccio a leggere o a dormire: Pretu il servetto mi portava l'acqua, le provviste e i pettegolezzi del paese, dicendomi che tutti parlavano
male di me: e come il ronzìo della conchiglia
fa pensare al rombo del mare, le ciarle ingenue
del ragazzo mi davano una vaga idea dell'onda
di odio e di sospetto che mi circondava.

Ai primi di agosto fui per qualche giorno malato di febbri reumatiche: speravo che Columba
venisse a trovarmi, ma ella si contentava di mandarmi frutta e vivande e di chiedere notizie al
servetto. Mi rodevo di tristezza ma non man-
davo a chiamarla. « Se ella mi amasse, verrebbe »
pensavo aspettandola; ma ogni ora che passava
ci divideva come anni ed anni di lontananza.

Com'ero triste e solo! Io che mi sentivo buono e felice nella solitudine vera, in mezzo agli
uomini mi sembrava di essere come un condannato carico di catene: ogni movimento per li-
berarmi mi inceppava di più.

Appena mi sentii meglio me ne andai a Nuoro.
C'erano le feste, ed io volevo rivivere almeno col
ricordo nei giorni sereni della mia adolescenza.
Invano! La noia e l'inquietudine mi seguivano.

Per aumentare la mia tristezza, in mezzo alla
folla mi apparve il viso bonario di Zuampredu
Cannas. Egli camminava in mezzo a un gruppo
di compaesani suoi e parlava animatamente. Perchè quando mi vide tacque e finse di non riconoscermi? Fu una mia illusione? Mi sembrò che
anch'egli diventasse pensieroso come se la mia
presenza destasse in lui le preoccupazioni che
la sua destava in me.

Per due giorni lo seguii attraverso la folla,
spinto verso di lui da un misterioso senso di

simpatia e quasi di pietà. Volevo avvicinarmi e dirgli: «tu ed io siamo due vittime, poichè essi ci ingannano entrambi: uno di noi due sarà più infelice dell'altro: quale?» ma poi sorridevo di me, sebbene sentissi che la vera vittima ero io. Il terzo giorno il rivale scomparve; io sedetti davanti a un caffè e cominciai a bere.... Ogni tanto mi domandavo: «che fare?» e mi pareva che avessi a risolvere un gran problema.

Donne e fanciulle passavano davanti a me, sotto gli archi fantastici delle fiammelle gialle e verdi che illuminavano la strada: paesane rosse e nere come papaveri, borghesi strette nei loro vestiti bianchi a guaina, col viso nascosto da canestri di fiori....

Che fare? Bere un quarto, un quinto bicchierino di «villacidru»[1]) e guardare un mento delicato, bianco come l'alabastro al riflesso della luna, due grandi occhi scuri e lucenti come il mare di notte, una fronte fasciata dall'ombra fosforescente di un velo....

Mentre l'onda della folla andava su e giù come seguendo il ritmo della musica, io mi dondolavo sulla mia sedia aspettando che la fanciulla velata passasse accanto a me, e provavo un'ansia infantile.

Ella passava: era vestita di seta argentea, era piccola ed agile, e l'abito molle un po' largo alla vita disegnava le sue forme perfette. Le sue scarpine scintillavano; aveva le calze di seta color carne e pareva che il malleolo fosse nudo. Quando mi passava accanto io distinguevo tra i rumori della folla e della musica un fruscìo come di foglie agitate dal vento; rivedevo la vallata, una notte di luna, il mare che splendeva lontano. Tutte le fantasie e i ricordi romantici

[1]) Acquavite all'anice.

della mia adolescenza risalivano dal profondo dell'anima. «Perchè non viene a sedersi qui?» mi domandavo, ed ella sedette davanti a me e la signora che l'accompagnava lasciò che il bel viso velato della sua giovine compagna rimanesse in piena luce.

Quando ella sorrideva tutto il suo velo scintillava, ma il suo sorriso era breve, come se ella di tanto in tanto ricordasse qualcosa di triste e s'oscurasse in viso. Accorgendosi che la fissavo mi guardò minacciosa.

Non osai più guardarla, ma il suo ricordo mi seguì; pensavo: ecco una donna che potrebbe amarmi meglio di Columba!

Mi accorgevo però che pensavo a lei come bevevo l'acquavite: per stordirmi.

Al ritorno non vidi Columba sulla porta ad aspettarmi, e fino verso sera non andai a cercarla.

Ricorderò sempre; ella stava in cucina curva sul focolare volgendo le spalle alla porta. Quando sentì il rumore dei miei passi trasalì; senza alzarsi si volse e mi fissò coi grandi occhi spalancati.

— Jorgj, anima mia, mi hai fatto paura, — disse, prendendo con l'indice un po' di saliva e bagnandosene la gola per scacciare lo spavento.

— Oh Dio, perchè? Un tempo non eri così paurosa!

Ella si alzò offesa dal mio accento ironico.

— Non sai che avantieri sono entrati qui i ladri? — disse sottovoce, — e hanno rubato i denari del nonno; ti ricordi, quella cassettina che era nel ripostiglio della camera di sopra.... Io te l'avevo fatta vedere.... una volta.... ricordi?

— Ma ne siete certi? — domandai sorpreso.

— Sentimi. Il nonno era in campagna, era andato all'ovile. Io stavo in casa e pensavo: forse

Jorgeddu torna oggi; — e ti aspettavo, ma mi sentivo di malumore. Sul tardi Banna mi disse: vogliamo andare da comare Margherita Sanna a vedere il suo bambino nuovo? Io dissi: no, ho il cuore grosso, sono di cattivo umore. Mia sorella si mise a ridere e disse: e perchè? Su, il tuo Jorgeddu a quest'ora si diverte, e tu vuoi star lì a piagnucolare? Andiamo. — Io chiusi tutti gli usci, o almeno mi pare.... no.... anzi sono certa di averli chiusi. Sì, ne son certa: potrei giurarlo in coscienza mia; sì, ho chiuso tutto. Al ritorno era già sera; apro e vedo la porticina del cortiletto socchiusa.... Lì per lì non ne feci caso: tu hai ragione, non ero paurosa. Chiudo tutto di nuovo, preparo la cena, vado a dormire. Ma ero agitata; non dormii tutta la notte. L'indomani, ieri mattina, tornò il nonno, che era andato all'ovile per vendere due giovenche a un negoziante di bestiame e portava a casa i denari. Andò su per rimetterli e a un tratto sentii che mi chiamava come se gli venisse un male. Corsi su spaventata e lo trovai rosso in viso, congestionato, con la bava sulle labbra.... egli sempre così calmo! Non sapevo cosa fosse. Egli mi domandò se avevo toccato io i denari. Anima mia, credevo di morire! Frugammo in tutta la casa: nulla, nulla, anima mia; il denaro era sparito. Eppure non c'era niente in disordine; solo io ricordavo la porta trovata aperta.... E adesso....

S'interruppe; ansava asciugandosi gli occhi con la manica della camicia. Pareva invecchiata come dopo una lunga malattia.

Io non sapevo che dire e provavo un capogiro come se qualcuno mi avesse percosso alla nuca: un terribile pensiero mi passava e ripassava nella mente ottenebrata.

— E adesso? — gridai.

Ella piangeva.

— Dov'è adesso tuo nonno?

— È fuori in giro per il paese.

— Ha denunziato il fatto?

— No.

— Perchè?

— Perchè dice che prima vuole assicurarsi bene....

— Bene di che.... se il denaro è sparito?

— Io non so.... io non so.... — ella riprese singhiozzando e contraddicendosi. — Può darsi che sia · in qualche posto.... e che non lo troviamo.... può darsi che lo ritroviamo ancora.... Oh, se questo accadesse, anima mia, come sarei sollevata!

Il terribile pensiero continuava a percuotermi il cranio: vedevo rosso, avevo desiderio di urlare.

— Oggi.... nel pomeriggio è venuto qui il brigadiere. Ha voluto veder lui; ha guardato dappertutto, anche nel cortile.... anche nel pozzo.... Ha scavato anche. Nulla!

— Il brigadiere? Ma se non avete denunziato il furto?

— Lo sanno lo stesso.... tutti lo sanno!

— Ma.... e al brigadiere che cosa avete detto?

— Abbiamo negato; abbiamo detto che non era vero; ma lui ho voluto guardare lo stesso; ha litigato con nonno.... mi ha interrogato a lungo: pareva quasi volesse dire che avevo rubato io....

— Lo stesso crede tuo nonno!

Ella mi guardò di nuovo con spavento e con diffidenza.

— Come sai che egli lo crede?

— Me lo hai detto tu!

— No, no! Egli mi ha proibito di parlarne con anima viva: ha minacciato di cacciarmi via di casa, se ne parlo!

— E tu ne parli, intanto; ne parli con me. Perchè?

— Con te.... con te.... perchè è necessario.... Mi cacci pur via; ma con te bisogna parlarne....

— E perchè con me, Columba, perchè? Che posso farci, io?

La presi per le braccia e la guardai negli occhi. Ella diventò livida e il suo volto parve gonfiarsi e poi contrarsi per uno spasimo fisico. Infine scoppiò in un pianto rabbioso e disperato, gemendo e scuotendosi come per il bisogno spasmodico di liberarsi da un incubo. La lasciai ed ella cadde a sedere sulla pietra del focolare. Si strappò il fazzoletto, si sciolse le treccie, si diede graffi e pugni sempre gemendo a denti stretti come lottando contro il desiderio di gridare, di rivelare un segreto.

Io la guardavo e mi pareva che ella recitasse una scena drammatica; ma in pari tempo mi sentivo anch'io assalito da un impeto di disperazione.

Quando si fu un po' calmata le dissi:

— Senti, perchè fai così? Finiamola una buona volta. Dimmi tutta la verità: è vero che i denari mancano?

— È vero.

— Dimmi tutto, Columba, non aver paura. Dimmi che tuo nonno sospetta di me. È così? Non ricominciare; gli strilli sono inutili! Columba, se tuo nonno arriva fino a quest'infamia, io l'uccido!

Ella mi si gettò addosso e mi mise una mano sulla bocca.

— Columba, — dissi respingendola, — io adesso me ne andrò e non rimetterò più piede in questa casa. Ma ti aspetterò a casa mia; ti aspetterò uno, dieci, mille giorni. Se tu veramente mi ami devi lasciare questa casa. Io ti aspetterò, hai capito? Se tu non verrai significa che non mi ami.

Mi mossi per uscire; ma poichè Columba non mi correva dietro le tornai daccanto; dovevo esser terribile in quel momento perchè ella mi guardò con paura.

— Dimmi tutta la verità! Columba, te lo impongo!

Allora mi raccontò che il nonno aveva apertamente dichiarato che era stata lei a rubare i denari per fuggire con me.

— Ma perchè? perchè hai bisogno di fuggire con me?

Ella chinò la testa.

— Perchè vogliono che io ti lasci e sposi un altro.

— Zuampredu Cannas? Ebbene, sposalo, ma lasciatemi in pace! Io sono povero, non sono adatto per te! Tu hai bisogno di manipolare il formaggio e la lana. Prenditelo. Io e tuo nonno, poi, ci odiamo.... o almeno egli mi odia perchè l'odio è nel suo sangue. Vedendomi nella sua casa, egli vivrebbe di rabbia e diventerebbe più perverso di quello che è. Diglielo pure: digli che per scacciarmi non occorre che simuli un reato: me ne vado!... Sono stanco anch'io, capisci, stanco di lui, stanco di te che non sai nè amare nè odiare, nè prendere una decisione. Il momento però è giunto: deciditi; o loro o me. Addio.

Ella comprese che questa volta me ne andavo davvero e cominciò a tremare; ma non mi richiamò, non mi seguì. Ed io mi ritirai di nuovo nella mia tana, come una bestia ferita. Che giorni, che notti terribili! Invidiavo il mendicante che di tanto in tanto sporgeva il viso selvaggio nel vano della mia porta e vedendomi coricato non osava avanzarsi; invidiavo il servetto che trovava motivo di riso nella mia stessa disgrazia e ricostruiva il fatto senza meravigliarsene:

— Voi siete tornato di nascosto, siete entrato dalla parte del cortile e avete fatto il colpo. Voi sapevate dov'erano i soldi: ah, siete stato furbo, voi!

Tutti sapevano il fatto; nessuno lo aveva sentito raccontare dal vecchio o dalle sue figliuole, ma tutti lo sapevano. Molti eran certi che io avevo preso i denari d'intesa con Columba per fuggire poi assieme con lei: il nonno aveva sventato a tempo il nostro piano e impedito la fuga ma nón riavuto i quattrini.

Io aspettavo Columba, ma ella non veniva; in vece sua venne il marito di Banna e mi disse che tutto si riduceva ad un pettegolezzo; che era la mia matrigna a diffamarmi, e infine che io esageravo e cercavo tutti i mezzi per abbandonare Columba.

Io gli dissi:

— Venga lei qui e c'intenderemo

Ma essa non venne.

Intanto osservavo una cosa: nei primi giorni tutti venivano a cercarmi, a commentare il fatto e a consigliarmi di querelare il vecchio o di rappacificarmi con lui; poi le visite diradarono, nessuno più si ricordò di me. Ma un giorno uscii: passando davanti alla fontana vidi le donne guardarmi con curiosità e mormorare, e in piazza mi parve che gli sfaccendati e i pregiudicati mi salutassero ammiccandomi come ad un nuovo compagno.

Era certo una mia suggestione, ed io mi sforzavo a crederla tale; ma la mia fantasia lavorava spaventosamente e il dolore mi divorava. La cosa più triste era che mi sembrava d'aver preveduto tutto questo e di non averlo saputo evitare.

Ma una .sera decisi di partire, di cominciare una vita nuova. Prima di andarmene salutai l'unica amica fedele che mi rimaneva, la natura. Vidi cader la sera sulla valle. Era una notte interlunare, ma io distinguevo i profili neri del paesaggio, vedevo qua e là qualche luce lontana e sentivo il profumo che saliva dalle macchie; un profumo così intenso che quasi mi dava un senso di ebbrezza.

Rimasi a lungo seduto sull'orlo del sentiero sabbioso, abituandomi talmente all'oscurità che distinguevo le foglioline sull'estremità dei cespugli.

Così mi sembrava di veder chiaro nelle tenebre della mia esistenza, e mi giudicavo spietatamente, ma mi credevo grande appunto perchè vedevo i miei difetti ed i miei errori.

Ho errato, pensavo. Ho offeso quasi la natura, amando una donna che non mi rassomiglia, mettendomi a lottare con un uomo la cui forza è diversa dalla mia. E adesso la natura si vendica, e mi fa capire che è pericoloso combattere contro le sue leggi e contro le sue insidie. E a poco a poco le mie considerazioni mi parevano susurrate dal lieve fruscìo delle macchie intorno a me. La natura parlava coi suoi profumi e coi suoi susurri; la terra selvaggia mi dava come una madre sincera avvertimenti e consigli.

— Vattene, se no guai a te! Diventerai più feroce di loro, ritornerai l'uomo del tuo paese, colui che si fa giustizia da sè.

Rientrai a casa tranquillo e dopo tante notti d'insonnia dormii profondamente.

Ma non volevo che la mia partenza sembrasse una fuga, e l'indomani dopo qualche visita di congedo mandai il servetto da Columba per farle sapere che partivo,

— Ella ha risposto «buon viaggio» e si tirò il fazzoletto sugli occhi, — mi riferì il ragazzo.

Preparai dunque la valigia e mi disponevo ad uscire quando qualcuno battè lievemente alla porta del cortiletto. «È Columba, — pensai — era impossibile che non venisse».

Aprii e mi parve di soffocare. Era il brigadiere che veniva a perquisire la mia stamberga. Entrò, grasso e calmo, volgendo intorno gli occhi sonnolenti come ricercasse un oggetto smarrito; poi mi pregò di aprire la valigia.

Obbedii, vinto da una suggestione di terrore; ed egli frugò destramente, senza parlare, senza far rumore, sfiorando appena gli oggetti con le sue mani grasse e pelose. Il volto rosso solcato da due lunghi baffi gialli aveva un'espressione di noia. Ogni tanto gonfiava le guancie e sbuffava come sdegnato contro chi lo costringeva a quell'operazione umiliante e infruttuosa.

Dopo la valigia mi pregò di aprire la cassa. Allora il mio stupore pauroso si mutò in rabbia. Cominciai a tremare, ma per frenarmi corsi fuori nel cortile.

Le donnicciuole s'erano già accorte della visita e curiosavano nella strada; la porta di Columba era chiusa, ma il viso felino di Banna appariva ad una finestra.

Allora io ritornai in me. No, bisognava difendersi, sfuggire all'agguato.

Rientrai e la figura del brigadiere ancora curvo a frugare entro la cassa mi parve grottesca e compassionevole. Egli cercava una cosa che non c'era, ch'egli sapeva che non c'era. Così noi tutti nella vita ci affanniamo a cercare qualcosa che siamo già rassegnati a non trovare.

Terminata la perquisizione io fissai negli occhi il brigadiere dicendogli:

— Se ha da domandarmi qualche cosa lo faccia subito perchè devo partire.

Egli soffiò, si mandò indietro sulla testa il berretto e si grattò la fronte sudata.

— Beh, — disse bonariamente, — mi racconti qualche cosa.

Sedette sullo sgabello e appoggiò il gomito al letto: sudava, sembrava stanco. Io cominciai a rimettere in ordine la mia valigia ed a raccontare la scena con Columba e come sospettavo che il furto della cassettina fosse simulato. Il brigadiere non rispondeva, non mi interrogava, ma il suo respiro diventava sempre più lento e forte e in breve si mutò in un ronfare sonoro.... Dormiva.

Non si svegliò neppure quando Pretu arrivò di corsa per dirmi che attaccavano i cavalli alla corriera. Io gli diedi la valigia accennandogli di tacere e uscimmo ridendo silenziosamente.

Durante il viaggio raccontai l'avventura e i miei compagni risero; ma qualcuno scherzava oltre misura, proponendo di aprire ancora la mia valigia o di frugarmi addosso. Io mi sentivo triste, più che irritato: mi pareva che i miei compagni di viaggio si scambiassero sorrisi e sguardi ironici.

Quest'impressione mi durò lungo tempo; mi pareva che anche gli sconosciuti, se mi guardavano, prendessero verso di me un'attitudine sospettosa.

Per giorni e giorni vissi in un'attesa sempre più angosciosa; aspettavo mi richiamassero in paese, aspettavo una lettera di Columba, ma nulla arrivava, e questa dimenticanza invece di sollevarmi accresceva la mia inquietudine. Sogni tormentosi mi agitavano.

Lo scirocco di settembre rendeva afosa l'aria della città: mi sentivo debole, sfinito; avevo un

continuo capogiro, un senso di nausea, e trasci-
nandomi attorno mi pareva che i miei piedi sci-
volassero senza mai potersi alzare dal suolo. Una
sera caddi svenuto sulla panchina di un viale
e da quel momento non mi sollevai più.

All' ospedale fui preso dalla nostalgia della
mia stamberga, dal bisogno di ritornare a morir qui.

Eccomi dunque. Nel silenzio funebre della mia
tomba di vivente mi par talvolta di sentire il
palpito di un cuore tormentato dal rimorso.

Quale? Il cuore del vecchio o quello di Columba? Entrambi sanno di avermi calunniato ed ora
che nulla hanno a temere da me si placheranno.
Columba si sposerà e il vecchio, raggiunto il suo
scopo, non vorrà mentire oltre.

La verità! Io sono malato perchè la verità è
scomparsa dalla mia vita; ma la certezza di ri-
trovarla mi sorregge ancora. Talvolta, nei giorni
invernali, quando la nebbia ci avvolge come un
velo funebre, abbiamo l'impressione che tutto sia
finito: il sole è morto, la luce spenta, e noi cam-
miniamo per il mondo come attraverso un cimitero. Ma ad un tratto il sole squarcia le nuvole, le cose tornano a sorridere e noi risorgiamo
come Lazzaro dal sepolcro. Per un attimo o per
anni o per secoli così la verità può venire of-
fuscata dal velo della menzogna; ma all'improvviso ritorna a splendere, luminosa ed eterna, e
basta un suo raggio per dissipare le tenebre e
dar vita ai morti.»

PARTE SECONDA.

I.

Le nozze di Columba erano fissate per la Pentecoste, ma fin dal mese di marzo tutto era pronto.

Molti criticavano questo matrimonio, anzitutto per invidia, perchè lo sposo era un uomo onesto e benestante, eppoi perchè veramente c'erano parecchie cose intorno a cui ridire: lo sposo era vedovo, era straniero, era basso di statura, aveva vent'anni di più di Columba. Quest'ultima poi prima di sposarsi avrebbe dovuto lasciar morire il disgraziato Jorgeddu....

Tutto il santo giorno Banna seduta al sole davanti alla sua porta mentre cuciva le brache di grossa tela per suo marito non parlava che del matrimonio di sua sorella, della casa, del bestiame, dei servi, delle «tancas», dell'orto e del chiuso dello sposo: se qualche donnicciuola maligna accennava a Giorgio Nieddu, ella sospirava tirandosi il lembo del fazzoletto sul viso e non rispondeva. Columba cuciva anche lei, seduta accanto alla porta del cortile o sulla rozza veranda, ma teneva la testa curva immobile come se lavorasse dormendo.

Un giorno verso il tramonto sentì picchiare alla porta di strada e s'affacciò alla finestra per vedere chi fosse. Una donna alta, pallida, dal profilo aquilino e i grandi occhi neri sormontati da due sopracciglia così folte e mobili che sembravano baffi, guardava in su reggendosi con le mani una « corbula »[1]) sul capo.

— Zia Martina Appeddu, siete voi? — disse Columba dalla finestra, — adesso vengo.

Scese ed aprì la porta che dopo il f a t t o ella teneva sempre chiusa a chiave; e la donna, medichessa e cucitrice di costumi, si curvò per entrare col suo cánestro, facendosi il segno della croce per non cadere sulla soglia ed evitare così un malaugurio alla sposa.

— Columba, anima mia, tua sorella non c'è? Vorrei che fosse presente anche lei, per la consegna della roba.

Columba rispose con durezza:

— La roba è mia e non occorre ci sia tutto il mondo per riceverla. Venite di sopra, in camera mia.

Risalì al piano superiore e la donna la seguì. La camera dava sulla veranda ed era vasta, bassa, con un gran letto alto e duro circondato in fondo da un volante di stoffa a quadretti bianchi e rossi; dodici sedie antiche, di noce e di paglia, annerite dal tempo, s'allineavano simmetricamente lungo le pareti tinte con la calce, tre da una parte e tre dall'altra dell'alto cassettone scuro, tre da una parte e tre dall'altra di una lunga cassa nera scolpita.

Un ordine quasi tetro regnava nella vasta camera ch'era stata della madre di Columba e dove ora pareva non abitasse più nessuno.

Zia Martina depose la « corbula » sulla cassa

---

[1]) Cesto di asfodelo.

e levò e scosse la salvietta che la copriva: apparve un mucchio di stoffe nere, verdi e gialle....

— Ecco; e che tu possa indossarla con allegria
fino a cento anni, — disse con accento commosso sollevando sulle sue mani scarne la gonna di sposa di Columba, di orbace nero orlata
di panno verde; dopo la gonna prese il giubbone di panno giallo soffiandovi su per togliervi
qualche pelo e qualche filo; dopo il giubbone
il corsettino di velluto verde e di broccato d'oro.

— Nessuno, colomba mia bianca, nessuno avrebbe potuto fartèli così. Guardali; non pare che
sian cuciti dalle fate? Guarda queste camicie!
Non sembran nuvole? Vedi i punti del giubbone?
E i soprapunti? Ne hai visti mai degli uguali!
Se tu mi assicuri ch'e ne hai veduto degli eguali
io mi chiudo la bocca con la stoppa e non la ria-
pro più. Ma che hai, colomba mia? Sei pallida
e bianca: non ti senti bene? O sei scontenta della roba?

Columba guardava il corsettino volgendolo e
rivolgendolo alla luce, soffiava lievemente sulla
peluria finissima della stoffa e pareva scontenta. Una ruga s'ergeva a tratti fra le sue sopracciglia nere; e quando la donna accennò al suo
pallore, ella sollevò alquanto gli occhi un po'
torbidi, ma li ribassò tosto e disse con disprezzo:

— È già la quarta volta che mi dite che sto
poco bene, zia Martì! E che volete farmi la medicina della strega?

— In certi giorni davvero tu sembri stregata.
Ma tu non ti sei mai voluta misurare. Sai bene
che se le tue braccia si sono accorciate è segno
evidente che la strige è passata sul tuo capo e
tu ti consumi sotto il suo influsso malefico....

— Lasciamo andare; io non sono stregata, zia
Martì! Fate per altri i vostri incantesimi.

— Bada di non ricorrere un giorno o l'altro a questi incantesimi! Allora vedrai che cosa sono. Tua madre, beata, non la pensava così!

— Sì, mi ricordo: ella veniva da voi. E che avete fatto per lei? Nulla!

— Perchè è andata dal dottore! Sono i dottori che ammazzano la gente coi loro veleni. Sì, sì, lo dico a voce alta, — aggiunse sottovoce, — tutte le medicine hanno il veleno, hanno la testa di morto sopra. Negli antichi tempi la gente si curava con le erbe, coi suffumigi, con le acque e le preghiere.

— Eppure morivano, zia Martì!

— Morivano di vecchiaia! Quanti anni aveva Noè? E Giacobbe, ed Elia? Dillo tu, se lo sai. Arrivavano fino ai novecento anni. E dottori non ce n'erano. E certe malattie, inventate da loro, non si conoscevano, o si conoscevano col loro vero nome e si curavano; per esempio, la malattia di quello là.... chi la conosceva?

Con un movimento del capo accennò fuor della veranda verso la casa di Jorgj, e Columba, che continuava ad esaminare i vestiti, sollevò di nuovo gli occhi foschi, ma non rispose.

— Dunque, colomba mia, non sei contenta di questa roba? Non star lì misura e misura. Sai già che ti sta a pennello; sembrerai una immagine dipinta. Parlami adesso di Zuampredu Cannas. Non hai paura di andare ad abitare in un paese straniero?

— Come può esser straniero se là c'è la mia casa?

— E che casa! Ho sentito raccontare che bisogna segnarsi, entrando, tanto è bella. Ma bada che ti cade la camicia, colomba mia d'oro; non lasciar cader nulla: è cattivo augurio. E Remundu Corbu dov'è? Gli dispiacerà lasciarti partire; ma egli è veramente un'aquila e non striderà cer-

to quando gli porteran via la sua ala; tu piuttosto, Columba mia, tu piangerai.... Cosa ne
dici?

Ma invece di rispondere Columba domandò:

— Quanto è il vostro avere? — e aprì il cassettone per prendere i denari.

— Stai per partire, che vuoi pagarmi subito?
C'è tempo! — esclamò zia Martina, riprendendo il suo canestro e la salvietta e fingendo di vo-
lersene andare.

Allora la fanciulla la prese per il braccio e
la ricondusse in cucina.

— No, prima vi darò il caffè. Sedetevi lì, e
non movetevi.

Mentre ella preparava il caffè, la donna seduta per terra accanto alla sua corbula, con le
gambe incrociate all'araba e le mani composte
in grembo sotto la gonna nera che le serviva
da mantello, riprese a chiacchierare. Come quasi
tutte le donne del paese parlava con accento
drammatico esagerando le sue espressioni di meraviglia, di collera, di pietà, mentre sul suo viso jeratico le mobili sopracciglia nere disegna-
vano ora un cupo sdegno, ora una tenerezza umile
e profonda.

Dapprima fu una lunga lauda allo sposo, alle
sue ricchezze e alla sua bontà, poi un fiero com-
mento alle critiche dei malevoli, infine un'altra
lauda a zio Remundu alla «vecchia aquila» astu-
ta e forte e a Banna e a suo marito.

— Poche donne rassomigliano a Banna tua sorella: buona moglie, buona sorella, non si lascia vincer da nessuno per sveltezza di mani e
di lingua. È veramente una donna, quella!

— Ed io che cosa sono, zia Martì? Un uomo?
— domandò con ironia Columba, curvandosi davanti alla donna col vassoio in mano; ed ella
non aveva finito di parlare che già zia Martina

esprimeva con le sopracciglia sollevate un'ammirazione estatica.

— Tu, Columba mia? Tu non hai bisogno di aprir bocca. Tua madre, nel farti assieme con tua sorella disse: a Banna la lingua, a Columba gli occhi. I tuoi occhi parlano, e basta guardarti per capire chi sei.

— Eppure non tutti mi capiscono! — ella disse abbassando le palpebre quasi paurosa che la donna leggesse davvero nei suoi occhi.

Ma zia Martina la fissava sorbendo lentamente il suo caffè.

— Ti voglio raccontare una cosa, giacchè siamo sole, e voglio raccontartela perchè sei di cattivo umore e ti divertirà. Ascoltami. Mia figlia Simona....

— Come sta Simona? — interruppe Columba deponendo il vassoio sopra il forno.

Ma al ricordo della figlia afflitta da un'incurabile malattia di occhi la donna abbassò le pelpebre con espressione di rassegnato dolore.

— Non ci vede quasi più; sia fatta la volontà di Dio! Dunque, ieri Simona stava sola a casa quando eccoti chi viene, indovina? No, tu non puoi indovinarlo, colomba mia, perchè tu non ti occupi dei fatti del paese e non sai neppure chi va e chi viene. Dunque devi sapere che questi giorni scorsi è arrivata la sorella del Commissario, per veder il paese e divertirsi. È una ragazza piccola ma ben fatta, che cammina saltellando come una capretta. Ha il vestito stretto come un sacco e un cappello grande come un canestro: buono per il sole d'estate, non dico, ma non per adesso che fa quasi ancora freddo. Bene, s'userà così nelle città, ma i ragazzi qui sono maleducati, non nego, e quando la vedono gridano: oh, oh, s'è messo un canestrone in testa....

— L'ho veduta, — disse Columba per tagliar

corto, aspettando con ansia la storiella promessa dalla donna, sicura che si trattava di Jorgj,
— è passata di qui col prete e col fratello.

— Ah, l'hai veduta? Sono forse andati là....
dal malato?

Columba accennò di no.

— Ebbene, ascoltami. Tu sai che il Commissario e sua sorella stanno da Giuseppa Fiore.
Questa qui ha già raccontato alla ragazza, che si chiama Mariana, tutti i fatti del paese, e le ha detto che io e Simona cucivamo i tuoi vestiti da sposa. Ora la ragazza pare che voglia farsi fare un costume, per il carnevale, perchè denari da sprecare ne ha.... eppoi suo fratello, che si chiama anche lui Mariano ed è cavaliere, lui, dicevo, bei soldi dal Comune nostro se ne prende.... Basta, dicevo, la persona che venne ieri da mia figlia era giusto questa donna Mariana. Volle vedere il costume, domandò quanto si può spendere per farne uno, e come sono eseguiti i ricami, le cuciture, i soprapunti. Poi domandò a Simona che male è il suo e cominciò a dire: «Queste malattie si curano facilmente, adesso: bisogna andare a Roma!» A Roma, colomba mia! Come se noi avessimo la pecunia che ha lei. Basta, non parliamone. Poi cominciarono a parlare di malattie, perchè sai che i malati parlano sempre degli altri malati, e Simona, che è un'anima santa, disse: «Io sono disgraziata, ma altri son peggio di me». E così di parola in parola vennero a parlare anche di Jorgj Nieddu: allora la ragazza straniera disse: «Anche questa è una malattia che si cura: bisogna andare a Roma!» E va in pace, tu con Roma; dico io! Simona mia figlia cominciò allora a dire: «Impossibile, impossibile!» E la ragazza straniera allora disse: «La malattia di quel meschino è una malattia di nervi e null'altro. So tutta la

sua storia, so che una donna ch'egli amava lo ha calunniato e che perciò egli s'è ammalato di crepacuore».

Columba si morsicava le labbra per non parlare, ma sul suo viso diventato livido gli occhi scintillavano rivelando il suo sdegno.

— Se c'ero io a casa avrei detto poche parole alla sorella del Commissario, — riprese zia Martina, deponendo la tazza per terra, — le avrei detto: «Lei si chiama donna Mariana, vero? Ebbene, donna Mariana, lei è venuta in questo paese per divertirsi, e si diverta dunque, ma non ascolti le storie di Giuseppa Fiore, e prima di parlar di Columba Corbu la vada a guardare in faccia come si guarda il cielo per vedere che tempo fa». Ma io non ero in casa, ti dico, colomba mia, e Simona è un'anima buona e non sa parlare. Solo disse: «Tutta questa roba è appunto di Columba Corbu, è il suo costume da sposa». Allora la ragazza straniera esclamò: «E come mai, dopo aver rovinato un uomo che la amava, ella si può sposare così a cuore allegro?»

Columba balzò in piedi gridando:

— Maledetta sia! Perchè non si ficca nei fatti suoi? Io.... io....

Tacque all'improvviso perchè la figura alta e proterva di sua sorella apparve sulla porta. Banna era vestita a festa perchè tornava da fare una visita e teneva le mani entro le spaccature orlate di velluto della gonna, il cui telo di davanti formava come un piccolo grembiale.

— Siete qui, buona lana? — domandò a zia Martina. Sul suo viso scuro i denti forti e bianchi e gli occhi verdognoli scintillavano. — Avete portato la roba?

— L'ho portata.

Columba s'accorse che Banna benchè sorridente la guardava con inquietudine, forse indovinando che zia Martina le aveva riferito i pettegolezzi del paese.

— Zia Martina mi diceva che Giuseppa Fiore ha criticato i miei vestiti, non adatti per una ragazza che sposa un vedovo, — disse curvandosi per prender la tazza dal pavimento.

Al nome di Giuseppa Fiore Banna fremette come una puledra frustata: i bottoni d'argento con catenelle che pendevano dal suo corsetto tintinnavano come una sonagliera.

— Ohi, Giuseppa Fiore! S'ella pensasse ai suoi malanni farebbe meglio. Lascia ch'io la veda e le risponderò io....

— Anima mia! — gridò allora la donna spaventata. — Tu non le dirai niente: tu non vorrai rovinarmi, tu non vorrai farmi pentire di venir qui come in una chiesa e di parlare con voi come con Cristo! Giuseppa Fiore è vendicativa.

— Alla forca! Che può farci? Ella vive solo con la speranza di farci del male; ma ella non può farci neanche questo! — disse Banna sputando sulla cenere.

— Voi siete potenti; sì: ma io? Ella ha in casa il Commissario e può tutto contro i poveretti. Può far del male a me, non a voi. Anima mia, non uccidermi.

— E voi fatele un incantesimo che le leghi la lingua e i piedi!

La donna si alzò, si mise la corbula vuota sulla testa e si riavvolse nella gonna.

— Banna, anima mia, se potessi far gli incantesimi non avrei le dita bucate e ribucate dall'ago.

— Andiamo a vedere i vestiti; so che persino la sorella del Commissario ha voluto vederli, tanto son fatti bene, — disse Banna avviandosi con la sua andatura fiera.

La donna, placata, la seguì.

Columba rimase nella cucina, e pareva calma, indifferente, tanto indifferente che neppure i suoi vestiti da sposa la interessavano più: ma all'improvviso, mentre rimetteva a posto il vassoio, si fermò accanto alla porta del cortile come tendendo l'orecchio a una voce lontana, e piano piano il suo viso si curvò sino a sfiorarle il petto, si allungò, parve quello di una vecchia di sessant'anni.

Una specie di allucinazione che da qualche tempo la tormentava le fece vedere Jorgj come glielo descrivevano le sue vicine di casa, steso immobile sul letto, ridotto come uno scheletro. Il cuore le batteva violentemente; gli occhi le si velarono. Fu un attimo; sollevò la testa e si rimise a sfaccendare.

Ma l'idea fissa che da mesi e mesi la divorava non l'abbandonò.

«O egli ha rubato davvero, o ha finto di sdegnarsi perchè non mi voleva più e cercava una scusa per abbandonarmi. Il nonno e Banna avevano ragione, — pensava. — Egli non mi voleva bene; no, no; se egli mi avesse voluto bene si sarebbe comportato in altro modo.... mentre io.... io lo amavo al punto che gli avrei perdonato anche se avesse rubato davvero.... Ma egli non poteva soffrirmi.... Io ho aspettato che egli tornasse, dopo l'ultima volta che ci siamo veduti qui, davanti a questo focolare; ed egli invece ha aperto una nuova porta, nella sua stamberga, per non passar più neppure davanti alla mia casa. Che egli dunque se ne stia con la sua miseria e la sua mala sorte, con la sua superbia e la sua cattiveria. Io non voglio più pensare a lui: egli per me è come morto. Ben gli sta, ben gli sta! Lo ha voluto lui. Pensavo a Zuampredu Cannas, io? È stato lui il primo a dirmi che

Zuampredu Cannas pensava a me: e mi suggerì lui di prendermelo.... Ebbene, sì, me lo prendo, e tu muori di rabbia; l'hai voluto tu! Da te io non ho avuto che dispiaceri e umiliazioni. Fin dai primi tempi, quando venivi qui alla notte, io tremavo di paura, e tu ci prendevi gusto!... Poi continuò sempre a farmi dispetti, a contraddire il nonno, a parlar male di Banna, a lasciarmi capire che ella era stata innamorata di lui e che lo perseguitava perchè l'amore s'era cambiato in odio.... Poi.... poi tutto il resto.... Sì, sì, egli non mi scriveva mai, quasi che io non sappia leggere, e si rideva delle mie lettere. Egli si rideva di me; egli s'è comportato come s'io fossi una sua nemica. Nemica mi ha voluto e nemica mi tenga.... S'egli è malato la colpa è sua, non mia. Che cosa viene a raccontare quell'altra straniera sfaccendata? Non aveva che fare in casa sua, quella lì, per venirsene qui fra i dirupi a cercare chi non la cerca? Se mi capita sotto le unghie le cavo gli occhi; io non permetto a nessuno di giudicarmi. A nessuno, hai capito Columba Corbu? Neanche tu ti devi giudicare, perchè quello che hai fatto è fatto tutto bene.... »

Il ritorno in cucina delle due donne ruppe il filo dei suoi pensieri. Banna teneva sempre le mani entro le spaccature della gonna e sorrideva, con gli occhi seri e quasi cupi.

— Sorella mia, puoi esser contenta: i tuoi vestiti sembran dipinti.... Li ho messi nella cassa, poichè roba come quella non si lascia buttata qua e là come stracci.

— Io non l'avevo buttata: e d'altronde, sciupata quella potrò farmene ancora. Zuampredu Cannas può darmi denari quanti ne voglio.

Il suo accento era triste e aggressivo: Banna fu per risponderle sul medesimo tono, ma la presenza di zia Martina e altre ragioni la frenarono. Sospirò anzi, dicendo:

— E ricco, sì, beata te; e buono anche

— E buono anche, — ripetè Columba irritata.

Banna capiva bene che cosa significava quell'accento, e il dubbio che la cucitrice avesse con qualche notizia o con qualche insinuazione messo il disordine nelle idee della sorella si fece certezza.

Ma appunto per questo volle tenersi buona la donna; l'attirò quindi a casa sua con la scusa di farle vedere un corsetto, ma in realtà per impedirle di star oltre con Columba.

Rimasta di nuovo sola questa si rimise a cucire accanto alla porta; ma di momento in momento la sua agitazione cresceva e con l'agitazione la meraviglia di non aver protestato contro zia Martina, la quale probabilmente le aveva riferito i giudizi della straniera per farle dispetto.

Ma forse la fattucchiera è ancora là, da Banna, e continua nelle sue chiacchiere false e maligne. Vinta da un impeto di rabbia Columba butta per terra il drappo che ricama, rovescia il panierino del cucito e balza verso la porta. I ditali e i rocchetti rotolano sul pavimento come fuggendo impauriti dall'aspetto di lei. Ella geme e parole d'ira le escono dalla bocca contratta.

— La straniera malvenuta.... la straniera sfaccendata.... che le importa di me?... E di lei che sappiamo? Sarà lei che avrà ucciso qualcuno.... E la fattucchiera.... e Banna.... quella aguzzina.... Adesso, adesso vi dirò....

Aprì la porta, ma non uscì. Margherita la serva del dottore s'avanzava rapida verso di lei e dopo essersi fermata di botto ansando lievemente, guardò se qualcuno l'ascoltava, poi domandò sottovoce:

— È qui, zia Martina? M'han detto ch'è venuta a portar le vesti. Se c'è chiamatela subito. Presto!... E se è da Banna andiamo là. Andiamo, su!...

Columba la guardò, sorridendo nonostante il suo turbamento.

— Perchè la vuoi? È venuto male al tuo padrone?

— Zitta, che non ti sentano!

— Non c'è anima viva: le donne sono andate tutte a raccogliere erbe mangerecce. Vivere bisogna, — rispose Columba, che non aveva molta stima delle sue vicine di casa.

Ma in quel momento il mendicante uscì dal suo antro che sembrava una «domo de jana»[1]) e sedette accanto alla sua porticina bassa circondata di pietre. Il suo viso ispido, i capelli, gli stracci che lo coprivano pur lasciando qua e là vedere le sue membra nerastre, avevano un colore solo come egli si fosse tuffato intero in un bagno di fango: un sacco fermato con una cordicella gli pendeva sulle spalle, e la punta della sua lunga berretta era gonfia, colma di roba. Ogni tanto egli si faceva il segno della croce con una delle medaglie nere che gli pendevano sul petto, e pareva non badasse affatto alle due ragazze; tuttavia la serva non parlò più, e solo con cenni del capo continuò a pregar Columba di accompagnarla in casa di Banna.

Columba chiuse a chiave la porta e la precedette su per la scaletta di Banna, umida per l'acqua che sgocciolava da una tinozza deposta su una panchetta nel pianerottolo. La serva prese la scodella di sughero dal lungo manico di

---

[1]) *Casa di Jana* (piccola fata).

legno che serviva per bere e la vuotò avidamente.
Bevuto che ebbe si rinfrancò.

— Zia Martina mia, — disse entrando nella
cucina attigua, ove le due donne chiacchieravano
misteriosamente, — bisogna che veniate subito
con me per fare «l'acqua dello spavento» ad una
persona....

— Al tuo padrone? — chiesero le donne ridendo.

Poi la cucitrice, per darsi importanza davanti
alle sorelle Corbu, si alzò e prese Margherita per
le braccia:

— Sei tu che ti sei spaventata; ti si vede dal
viso. Che è stato?

La ragazza protestava, asciugandosi la bocca
umida col grembiale.

— No, vi giuro sull'anima mia, non sono io.
Mi hanno mandato.... è una mia amica. Su, andiamo....

— Sei tu, invece. Tu tremi. Siediti; posso preparare qui l'acqua: più presto la bevi, meglio
è.... Datemi un bicchiere di cristallo e un po'
d'acqua di fonte.... Io cercherò i sette carboni....

Mentre Columba riempiva il bicchiere, ella si
curvò sul focolare e frugando con le dita fra
la cenere cercò sette piccole brage spente; intanto Banna si avanzò verso Margherita dicendole con dolcezza:

— Cuoricino mio, che cosa ti hanno fatto? È
stato quel matto del tuo padrone?

Allora la serva ancora appoggiata allo stipite
dell'uscio nascose il viso sul braccio e scoppiò
in pianto. Columba col bicchiere in mano si fermò a guardarla dimenticando le sue pene davanti a quel dolore più violento del suo.

— Che ti ha fatto, dimmi, — insisteva Banna, — anima mia, sei come con tre sorelle....
Parla, parla....

Zia Martina si sollevò, con le sette piccole brage spente nel cavo della mano.

— Ti ha chiuso in camera sua.

— No, no.... che dite? Egli è un uomo onesto! — gridò allora Margherita, sollevando il viso lagrimoso. — Egli mi rispetta come una figlia di sette anni....

— Che hai avuto, allora? Bisogna bene che tu me lo dica, per fare lo scongiuro; e se no va e impiccati....

Intanto zia Martina gettava ad una ad una le brage spente entro il bicchiere guardandolo attraverso la luce: l'acqua diventava torbida e grigia e i piccoli carboni risalivano a galla: lo spavento dunque doveva essere stato forte.

— Ebbene, ecco, — singhiozzò Margherita, — egli mi ha fatto vedere uno spirito....

Columba sorrise, Banna rise, la cucitrice si fece ironicamente il segno della croce; ma tutte e tre nonostante la loro apparente incredulità sentirono un brivido. La serva riprese:

— Voi non credete, eppure è vero, come è vero che siamo qui. Egli stava al buio nel suo studio, oggi.... poco fa.... Mi chiama; io entro all'improvviso, sorelle mie care, e vedo lui tutto nero davanti ad una lanterna rossa, e in fondo alla stanza un fantasma bianco.... Non so altro, sorelle mie.... son corsa via urlando, senza sangue nelle vene.... sono corsa da voi, zia Martina mia....

— Ma perchè ti ha fatto questo?

— Non lo so.... non lo so.... Forse perchè non vuole che io creda negli spiriti, nè in Dio nè in Cristo. Egli diceva ieri che gli spiriti non esistono e che se lui vuole può farmi credere d'aver veduto uno spirito mentre non è vero....

— E allora sarà così, mammelucca! — disse zia Martina, guardando sempre il bicchiere en-

tro cui la cenere si moveva come una nuvoletta.
— Perchè ti sei spaventata?

— No, no, vi giuro, lo spirito l'ho veduto. Era
lungo, bianco, si moveva: anime mie, cosa vò-
lete che fosse?

Ella tremava ancora; non c'era altro rimedio
che farle bere l'acqua, e zia Martina deposto il
bicchiere per terra vi girò attorno sette volte
mormorando le parole di scongiuro:

Unu - unu est Deus,
Duos - duos su chelu e sa terra,
Tres - sa Trinidade,
Battor - sos battor Vangelos, [1]

e così fino a dodici, i dodici apostoli, in nome
dei quali ella impose al demonio di allontanarsi
e di non spaventare oltre la giovane serva: poi
depose il bicchiere sul palmo della mano e così
lo porse a Margherita.

La ragazza bevette, soffiando sulla miscela per
cacciare in fondo i carboni; tossì perchè la cenere le raschiava la gola, sputò e si sentì più
tranquilla.

— E adesso ascoltami, — disse zia Martina
riprendendo la sua corbula, — io ti ho fatto
l'acqua e benefica ti sia; ma il tuo male non è
questo, Margherita mia; il tuo male è qui, in
testa; il tuo padrone ti ha attaccato un po' della
sua follia. Egli farà di te quello che il nibbio
fa della colomba: ti divorerà. Sentimi, vattene
da quella casa! Addio, Banna, addio Columba,
statevi bene.

Se ne andò soddisfatta, ma mentre Margherita
piangeva di nuovo e Banna la confortava, Co-

---

[1] Uno - uno è Dio, — Due - due il cielo e la terra, —
Tre - la Trinità, — Quattro, - i quattro Vangeli, ecc.

lumba scese di corsa la scaletta e raggiunse la cucitrice.

— Zia Martina, se vedete la straniera ditele da parte mia che non s'immischi più nei fatti miei!

Ma zia Martina pensava ad altro: si fermò un momento sulla porta e disse aggrottando le sopracciglia:

— Testimonie mi siete voi, sorelle Corbu, che Margherita è venuta lei a cercarmi; testimonie mi siete voi.

Gettò un soldo al mendicante e s'allontanò, e mentre nel silenzio della straduccia risuonava la voce monotona dell'uomo che benediva Sant'Elia e Sant'Anna per la limosina avuta, Columba rientrò a casa sua chiudendo a chiave la porta.

L'incidente toccato alla serva del dottore la interessava fino a un certo punto. Ella aveva da pensare ai casi propri, e solo quando poteva sfuggire ogni compagnia e immergersi tutta nei suoi pensieri provava la calma triste di chi non spera più nulla. Ma quel giorno anche questa le sfuggiva. Gira e rigira per la grande casa silenziosa, tornò nella sua camera e sollevò il coperchio della cassa ove Banna aveva deposto i vestiti. Il sole al declino penetrando per l'uscio aperto sulla veranda illuminava la cassa: fra il nero dell'orbace i lembi di scarlatto parevano macchie di sangue e il panno giallo aveva un luccichìo d'oro; una rosellina violacea spiccava su un fondo di velluto verde come sull'erba di un prato. E di nuovo la fidanzata cadde in una specie di doloroso incantesimo: le parve di vedere il malato, ricordò che egli un tempo le diceva:

— Finchè staremo in paese indosserai il costume, per non far dispiacere al nonno; ma se andremo, come spero, a vivere in una città ti vestirai da signora, col cappello e col velo.... E sarai così graziosa, bruna e sottile come sei.... bruna e flessuosa come la fidanzata del «Cantico dei cantici»....

Oh, egli ci teneva, a queste cose. Diceva sempre:

— Il velo rende belle le donne.

Ed ella aveva sognato i vestiti ed i veli che piacevano a lui; poche ore prima nel veder la straniera col suo abito stretto e il velo svolazzante, il ricordo di quei sogni le aveva destato umiliazione e vergogna. Sì, anche vergogna. «Ben ti sta, pazza, — diceva a sè stessa, — tu hai sognato di lasciare il tuo costume, di tradire la tua razza, di far dispiacere al tuo nonno; e tutto questo per un uomo che ti disprezzava. Ben ti sta, ben ti sta! E adesso soffri, tieniti in testa, giorno e notte, il ricordo dell'umiliazione che egli ti ha inflitto abbandonandoti.... »

A un tratto lasciò la cassa aperta e si affacciò alla veranda, appoggiando forte i gomiti al legno della balaustrata e ficcandosi le dita fra i capelli sotto il fazzoletto calato sulla fronte.

— È un chiodo.... un chiodo.... — mormorò.

Sì, le pareva di aver un chiodo fissato in mezzo alla testa; quel pensiero.... sempre quel pensiero....

Il sole illuminava ancora i tetti delle casupole, ma con un bagliore roseo morente; piccole nuvole gialle e rosse come fiori salivano dietro la chiesa e pareva venissero dalla valle portando fino al villaggio l'odore dei narcisi e delle rose canine. «Egli amava la primavera. Come era allegro, l'anno passato, di quei tempi, quando era tornato in paese per la Pasqua! E adesso? Adesso è là, nella sua tomba di vivente, e non si può muovere: tutta la sua superbia è caduta, come la foglia irta e spinosa del fico d'India quando l'autunno la fa marcire. Peggio per lui: peggio per lui! La gente dice che i vizi lo hanno corroso.», — pensa Columba, tirandosi ancor più il fazzoletto sugli occhi, quasi per non vedere il cortiletto, il ballatoio, le nuvole del tramonto. I vizi? No, ella sa che questo non è vero. Jorgj era un ragazzo onesto; mille volte avrebbe potuto abusare di lei e non lo ha fatto. Era quasi freddo, quando si trovavano soli; le parlava di cose che ella capiva vagamente, come una bambina a cui si spiegano cose da grandi; le raccontava storie d'amore, le recitava poesie di cui alcuni versi risuonavano entro l'anima sua come squilli di campane e gridi di falco, mentre il resto le sembrava il mormorio dolce ma confuso del torrente.

Sì, egli era quasi freddo, quasi timido come l'altro, il vedovo, che ancora non aveva osato baciarla.... Ma il vedovo era timido perchè aveva paura di lei, che non lo amava. Mentre Jorgj.... Jorgj ella lo aveva amato pazzamente, e un uomo non è mai timido con una donna che lo ama....

— Ma era lui che non mi amava; ecco perchè era freddo.... Oh!

Si rialzò, si scosse, chiuse le imposte, chiuse la cassa; le sue labbra ripresero quella linea sdegnosa e crudele che faceva paura al fidanzato vedovo. Il chiodo però continuava a tormentarla: era come un pernio intorno al quale si aggiravano tutti i suoi pensieri.

E anche lei riprese ad aggirarsi per le camere silenziose. Un velo di polvere copriva le casse e i vecchi mobili anneriti dal tempo e dal fumo che dalla cucina saliva infiltrandosi in tutte le stanze. Quella ove dormiva il nonno era ingombra di fucili, di «leppas»[1]), di bisacce e aveva

[1]) Grossi coltelli.

un odore di ovile; dal soffitto pendevano grappoli di uva gialla e di pere rossiccie appassite.

Columba si avvicinò alla parete di fondo e la spinse; un usciolino s'aprì, stridendo lievemente come una corda di violino, e lasciò vedere un andito buio quasi tutto occupato da due casse nere. Da una di queste era sparita la cassettina coi denari. Columba l'aprì e a tastoni vi frugò dentro, come cercandovi ancora il tesoro. Nulla. Aprì l'altra. Nulla. Si sollevò per guardare sulla sporgenza del muro, infine salì su una scaletta a mano in fondo all'andito, si trovò in una specie di piccolo soppalco che per una botola comunicava con le soffitte bassissime della casa. Ella sollevò la botola e un po' di luce giallognola rischiarò il luogo misterioso. In un angolo stava una stuoia di giunco, ove forse qualche bandito aveva dormito i suoi sonni agitati; c'erano ferramenta arrugginite, una brocca, un archibugio antico e dentro una nicchia una piccola statua nera di San Francesco e un lumino spento.

Columba sollevò la stuoia, guardò fra i mucchi di oggetti disusati che ingombravano il luogo, poi tirò su la scaletta, l'appoggiò alla botola e fu nella soffitta che comunicava coi tetti.

Così in caso di pericolo e di sorpresa dovevano nascondersi e fuggire i suoi padri divorati dall'odio e dalla sete di vendetta, al tempo delle inimicizie selvaggie sì, ma anche eroiche e grandiose. Adesso i tempi erano cambiati; la gente s'odiava ancora ma giocava d'astuzia e la lingua era la sua arma, la calunnia il suo veleno.

Columba, che un tempo aveva rivelato al suo innamorato tutti i segreti della casa, adesso si aggirava nelle camere, nei nascondigli e nelle soffitte cercando qualche cosa che non riusciva a trovare. Ogni volta che il nonno si assentava

ella cercava, cercava così come un topo affama-
to, con la speranza di ritrovare in qualche posto
il tesoro sparito; sapeva che non lo avrebbe trovato, eppure si ostinava nella ricerca, spinta da
un'idea fissa che rasentava la monomania. Usciva dalle sue ricerche piena di polvere, di ragnatele e di ricordi. Ma le sembrava che quei ricordi fossero lontani, che si riferissero alla sua
fanciullezza; adesso ella si sentiva vecchia de-
crepita.

Intanto il sole era tramontato; una striscia cremisi solcava il cielo verdognolo, sopra l'altipiano già quasi nero, e la luna nuova seguita da una
stella brillante cadeva come un anello d'argento
da cui si fosse staccata la perla.

S'udivano le donnicciuole ritornate dai campi
coi loro tovagliuoli colmi di finocchiella e di ra-
molacci chiacchierare nella strada: qualcuna aveva già acceso il fuoco e il fumo saliva dai tetti
rugginosi; altre avevano portato in regalo a Banna una parte della loro raccolta, ricevendo in
cambio l'olio per il condimento. Da Columba
non osavano andare perchè ella le accoglieva
male.

Anche lei accese il fuoco e andò a prendere
il pane nella dispensa a pian terreno. Un finestrino munito d'inferriata dava luce alla stanza
vasta e nera; sacchi di frumento e d'orzo, cestini
di fagiuoli e di pomi di terra, vasi d'olio, cen-
tinaia di pezze di formaggio nerastre e grigie
la ingombravano: dal soffitto pendevano grappoli di formaggelle giallognole e vesciche di
strutto bianche come palle di neve. Entro la
tinozza della salamoia galleggiavano nell'acqua
che pareva coperta di squame di pesce alcune
forme di cacio fresco; altre bianche e dure come
il marmo stavano su un tavolo strette fra due
ceppi. Nonostante le sue preoccupazioni, Colum-

ba, che s'incaricava di manipolare il formaggio
principale rendita della famiglia, appena entrò
nella dispensa guardò nella tinozza, accomodò
uno dei ceppi, fece un giro anche nei camerini
attigui per assicurarsi che tutto era in ordine.
La luce moriva nel vano del finestrino e nella
penombra della lunghissima stanza che pareva
la stiva d'un bastimento gli oggetti prendevano
aspetti fantastici; qualche paiuolo di rame rosseggiava fra le olle nere dell'olio, un sacco di
farina d'orzo sorgeva bianco, in mezzo a tutto
quel nero, come un fantasma panciuto. Columba
— che per paura di attaccar fuoco girava alla
sera senza lume per tutta la casa trovando a tastoni ogni oggetto — prese dal canestro il pane
rotondo sottile, e all'improvviso ricordò la storia di Margherita. Ella non credeva agli spiriti
e non aveva paura dei morti nè dei vivi: eppure
quella sera provava una certa inquietudine: i
paiuoli rossi, il sacco bianco, le olle nere, il
luccichìo metallico della salamoia, tutte le pareva alquanto strano. E il suo cuore ogni tanto
batteva forte senza ragione.

Uscì in fretta dalla dispensa, e rientrata in cucina sentì che le donnicciuole nella strada chiacchieravano strillando più del solito.

— Mi possiate veder cieca se non è vero quello
che dico io. L'ho veduto con questi occhi: è
già tornato.

— Ma se i trent'anni scadono il giorno di
San Francesco? Egli tornerà in paese proprio
quel giorno, e i parenti e gli amici gli andranno
incontro come in processione.

— Egli è già tornato, vi dico; vuol dire che
se i trent'anni precisi non sono passati, per qualche settimana la giustizia non lo molesterà.

Columba capì che parlavano di ziu Innassiu
Arras e si affacciò alla porta per ascoltar me-

glio. In quel momento il servetto di Jorgj uscì saltellando dal cortile e prese parte alla discussione delle donne.

— L'ho veduto anch'io, sì! Stava seduto accanto al fuoco, col cappuccio in testa e la «tasca» sulle spalle.

— Segno che doveva ripartire. Ebbene, Mariazoseppa Conzu, vuoi scommettere nove reali che fino al giorno di San Francesco egli non rientrerà definitivamente a casa sua?

— Anch'io penso così, — disse il servetto; e avvicinandosi a Columba le domandò sottovoce: — Che cosa volete?

— Chi ti ha chiamato? Vattene, — ella disse con voce irata.

Ma egli la guardava sollevando il viso verso di lei e i suoi occhioni scintillavano nella penombra del crepuscolo come due brage fra la cenere.

— Mi pareva che mi aveste chiamato. È tornato vostro nonno?

— Che t'importa?

— Vado a comprare una candela per il mio padrone, — egli proseguì imperturbabile, sapendo per esperienza che Columba avrebbe finito con l'ascoltarlo. — Non ne abbiamo più. La cassa è vuota; non c'è più nulla; ma forse fra giorni avremo molti denari....

Columba non disse nulla: guardava in fondo alla viuzza se vedeva arrivare il nonno e fingeva di dare ascolto alle donne che continuavano a discutere.

— Sì, bisogna che vendiamo la casa....

— A chi? — ella domandò quasi involontariamente.

— Al dottore, zia mia! Egli la vuol comprare per prendersi il gusto di litigare poi con Rosalia Nieddu, la matrigna del mio padrone, che canta sempre lassù come un gufo: ma se ziu Jorgeddu morrà, essa non canterà più, penso io. E voi che ne pensate?

— Egli non morrà.

— Come, non morrà? Così vorremmo diventar ricchi, zia mia! Egli morrà e presto. Che direste voi se capitasse questo: che egli morisse il giorno che vi sposate?

— Taci, stupido!

— Sarebbe una cosa curiosa, penso io. Ah, sì, egli è bianco come un morto; adesso, mangia poco e quasi non dorme più. Prima almeno mangiava; adesso nulla. Dormicchia di giorno, e la notte legge. Quante candele consuma, zia mia! Sì, io glielo dico sempre: voi siete uno sprecone. E poi gli dico: e come facciamo che soldi non ne abbiamo più?... Egli legge nel suo libro e dice che Dio aiuta anche gli uccelli; ma è preoccupato, ve lo dico io! Sì, gli uccelli hanno le ali, e lui non ha neanche le gambe. E non vuol nulla da nessuno, a costo di crepare. Solo dice che domani prenderà i soldi dal dottore, per la casa.

— E finiti quelli? — domandò Columba senza guardarlo.

— Dice che Dio lo farà o guarire o morire. Io penso che morrà....

— Il prete non è più venuto?

— Non è più venuto nessuno. Solo.... ebbene, ve lo dico in confidenza, l'altro giorno è venuto ziu Arras. E entrato dalla parte di là e il mio padrone è stato contento di questa visita. Quello che han detto non lo so perchè mi hanno mandato fuori; e anche se lo sapessi non lo riferirei perchè non sono uno spione, io. Io vedo le cose e taccio, e non posso vedere la gente chiacchierona. E neppure la gente sorniona posso vedere, come quello lì, vedete. (Accennò al mendicante, che stava seduto sulle pietre davanti alla sua porticina e baciava di tanto in tanto le sue medaglie). Anche quello viene, dalla parte di là, e si mette davanti alla porta perchè zio Jorgj lo veda e lo chiami: finge di non sentire, ma poi si avanza, piano, piano, entra, si mette a sedere e sospira. «Perchè sospirate? gli dico io, che una palla vi sfiori la bisaccia; andatevene, che siete più ricco di noi». Zio Jorgj non vuole, che gli parli così, e sta a guardarselo come un oggetto raro. Bell'oggetto! Quando va via io passo la scopa dov'egli s'è seduto. Bene; sapete cosa è successo? L'altro giorno Dionisi Oro gemeva; il mio padrone lo ha interrogato, e lui finalmente disse che l'esattore deve metter all'asta la sua tana perchè non ha pagato l'imposta: novanta centesimi, e con le spese una lira e nove reali, sì, proprio tanto. Ebbene, e quello stupido del mio padrone non mi ha fatto aprir la cassa per darglieli? Ah, sì, allora gridai, così si fanno volare i denari? E a noi chi ci aiuta poi? Il corvo? E il mio padrone mi diceva: ficcati nei fatti tuoi, Pretu! Ma io cacciai via Dionisi, e lo rincorsi gridando: guai a te se prendi il denaro, ladrone! Egli scappò via spaventato.

Ma Columba non gli dava più retta e guardava in fondo alla strada.

— Ziu Remundu arriva, — annunziò Pretu correndo via rapidamente col suo soldo stretto nel pugno.

Mentre la sua agile figurina spariva sull'alto della viuzza, verso lo sfondo lucido dell'orizzonte, dallo sfondo cinereo della strada campestre saliva la figura nera di ziu Remundu. Era a cavallo, seduto fra due grandi bisaccie colme: un odore di erba e di latte cagliato si spandeva al suo passaggio.

II.

Columba corse ad aprire il portone e il nonno smontò con agilità.

— Nonno, le donne dicevano ch'e Innassiu Arras è già tornato, — ella annunziò aiutandolo a scaricar le bisaccie una delle quali era colma di fieno fresco.

Ma il vecchio non rispose. Mentre egli conduceva il cavallo nel cortiletto e gli riempiva d'erba la mangiatoia, Columba trasse dall'altra bisaccia la forma del cacio fresco ancora stillante di siero e la ricotta stretta in un vaso di legno ricoperto da foglie di asfodelo. Anche Banna accorse per salutare il nonno, e per riferirgli le chiacchiere delle donne a proposito del ritorno di ziu Arras; ma egli, che s'era levato il cappotto e lo aveva appeso ad uno dei piuoli del portico, sedette davanti al focolare, dritto sul busto di cui il corpetto di velluto nero agganciato da un lato disegnava le forme ancora svelte e dure come quelle di un uomo molto giovane, e scosse due volte di sotto in su la testa ruvida con un moto di disprezzo.

— Quel poltrone è tornato? Ben tornato sia; un fannullone di più in paese!

Columba apparecchiava il canestro col pane, con la ricotta, con un piatto di insalata; smaniava di raccontare al nonno tutto ciò che sapeva, ma non voleva parlare davanti a Banna, certa che ne sarebbe nata una discussione sgradevole. Tacque anche quando la sorella riferì al vecchio le notizie del paese, e ch'e il dottore aveva spaventato la sua serva, e che Giuseppa

Fiore aveva criticato i vestiti di Columba secondo lei poco adatti per la sposa d'un vedovo.

Il vecchio masticava il pane duro coi suoi denti intatti e rispondeva con sarcasmo che pareva sdegno d'uomo superiore per tutte le meschinità dei suoi simili.

— Giuseppa Fiore è come la lumaca; striscia e lascia la bava dove passa. Il dottore? Adesso, adesso lo legheremo con corde di pelo e gli metteremo le pastoie, a quel vecchio cavallo matto!

Solo quando si parlò di Zuampredu Cannas il suo viso aspro si raddolcì e la sua voce diventò grave.

— Egli è buono, nipote mia; sì, hanno ragione di lodarlo: che ti importa se è vedovo? Egli ti rispetterà doppiamente perchè penserà: «se io la maltratto ella dirà che la mia prima moglie ha fatto bene a morire!...»

— Eppoi non ha figli, — aggiunse Banna, alzandosi per andarsene, — è come che sia scapolo. Eppoi è per invidia che parlano!

Rimasti soli, il vecchio e la fanciulla stettero alcuni momenti in silenzio. Nel cortile s'udiva il cavallo ruminare il fieno fresco e battere di tanto in tanto una zampa sul selciato; solo quel rumore interrompeva il silenzio della sera. Il vento taceva, ma le notti erano ancora troppo fresche perchè la gente si riunisse nella strada.

Il vecchio si curvò, prese rapidamente con due dita una piccola brage e la mise entro la sua pipa nera; indi strinse il bocchino fra i denti e guardando se il tabacco s'accendeva disse:

— Sì, il dottore è stato sempre un pazzo; se però queste cose le fan gli altri, lui balza sopra una cima e comincia a urlare come un cane....

Ma Columba era distratta: sedette sulle calcagna, davanti al vecchio, rattizzò il fuoco, e senza sollevar gli occhi mormorò:

— Babbu Corbu, devo dirvi una cosa.... La sorella del Commissario disse a Martina che Jorgeddu s'è ammalato di crepacuore.... perchè io l'ho calunniato....

Sul viso del vecchio parve spandersi il chiarore rosso della pipa accesa; la sua mano destra, nera e sparsa di vene che sembravan radici, afferrò il ginocchio sul quale si contrasse come una zampa d'aquila aggrappata ad una roccia.

— Columba, è per questo che sei di mal umore?

— Sì, per questo, babbu Corbu!

— E che t'importa di quello che dice la gente?

— M'importa sì! E ai morti che non importa niente di quello che dicono i vivi!

— La sorella del Commissario sta in casa di Giuseppa Fiore: tu devi pensare a questo.

— A questo ho pensato. Bisogna rintuzzare la lingua ai serpenti.

— E che cosa vuoi farci? Se fossi stato giovane avrei detto: andrò e taglierò la lingua al cavallo di Giuseppa Fiore, per punir lei della sua maldicenza. Ma son vecchio, figlia cara, son vecchio e ne dicono abbastanza sul conto mio!

— E vero, babbu Corbu, è vero! Tutti parlano male di noi; tutti pretendono di calpestarci perchè siamo soli.... Voi siete vecchio, noi siamo donne. Ignassiu, il marito di Banna, è come se non ci fosse: egli non pensa che alle sue capre e alle sue vacche.

Curvò la testa e riprese quasi gemendo:

— Nessuno ci rispetta.... tutti ci calunniano.... tutti ci vorrebbero veder morti.... Sì, sì, ed io morrò presto, lo sento qui nel cuore.... lo sento....

— Columba! Perchè parli così?

— Perchè muoio di rabbia, babbu Corbu! Perchè non ne posso più: a voi lo dico, non ad altri; sono stanca.

E si lasciò andare per terra, triste e stanca davvero, tanto stanca da non reggersi più. I piccoli occhi verdognoli del vecchio diventarono scuri.

— Columba! Una sposa parlare così? Una ragazza che ha nella cassa i vestiti da nozze? E perchè questo? Per chiacchiere di donnicciuole. Bè, dimmi, che cosa vorresti per esser contenta?

— Vorrei....

Fu per gridare: «che ciò che è accaduto non fosse accaduto»; ma non osò.

— Vorrei esser già sposata, già lontana di qui: così tutti saremmo più tranquilli.

— Ma perchè non sei tranquilla? Che cosa ti manca, figlia di Dio?

— Nulla mi manca, babbu Corbu; ma tutti ci vogliono male; persino Banna mi vuol male; lo so, noi non siamo come sorelle, no, siamo come vicine di casa che abbiano da spartirsi qualcosa e stieno pronte a litigare. Persino ziu Dionisi Oro, quell'immondezza di mendicante, che senza di noi morrebbe di fame e di sete, persino lui parla male di noi. Eppure io penso.... che sia stato lui a rubare i denari....

Il vecchio battè forte il bastone per terra.

— Mille volte m'hai detto questo, nipote mia! Lui od altri che mi importa? Il brigadiere ha frugato in casa di Dionisi come in altre case.... e non ha trovato nulla e s'è messo il cuore in pace! E anch'io faccio come lui: non ci penso più. Senti, lucertola mia, facciamo una cosa; non parliamone più. E se la gente mormora lasciamola mormorare; è l'invidia che la rode. Osserva tu quando passa il vento: è l'immondezza che si solleva e turbina; mentre le pietre restano ferme. Così è della gente; è la peggior genìa che si muove e mormora. E se tu ti metti in mente di cambiare il mondo incanutirai prima del tempo. Tu fa l'affar tuo, senti, e cerca solo l'approvazione della tua coscienza; e se la coscienza non ti rimprovera nulla, tu va avanti e pensa: se la gente parla male di me segno che mi crede felice!

Sputò sulla cenere, accavalcò le gambe e incrociò le braccia in atteggiamento solenne e fiero: pareva un vecchio eroe che durante la sua vita avesse compiuto solo azioni magnanime e sprezzato l'opinione pubblica. Però la sua mano destra continuava a tremare.

Columba mormorò:

— Ma la mia coscienza non è tranquilla, babbu Corbu! Io ho sempre paura che ci siamo ingannati.... Anche oggi ho cercato.... E se i denari fossero in casa? Se li ritrovassimo, babbu Corbu? Come sarei contenta! Così egli non direbbe più che lo abbiamo calunniato e fatto ammalare noi....

Il vecchio non rispose; ma ella sollevò il viso pallido e per un attimo si fissarono negli occhi come avversari pronti a colpirsi.

— Columba, — egli disse stringendo i denti, — tu diventi pazza. Parliamoci chiaro una volta per sempre. Io non ho calunniato nessuno, e se tu pronunzi un'altra volta questa parola io ti rompo il battesimo col mio bastone. Ma non voglio litigare; ascoltami. Nel primo momento dopo il fatto, nel primo impeto di rabbia io posso aver pronunziato il nome di quell'infelice; ma dopo.... perdio, dopo, chi lo ha più cercato? Sono andato forse a denunziarlo? Ne ho forse parlato con nessuno? Se la gente lo teneva così in poco conto da crederlo capace di tanto, che colpa ne ho io?

— Voi vi ridevate di lui, babbu Corbu; Banna sorella mia che ha la lingua come quella dei serpenti, parlava male di lui con le vicine; e a poco a poco, giorno per giorno, siete stati voi due a creare la sua cattiva fama.

Il vecchio sollevò il bastone.

— Percuotetemi pure, rompetemi la testa! — ella disse con ira crescente. — Ma prima devo parlare. Egli è innocente e noi lo abbiamo calunniato.... noi, sì, noi, perchè anch'io ho parlato contro di lui.... e la gente lo sa e comincia a rendergli giustizia. Verrà giorno che tutti grideranno contro di noi e diranno: essi lo hanno ucciso, lo hanno attirato a casa loro come in una imboscata, l'hanno colpito a tradimento perchè lo odiavano....

Il nonno riprese la sua calma selvaggia.

— Lo hai attirato tu, non io! Sei tu che gli hai aperta la porta di notte, e te lo sei preso nella tua camera come una donna perduta. Perchè hai fatto questo? Io dovevo romperti la testa, allora, non adesso; sono invece stato vile e ti ho lasciato fare quello che volevi. Perchè eri orfana, e tua madre è morta raccomandandomi di trattarti bene! Ah, no, una donna che di giorno tace e alla notte apre la porta al suo amante, non è donna da trattarsi bene! Al diavolo chi crede in lei! Essa è la rovina della casa; e tu, tu sei stata la rovina della mia!

Col bastone le toccò due volte la testa, ed ella cominciò a tremar tanto che non riusciva più a parlare.

— Taci, adesso? Ah, sono io che l'ho attirato in casa? Dilla ancora questa parola stolta! Se tu hai perduto la memoria peggio per te; io non sono rimbambito. Era lui che ci odiava, il pezzente calzato, e che voleva ridersi di noi: non è stato lui a lasciarti? Se tu non lo accoglievi in casa e non gli dimostravi di essere una donnicciuola da nulla, egli ti avrebbe rispettato. La donna dèv'essere donna, specialmente quando si chiama con un nome come il tuo. Ma tu te n'eri dimenticata, a quanto pare; non ricordavi più che eri nipote di Remundu Corbu e figlia di Battista Corbu. Non hai imitato tua madre, che perchè la famiglia non si disgregasse volle sposare suo cugino, il figlio di mio fratello: no, tu hai guardato il figlio di un capraio, uno studentello senza casa e senza testa, un ragazzo corrotto, che non era della tua razza nè del tuo grado. E ben ti sta quello che ti è accaduto! Non piagnucolare, adesso, e tagliati la lingua.... Ah, noi lo abbiamo ucciso? — proseguì, senza dar ascolto a Columba che balbettava qualche parola. — S'è ucciso lui, coi suoi vizi ed i suoi stravizi! Del resto, non aver paura, nipote mia, egli non morrà: egli finge, e chissà chissà che non mediti qualche bel colpo! È chiuso nella sua tana come il pensiero maligno nella mente d'un uomo cattivo: un bel momento verrà fuori e sarà un flagello. Basta, non parliamo più di lui! È l'ultima volta che io ne parlo. Solo una cosa devo dirti ancora: vuoi sposartelo? Padrona! Ti ho mai detto di no? Questo il mio torto: essere stato sempre debole con te, io, io, Remundu Corbu! Anch'io non sono stato uomo, con te, ma sono stato come una fionda nelle mani di un fanciullo: piegala di qui, piegala di là, essa finisce col rompersi. Ben mi sta! Anche per Zuampredu Cannas ti ho mai detto nulla? Quando egli fece la sua prima domanda tu l'hai rifiutato: alla seconda hai risposto sì. Sei pentita, adesso? Sei sempre padrona di tornare indietro; non devi ascoltare i consigli di nessuno. Una volta, nipote mia, — egli continuò, raddolcito dall'attitudine umile e dolorosa di Columba che aveva reclinato la testa rannicchiandosi sull'angolo del focolare, — io passavo nel salto di Dorgotori,

ai miei tempi, quando avevo i garetti come quelli
dei cervi; ed ecco vedo un uomo che coglie scope. Io passo dritto, ma lui mi chiama. «Salute
l'amico, salute l'amico!» Ebbene, e non riconosco
in lui un mio amico di fanciullezza, il figlio di
Sadurru Chessa di Tibi? Sadurru Chessa era ricco, nipote mia; aveva trecento vacche figliate.
Suo figlio aveva persino studiato per diventar
dottore, ma segui i consigli di questo, segui i
consigli di quello, egli interruppe gli studi, si
diede al commercio, fece tutti i mestieri, si
mangiò tutto il patrimonio, cadde in miseria e
finì col fare lo scoparo! Così ti dico, piccola colomba mia, fa' quello che vuoi, non seguire i
consigli di nessuno!

Columba non rispose: era ricaduta nel suo solito mutismo, ma pareva che le parole del nonno
l'avessero calmata; il suo viso e i suoi occhi
avevano ripreso la loro abituale espressione.

— Va', va' a letto, — egli proseguì, curvandosi
a prendere un'altra piccola brage, poichè la pipa
s'era spenta, — dormi sette ore e vedrai che i
mosconi cesseranno di ronzare. Domenica delle
Palme verrà Zuampredu per le pubblicazioni; poi
verrà il giorno delle nozze, e ve ne andrete: andrai al suo ovile, conterai le sue vacche, avrai
in consegna il denaro per pagar i servi. Pensieri
non te ne mancheranno; allora i mosconi potranno anche pungerti e tu non scuoterai neppur la
testa per scacciarli via.

Columba si alzò, obbediente come una bimba,
accese il suo lumino d'ottone rotondo e dondolante come una piccola arancia; chiuse la porta
di strada sprangandola con un palo di ferro.

— Columba, — disse il vecchio mentr'ella s'av-
viava per andare a letto. — Hai pagato Martina
Appeddu?

— Non ha voluto.

— Ebbene, domani mandale quello che le spetta, e non cercarla più.

— Il fuoco la cerchi! — imprecò Columba, avviandosi, col viso di nuovo soffuso d'ombra. Rimasto solo anche il nonno si fece cupo e riafferrò il suo ginocchio con la mano contratta.

— Remundu Cò! — disse a sè stesso con ira, — sei vecchio e sei ancora stupido! Non bisogna lasciar sola quella ragazza; troppo l'hai abbandonata a sè stessa! Ogni soffio di vento le sembra una voce ed ella trema come una foglia. Pare che una mala fata la guidi!

Egli non credeva agli incantesimi, ma da qualche tempo in qua, ogni volta che si trovava a casa provava un senso di oppressione, come se qualcuno avesse nascosto sotto il focolare una «magia», una di quelle statuette di sughero coperte di spilli come ne faceva anche Martina Appeddu, che consumano lentamente sino a farlo morire il disgraziato sotto i cui piedi stanno sepolte. Columba era sempre di cattivo umore, anche Bànna spesso pareva preoccupata: il vecchio ricordava i tristi tempi quando era malata sua figlia e un giorno si sperava di salvarla e il giorno dopo si temeva di vederla morire. Ma no, neanche in quei tempi egli aveva provato l'inquietudine che adesso gli destava Columba. Come un fluido maligno circondava la ragazza: ov'ella passava rimaneva un senso di tristezza. Il nonno non sapeva spiegarsene il perchè, ma ricordava che Giuseppa Fiore, saputo dell'amore di Columba con lo studentello, aveva detto ai vecchioni della piazza: «Remundu Corbu ha peccati da scontare!»

— Peccati, peccati! — egli disse a voce alta scuotendosi tutto come un cavallo a cui dà noia la briglia e la sella. — Io peccati non ne ho, da scontare: quello che ho fatto lo so io perchè

l'ho fatto! Ed a me che cosa non han fatto?
Dovevo lasciarmi ammazzare? Se Dio mi ha messo al mondo era per vivere, e se m'ha dato i piedi era per camminare, e le mani per levare la
siepe dal varco.

La pipa intanto si era di nuovo spenta, ed egli
la succhiava ancora, ma sentiva la saliva amara.
Sputò con rabbia, poi si alzò e andò a guardare
il cavallo che sonnecchiava ruminando il fieno
coi denti malandati. Era una vecchia bestia coperta di cicatrici e con le orecchie mozze, più
d'una volta accoltellata e sfregiata dai nemici
del vecchio: egli l'amava per questo. Riempien-
do d'erba la mangiatoia e sentendo sulla guancia
l'alito caldo che usciva dalle narici del cavallo
provò un senso di tenerezza.

— Siamo vecchi, — disse, battendogli la mano sulla schiena, — ma la nostra pelle è dura....
E se occorre trottiamo ancora....

Rientrò, chiuse la porta e si coricò sulla stuoia.
Quando era inquieto non si svestiva mai e preferiva la stuoia al letto conservando così l'abitudine
di tenersi pronto per qualsiasi evento. Nulla adesso lo minacciava; tutti i suoi erano sani, gli affari andavano bene; Columba doveva sposare un
uomo ricco; eppure egli continuava a sentire
quel senso di inquietudine che dà l'appressarsi
di un pericolo.

S'addormentò pensando a Innassiu Arras, e nel
dormiveglia si sforzava ancora a sorridere con
disprezzo ed a mormorare la parola «poltrone»,
ma anche il ricordo del suo antico nemico, oramai innocuo, gli destava quella sera un vago
malessere. Come quasi tutti i vecchi egli dormiva poco e male, e dopo alcune ore di sonno agitato si svegliò. Il fuoco s'era spento; la tramon-
tana soffiava scuotendo la porta del cortile. Egli
sentì freddo; allungò il braccio per tirar su una

bisaccia di lana che gli serviva da coperta, e bastò questo movimento perchè il sonno se ne andasse via del tutto. Allora provò di nuovo quel senso di oppressione sotto il cui peso si era addormentato.

— Columba....

Sì, Columba era il suo pensiero fisso; tutto il resto oramai contava poco. Il passato era passato; l'avvenire per lui non esisteva. Se Columba si sposava e se ne andava, a lui non rimaneva che sonnecchiare anche camminando e ruminare i suoi pensieri come il vecchio cavallo ruminava l'erba...

Ma arriverà il giorno delle nozze e della partenza di Columba? È questo il pensiero che turba il vecchio. Columba è ancora sotto l'incubo della sua triste avventura con lo studente; ed è questa la malìa che opprime tutta la famiglia.... È come una pustola maligna, che dapprima sembrava una piccola puntura di spina di rosa e piano piano s'è incancrenita e non guarisce, sebbene curata con la pietra infernale....

Il nonno si agita sulla stuoia ricominciando a parlare a sè stesso.

— Vecchione, sai cosa ti dico? Subito col ferro rovente dovevi curare la piaga. Quando Banna ti disse che Columba riceveva di notte il figlio del capraro, tu dovevi frustarli entrambi con una corda di pelo. Invece hai lasciato fare; lo studente ti mancava di rispetto e la gente rideva di te e diceva: « fai bene a prenderti in casa un ragazzo allegro; egli farà volar via i tuoi soldi come il vento le foglie dell'albero! » E Giuseppa Fiore diceva: « Remundu Corbu ha peccati da scontare.... »

A un tratto si levò la bisaccia dalla testa e spalancò gli occhi. Intorno era buio, ma egli vedeva ancora lì davanti al focolare il viso pal-

lido e ironico di Jorgj Nieddu, i suoi occhi scintillanti; e ancora sentiva quel senso di sdegno
che la presenza e le parole dello studente un
tempo gli destavano.... Ah, e g l i è lì, ancora lì,
in mezzo a loro, è sempre il più forte e finirà
col cacciarli via di casa.

«Babbu Corbu, — dice la voce triste di Columba, — vorrei esser già lontana di qui.... così
tutti saremmo più tranquilli....»

Che fare, per renderla tranquilla? In fondo,
al vecchio non importa affatto la propria inquietudine; egli ha passato una vita così agitata!... ma non può sopportare la continua tristezza di Columba. Che fare? Cercare ancora il
ladro? Frugare nuovamente in tutte le casupole
del vicinato? A che? Per crearsi ancora inutilmente nuovi nemici? I denari sono spariti; li abbia
presi Giorgio, li abbia presi il mendicante o qualche altro dei vicini di casa, anche ritrovandoli
non si rimedierebbe a nulla. Il male non è lì;
ha radici più profonde, va in là, molto più in
là, e non si può guarire. Anche se il nonno
andasse in chiesa e si inginocchiasse in mezzo
al popolo gridando: «Jorgj Nieddu è innocente!
Io l'ho accusato senza esser certo della sua colpa!» a che servirebbe? A far ridere il popolo.
L'odio resterebbe lo stesso, tra il vecchio e il
giovane; questi continuerebbe a metter la discordia in famiglia, come per il passato, e Columba continuerebbe a soffrire. Meglio lasciar
correre. Il tempo porterà rimedio a tutto. Columba se ne andrà col suo sposo ricco, una vita
nuova comincerà per lei; il nonno andrà spesso
a trovarla, farà cavalcare il suo bastone ai bambini di lei, li condurrà sul suo cavallo, darà l'ordine ai suoi servi perchè col formaggio fresco
facciano agnellini, uccellini, treccie e amuleti,
da regalarsi ai nipotini. I tempi tristi son finiti.

Cercò di riaddormentarsi; ma non poteva chiuder gli occhi. Le sue palpebre tremolavano e un senso di stanchezza gli fiaccava la schiena.

A un tratto un gallo cantò, e il vecchio, abbandonando le inquietudini del presente si lasciò andare ai ricordi del passato. Allora provò un senso di riposo e di oblio, come uno che lascia le sponde di un fiume e va e va sull'acqua silenziosa trasportato alla deriva da una imbarcazione leggera. Ogni volta che sentiva cantare il gallo egli ricordava gli urli che avevano echeggiato nel silenzio del salto quando sua moglie era stata aggredita.... Sua moglie! Spesso, di notte, quando egli dormiva nel letto, svegliandosi gli pareva d'averla ancora vicina, magra e calda, dura e forte. Quella era stata una donna! Mai lagrime, mai preghiere nè lamenti. Nei tristi tempi ella era stata come una verga di acciaio che non si piega; ma venuti i tempi di pace s'era spezzata d'un colpo.

Dietro la donnina, che camminava come Banna battendo i piedi per terra e con le mani nascoste entro le spaccature della gonna, una lunga processione sfilava.... Amici e nemici, giudici e vittime: appariva lo sfondo d'un bosco, s'udiva il trotto d'un cavallo, una fucilata, un grido; poi la scena cambiava: era una scena funebre; una donna coi capelli sciolti gridava vendetta; zia Giuseppa Fiore accoccolata davanti al suo focolare gittava di tanto in tanto un grido d'odio come il gufo nel bosco: Innassiu Arras correva di roccia in roccia con la sua borsa sulle spalle.... Poi appariva una chiesa campestre, con l'altare coperto di fiori rossi, un Cristo deposto sull'arazzo giallo come su un quadrato di sole.

Il vescovo di Nuoro bello come San Giovanni benediceva con due dita, e uomini e donne sfilavano davanti al Cristo, s'inginocchiavano, giuravano di deporre ogni odio, ogni idea di vendetta, baciavano i piedi insanguinati del Signore, poi uscivano nello spiazzo erboso, ballavano e mangiavano, guardando con diffidenza colui col quale avevano giurato di far pace!

La corrente dei ricordi trasportava il vecchio: e come l'acqua dei fiumi al crepuscolo anche quei ricordi avevano riflessi azzurri e riflessi rossi, chiarori lattei e ombre nere.... Egli era convinto di non aver fatto male a nessuno. Si era difeso, soltanto, come deve fare l'uomo veramente uomo. A un tratto sorrise, sotto la bisaccia, mentre il cavallo nel cortile, svegliatosi anch'esso dopo breve sonno, ruminava di nuovo l'erba, e qualche vago rumore vibrava tra il vento che andava calmandosi.

Il ricordo doveva esser piacevole. Il vecchio vedeva ancora una chiesa, ma non quella delle «paci». Un Cristo nero guardava dal pulpito e pareva fosse lui a parlare.

«Qui, qui, in questa chiesa, c'è qualcuno che come Giuda pensa a tradire il suo fratello....»

E Innassiu Arras piangeva. Era il ricordo più comico che ziu Remundu potesse evocare....

— Eppure, come è vero Cristo, dopo quella volta non gli ho più voluto male. Sarebbe come voler male a Dionisi Oro il pezzente!...

Eppure!... Il ricordo del mendicante lo scosse dal dormiveglia in cui era già ricaduto. Qualcosa di sgradevole, come un urto improvviso, lo scosse. La barca era arrivata all'altra riva; bisognava balzare a terra, tornare al presente, alla realtà. La voce di Columba risuonò ancora, triste e fredda:

«Io penso, babbu Corbu.... che possa essere stato anche Dionisi Oro.... Perchè non fate cercare ancora?...»

Il vecchio si mise a sedere e si grattò la guancia.

— Maledetti sieno i sette peccati mortali! Se vedo Martina Appeddu le rompo i denti e le dico: potevi fare a meno di tormentare quella ragazza. Va alla forca, vecchia cornacchia!

Il gallo cantò ancora, ed egli si alzò, riaprì la porticina, andò a guardare il cavallo nel cortiletto silenzioso sotto le stelle verdognole che parevano scosse dal vento.

III.

Non essendo riuscito ad avere il «sonette» Pretu si contentava di certi minuscoli pifferi fatti da lui con grossi steli d'avena. Seduto sul ciglione sopra il quale s'apriva la porticina di Jorgj, egli suonava il motivo del ballo sardo o dei «Gosos»[1]) di San Francesco e il ronzìo della sua «leonedda»[2]) si confondeva con quello dei mosconi.

Era il meriggio. Grandi nuvole bianche passavano davanti al sole e tutto il panorama di valli verdi e grigie chiuso dalla linea violacea dell'altipiano pareva sonnecchiasse; ma di tanto in tanto il sole tornava a risplendere; l'erba allora e le macchie scintillavano e tutto il paesaggio si scuoteva al vento come svegliandosi all'improvviso.

Anche Jorgj sonnecchiava, ma ogni tanto si scuoteva e il ronzìo dei pifferi gli faceva tornare in mente certi versetti del suo libriccino.

[1]) Laudi sacre.
[2]) Piffero.

«Le vane speranze e le menzogne sono per lo stolto, e i sogni levano in alto gli imprudenti.

«Come chi abbraccia l'ombra e corre dietro al vento così chi bada a false visioni....»

Eppure egli si ostinava a sperare, e la debolezza in cui ogni giorno di più cadeva come in un gorgo molle e tiepido gli dava spesso visioni morbose. Talvolta arrivava a compiacersi della sua immobilità.

— Che fatica doversi alzare e camminare! Perchè poi? La vita è nel moto dell'Universo, e le pietre e le piante vivono anche senza muoversi.

La sua stessa vertigine e il palpito del suo povero sangue gli sembravano causati dal roteare della terra; gli pareva che il moto perpetuo di tutte le cose lo trascinasse attraverso lo spazio e che le ore e i giorni corressero dietro di lui.

— La giornata è passata egualmente per me e per i felici della terra, — pensava al cader della sera, — almeno io non ho fatto male a nessuno....

Ma quando alla notte si svegliava, solo, al buio, era preso dall'orrore dei sepolti vivi: una crisi di disperazione lo faceva tremare tutto, un freddo sudore gli inumidiva i capelli; qualche volta non si riaddormentava che all'alba, e allora il suo unico conforto era la speranza di morire presto.

La voce irritata del servetto lo scosse dal suo dormiveglia.

— Perdonate[1]) vi ho detto! Adesso che avete trovato la strada volete consumarla a forza di andare e venire....

Ma la voce cadenzata del mendicante risuonava nel silenzio del ciglione; pareva che le sue parole lente, staccate, cadessero sull'erba, men-

_____

[1]) Perdona, si dice al mendicante quando non gli si vuol dare l'elemosina.

tre la vocina sonora di Pretu saliva e si sperdeva nell'aria serena.

— «In nomen de su Babbu, de su Izu, de s'Ispiridu Santu, faghide sa caridade a custu poberu ezzu istorpiadu....»

— Se non ve ne andate vi faccio rotolar giù come una bacca di ginepro....

— Sant'Anna e Sant'Elia ti aiutino: dov'è il tuo padrone?

— Dove volete che sia? A' cavallo nella sua tanca. Andatevene, fatevi ficcare in uno spiedo.

Ma l'uomo fissava coi suoi occhi rotondi, chiari come due nocciuole non ben mature, la porticina di Jorgj avanzandosi curvo sotto la sua «tasca» piena.

— Dionisi, entra pure, — disse a voce alta il malato; e il mendicante entrò, seguito da Pretu che si alzava sulla punta dei piedi per guardare entro la bisaccia. — Dàgli qualche cosa, Pretu.

— Che cosa gli dò? Quello che ci avanza? Non vedete che ha la bisaccia colma di pane, di ricotta, di formaggio acido? Datemelo, zio Dionì, — aggiunse facendo smorfie di disgusto. — Faremo le focaccie di Pasqua. Siete più ricco di noi e venite a seccare....

— Finiscila, Pretu! — gridò Jorgj irritato, senza smettere un momento di fissare il mendicante che si guardava attorno e sospirava.

— Tutti i giorni egli è qui, — brontolò Pretu sollevando il coperchio della cassa e prendendo la metà d'una focaccia rotonda e gialla come la luna.

E tutti i giorni il malato provava la stessa impressione: che Dionisi Oro, o per conto proprio o incaricatone da qualcuno (da chi? da Columba o dal vecchio?), entrasse nella stamberga per spiare; e a sua volta provava un senso di curiosità e di ripugnanza ma aspettava che il mendicante gli dicesse qualche cosa di straordinario.

L'uomo però parlava poco e incoerentemente.

— Ebbene, Dionisi, che c'è di nuovo nel mondo? Sei andato ad ascoltar le prediche?

— Che, che, cuoricino mio!... Gli eremiti, in quel tempo, quando gli uomini non avevano malizia, mangiavano i cani....

— E adesso che han malizia mangiano i vitelli, e fan bene! — gridò Pretu, dandogli in malo modo la focaccia.

— Dico, sei stato a confessarti? Siamo di quaresima! — gridò Jorgj.

— Siete stato a confessarvi? — gli gridò Pretu all'orecchio.

L'uomo trasalì e s'irritò.

— Eh, non son sordo a quel punto! Sì, sono stato in chiesa. Bei sermoni, sì! Pare San Francesco. (Si segnò baciando le sue medaglie).

— Chi?

— Chi? — urlò Pretu.

— Ma vattene, lasciami in pace le orecchie. Dico, prete Defraja, che una palla gli trapassi la saccoccia.

— È vero, — ammise Pretu. — Egli predica che sembra un piccolo santo: la voce non è grossa, ma fa pianger la gente. L'ha detto mia madre.

— Allora è tempo di pensare ai peccati e convertirsi. Gridaglielo, Pretu.

— Allora è tempo di confessare i vostri peccati, — tradusse il servetto all'orecchio di Dionisi Oro.

— Tutti siamo in peccato mortale, — rispose il mendicante; poi non parlò più, per quante insolenze il ragazzo gli gridasse, ma continuò a guardarsi attorno, e finalmente s'avviò per andarsene volgendosi ogni tanto a fissare il soffitto corroso.

— Se non volete nulla vado anch'io, — disse
Pretu, — giusto mia madre vuole andare in chiesa ed io guarderò il bambino piccolo.

— Va pure; ricordati di comprare la candela.

— Ziu Jò, — annunziò con voce dispettosa il
ragazzo, — i soldi son finiti, lo sapete.... E voi
date il pane a quello sfaccendato....

Jorgj sospirò infastidito, guardando fuor della
porticina. Il tempo era bello e il riflesso delle
chine coperte di erba brillante arrivava fino alle
pareti della stamberga.

— Saran le due, Pretu. Alle quattro verrà il
dottore e gli ricorderò che bisogna far l'atto di
vendita della casa.

Pretu sollevò e lasciò ricadere rumorosamente
il coperchio della cassa: nello stesso tempo qualcuno battè forte alla porta del cortile e il malato trasalì, non seppe per quale dei due rumori.

— Chi sarà? — domandò, fissando gli occhi
spalancati negli occhi spalancati di Pretu. —
Il dottore no, certo.

E Pretu non avrebbe aperto se una voce rauca
non avesse gridato:

— Posta!

Una corrente d'aria fresca attraversò la stamberga, e il postino, o meglio uno dei vetturali
che facevano il servizio della diligenza fra Nuoro
e Oronou, entrò con un pacco e uno scartafaccio
in mano. Era un uomo alto e scarno, vestito con
una vecchia divisa da cantoniere i cui filetti rossi si erano come arrugginiti. Anche la pelle del
suo viso, aderente alle ossa, era d'un rosso di
ruggine, essiccata dal vento e dal sole; ma sotto
le sopracciglia rossicce sporgenti come cespugli
secchi sull'orlo della roccia gli occhi d'un azzurro metallico sorridevano; ed egli portò nella
stamberga come un soffio dei grandi paesaggi
che attraversava ogni giorno.

— Pacco! Da Nuoro! Firma! — gridò con la sua voce rauca. — E come andiamo, Jorgj?

Lasciò cadere il pacco — una cassetta con la cordicella e i sigilli rossi già staccati dalle assicelle — e il tavolinetto di Jorgj traballò sotto il peso insolito.

Il malato taceva guardando l'uomo e la cassetta con occhi quasi selvaggi; solo il ricordo che ogni anno per Pasqua la moglie di zio Conzu gli mandava da Nuoro certe focacce di pasta e cacio fresco lo tratteneva dal respingere il pacco.

— Come stai, dunque? Pensa, pensa ad alzarti, poltrone!

— Potessi, — mormorò Jorgj sporgendo il braccio per cercare la penna.

— Se vuoi puoi, con l'aiuto di Dio! Ebbene, anch'io, questo gennaio scorso, dopo Sant'Antonio, ho avuto una gamba rattrappita. Tutti dicevano: è la paralisi, perchè sta sempre seduto. Io un giorno, là alla cantoniera di San Giovanni dove sta mio fratello, dissi: o la gamba guarisce o me la faccio tagliare: tanto non ne ho di bisogno: le redini non le prendo coi piedi. Ebbene, sai cosa ti dico? Questa qui (si battè la mano sulla gamba in questione) ha avuto paura; e s'è mossa, questa poltronaccia. Ancora qualche volta fa la poltrona e si fa trascinare, ma io le dico: marcia, con l'aiuto di Dio. Va bene, firma lì: hai le mani bianche, poltrone! Alzati, alzati, che fai bene!

— Avete più veduto zio Conzu? — domandò Jorgj rimettendo la penna.

— L'ho visto domenica: anzi bisogna che mi ricordi di passare da sua moglie perchè deve darmi qualcosa per te.

— Allora non è suo questo pacco!

— Può darsi che sia suo: come ti dico è da

domenica che mi aspetta: forse avrà mandato alla posta. Addio: guarisci presto e ripartiamo, su!

E quasi intuendo l'idea che passava nella mente del malato, l'uomo se ne andò bruscamente, tirandosi addietro la porta che Pretu si affrettò a chiudere.

La stamberga rimase di nuovo illuminata dalla luce azzurra della porticina sulla cui soglia il sole si avanzava dolce e famigliare come un buon amico che tutti i giorni rinnova la sua visita.

— Pretu, taglia la cordicella.

Finchè c'era stato il postino il ragazzo non aveva aperto bocca per paura che Jorgj s'irritasse e respingesse il pacco; ma il cuore gli batteva forte. Da quanto tempo nella stamberga non succedevano avvenimenti simili!

Trasse il suo coltellino a serramanico, il suo coltellino nero e argenteo, suo orgoglio e suo tesoro (glielo aveva portato Jorgj dalla città, ai bei tempi), e cominciò a segare. La cordicella grossetta, forte, vibrava tutta come protestando.

— Zio Jò, vi dico la verità, mi batte il cuore. Che cosa ci sarà? La storia è di levare i chiodi, adesso: ma lasciate fare a me; son forte.

Mise la cassetta sullo sgabello e introdusse la punta del coltellino fra le assicelle; ma la lama si piegava e minacciava di rompersi inutilmente.

— No, no, non così, Pretu! prendi il coltello....

— Come pesa, Dio mio! Che ci sarà, dite? Se fosse piena di denari? Di soldi e di lire? Quanto sarebbe? Ah, col coltello va bene. Forza, Pretu, forza, bello! Ecco levato un chiodo: ahi, il dito! Eccone un altro. Maledetti i Giudei: essi hanno inchiodato così Gesù. Ah, sì, il cuore mi batte come quello di un porchetto entro un sacco! Ah! Ah!

Egli ansava, sudava, rideva: anche Jorgj si

sentiva battere il cuore. Finalmente il coperchio di assicelle scricchiolò, parve sollevarsi da sè, rimase sospeso, attaccato ad un lato e da un solo chiodo. Con meraviglia il malato vide uno strato di violette quasi nere e credette che il pacco fosse pieno di fiori.

— Dormo e sogno, — pensò, e certo di svegliarsi da un momento all'altro, non provò più nè curiosità nè stupore.

Chi poteva mandargli quei fiori? Chi poteva ricordarsi di lui in quel modo, in quel tempo, come di un morto caro sulla cui tomba si depongono le violette di marzo?

Ma il servetto aveva sollevato la carta rosea su cui stavano sparse le viole, e traeva dalla cassetta altri oggetti, toccandoli e guardandoli con diffidenza, quasi dubitasse anche lui della realtà.

Dapprima furono due lenzuola, leggere e candide come la neve; poi tre asciugamani damascati, grigiastri e lucidi come le nuvolette che passavano sullo sfondo della porticina, poi alcune salviette ricamate che ricordarono a Pretu la tovaglia dell'altare maggiore di Santu Jorgj; poi sei fazzoletti orlati a giorno e legati con un nastrino azzurro; poi alcune foderette bianchissime con su ricamato un ramicello di biancospino. In fondo c'era una scatola di latta dipinta: due cammelli gialli carichi di roba guidati da due beduini bianchi e neri correvano attraverso un deserto rosso: il cielo era violetto e all'orizzonte apparivano le palme verdi di un'oasi.

Il servetto prese la scatola con le manine trementi ed esitò prima di aprirla. I suoi occhi si incontrarono con quelli del padrone. Allora Jorgj si mise a ridere: un riso nervoso, di reazione, quasi di sdegno contro sè stesso e il suo stupore.

La scatola era piena di biscottini, piccoli, secchi e sottili come ostie. Pretu provò un senso di delusione.

— Umh! saran buoni? Poteva mandare di quelli freschi!

— Questi son fini, son di lusso, — disse Jorgj con voce grave. — Mangiane uno.

— Mangiatelo voi.... Son biscotti da malato!

Ma nella cassetta c'era ancora roba: tre o quattro involtini legati con volgare spago grigio. E trae e svolgi e guarda, servo e padrone tornarono completamente alla realtà di tutti i giorni. Un involtino conteneva del cacao, un altro zucchero, un altro tre scatole di sardine, l'ultimo infine un salame.

Ma a misura che Pretu si rallegrava e calcolava ad alta voce quanto tempo potevan durare quelle provviste, Jorgj ricadeva nella sua solita irritazione.

— È un'elemosina, ti dico! Chi, chi l'ha mandata?

— Se non lo sapete voi chi lo sa?

— Io non so nulla. Io respingo tutto....

— A' chi? Se lo mangia il postino; sentite, zio Jò, è meglio che ve lo mangiate voi. Sarà quella dama di Roma, quella.... sapete, di cui avete parlato l'altro giorno!

Il ragazzo parlava tra il serio e il faceto, mentre gli occhi di Jorgj fissavano di nuovo le violette e la commozione del primo momento lo riprendeva. Chi gli mandava il dono? Una donna senza dubbio. Ricordi vaporosi come le nuvolette che continuavano a correre sullo sfondo della porta gli passarono in mente; gli pareva di trovarsi ancora a Nuoro, in una sera fantastica, fra le luci colorate e i rumori della festa. Torme di donne scendevano con passo ritmico, quasi seguendo il motivo della marcia suonata dalla banda. Una di quelle (forse la sconosciuta dal velo scintillante?) aveva saputo la sua sventura e si era ricordata di lui....

Il suo cuore appassito ma non ancora morto, come quelle violette misteriose, batteva a sbalzi: così il cuore d'un anestesizzato piano piano si sveglia e torna alla vita.

Ma di nuovo quella gioia confusa si mutò, si fece angoscia: Jorgj provò quasi paura a guardare i doni; soprattutto i fiorellini morenti gli destarono come un senso di raccapriccio.

— Porta via tutto, chiudi tutto nella cassa, Pretu; non voglio veder nulla.... Fa' presto, se no ti faccio buttar via tutto.... Vattene.

Volse il viso al soffitto e chiuse gli occhi; Pretu abituato a quelle stranezze si affrettò a rimetter tutto nel pacco; rimise la carta rosa e sulla carta rosa le violette; ma non riabbassò il coperchio e lasciò la cassetta sopra lo sgabello; poi se ne andò perchè aveva fretta di raccontare a qualcuno l'avvenimento.

Le ore passavano; il sole di aprile, dal calore eguale e dolce, sempre eguale e dolce come quello d'un cuore fedele, declinò sul cielo dove le nuvolette svanivano una dopo l'altra come macchie da un cristallo lavato. Il rettangolo di sole s'era avanzato fino ai piedi del letto, quasi cercando di salirvi sopra e di lambire il malato: la cassetta con la carta rosa e le viole metteva una nota insolita nello squallore della stamberga. Anche Jorgj sentiva cader la sua collera; quando il disco cremisi del sole sparve lasciando sull'orizzonte un gran velo violaceo gli parve che nella stamberga si spandesse il colore delle violette appassite e sul suo cuore un velo di pace.

No, chi gli aveva mandato il dono non poteva essere uno dei soliti volgari benefattori. Di fantasia in fantasia egli rievocava tutte le persone che aveva conosciuto a Nuoro e ricordava i piccoli orti chiusi da muricce a secco, coperti dai grandi fiori duri e pallidi dei cavoli e dalle capigliature verdi dello zafferano. Qua e là appariva l'occhio azzurro d'un giacinto e brillava l'oro bruno della violaciocca: ma per cercare le violette la persona che le aveva colte doveva essersi curvata lungo un sentiero dorato dal sole e annerito dall'ombra degli elci, nella pace del monte Orthobene. Chi era? E se era un uomo? E se era una povera serva? O una bambina scalza che si trascinava addietro un fascio di legna?

Chiunque fosse, Jorgj si sentiva legato al benefattore sconosciuto. Legato, legato per tutto il resto dei suoi poveri giorni. Qualcuno gli aveva gettato il laccio da lontano senza farsi vedere, come il piccolo mandriano che nei crepuscoli di primavera nascosto fra i cespugli getta il laccio al puledro indomito.

*

Il ritorno del servetto lo scosse.

— Zio Jò, dormite? Adesso accendo il lume. Che occhi avete; sembra che abbiate la febbre. La levo la cassetta?

— No, lasciala lì.

— E se viene il dottore, dove si siede? E che dirà? Gli faremo veder tutto? Ah, — aggiunse curvandosi sulla cassetta, — che odore di roba buona! Però adesso è quaresima e bisogna digiunare. Il prete oggi ha fatto una predica così bella, ha detto mia madre, che tutti stavano a bocca aperta. Persino tutte queste diavole di donne che stanno qui intorno ci vanno. Solo Columba non ci va, io non so perchè. Domani ar-

riva lo sposo per le pubblicazioni, e le porterà
i doni; dicevano là, nella strada, ch'egli si farà
accompagnare da due carabinieri, tanto valore
porta....

Gli occhi di Jorgj si riempirono di lagrime.

— Ebbene, che tutto sia finito, — pensò volgendo il viso al soffitto, — che ella si sposi
e che se ne vada. Dopo, forse, mi ridoneranno
la fama.... Ma che importa anche questo? C'è
ancora al mondo qualcuno che mi stima, se mi
manda dei fiori....

Ed era questo pensiero, non la notizia dell'arrivo dello sposo, che lo faceva piangere: il suo
pianto era di amore, non di dolore, e rinfresca-
va le sue palpebre come sponde riarse.

Il dottore tardava, quella sera. Finalmente nel
silenzio del cortile s'udì un suono di passi lenti
rumorosi e un canto che voleva esser triste e
solenne ed era grottesco come il pianto d'un uomo forte.

Dai campi, dai prati....

Il servetto aprì e l'omone precipitò dentro col
suo bastone, i suoi piedi pesanti, il suo berretto
e il suo collo di pelo: forse per effetto di questo,
poichè la notte era tiepida, egli era più rosso
del solito; come un brillante velo di sudore gli
copriva il volto e i suoi occhi splendevano.

Mentre Pretu si teneva fermo davanti allo sgabello pronto a levar la cassetta, il dottore prese
il polso di Jorgj.

— E va benone! Come passiamo il tempo?

— Bene. Leva quella scatola, Pretu.

La voce del malato era dolce, debole. Il ragazzo sollevò la cassetta fra le braccia e stette
fermo ostinatamente davanti al dottore; ma questi sedette, allungò la gamba, battè per terra
il bastone senza accorgersi della novità e del-

l'insolita gioia che traspariva dal viso di Jorgj.
Anche lui era allegro, il dottore, rideva delle cose che raccontava — un'avventura di caccia, una
specie di conflitto con le guardie forestali che
lo avevano sopreso nel bosco a tirare ad una
pernice.

— Ma è il tempo della cova, dottore; perchè
lei va a caccia adesso?

— Ah, ah, è il tempo della cova? Sì, è primavera, hai ragione; ma che il cacciatore in primavera non è un uomo? E uomo come tutti gli
altri, e va in campagna; e se non caccia che
cosa deve fare? mettersi sotto un albero a sognare una donna? Il cacciatore non è un poeta; egli ha bisogno di uscire, in queste belle
giornate, di lasciare quella galera aperta che è
il paese e respirare aria che non sappia di immondezza. E quando è là, fuori, dimentica chi
è e perchè è uscito dal paese; fra lui e il cielo
non c'è che la pernice: l'unico scopo della sua
vita, in quel momento, è di far cadere la pernice. Se questo non avviene egli soffre, egli non
si ritiene più un uomo vivo, un essere che possa
spiegarsi il perchè della sua stupida esistenza....

— Egli è un selvaggio.... Tolstoi....

— Andate all'inferno, tu e il tuo Tolstoi, io
amo quello che mi pare e piace; la caccia, il
tabacco, il vino se occorre.... Tu e Tolstoi non
mi seccate.... Io non faccio male a nessuno: gli
animali non soffrono; io son qui grande e grosso
e vivrò a lungo, mentre tu col tuo amore per il
prossimo ti sei legate le gambe, hai fatto come
le monache che si chiudono da sè in prigione.
Io voglio esser libero, libero (urlava e tutta la
stamberga tremava per i suoi colpi di bastone)
e infischiarmi di tutti, barbari o degenerati che
siate. Io vado dove mi pare e piace, e il cinghiale e il falco sono i soli nemici che io mi

degno di perseguitare. Di voi, uomini, m'infischio; e se domani voglio fare una pazzia e questa non vi reca male che v'importa a voi? Io faccio quello che mi pare e piace!...

Era inutile discutere; il dottore cambiava spesso d'opinione e urlava quando era contento. Quella sera doveva essere molto felice: perchè? Un sorriso malizioso increspò le labbra di Jorgj.

— E lo spirito è ancora riapparso a Margherita?

L'omone si calmò, non solo, ma ricominciò a ridere e a cantare: «Margherita, non sei più tu....»

— Adesso vi racconterò che cosa ha fatto quella scema....

Pretu si avvicinò silenzioso, fermandosi alle spalle del dottore; l'ombra delle due teste, una enorme e saltellante come un ragno mostruoso, l'altra profilata e immobile come un disegno in nero, coprirono tutta la parete in fondo alla camera.

— Quella scema dunque è ricorsa alla vostra medichessa, che al solito le ha fatto bere i suoi intrugli. Pare che questi le abbiano sconvolto l'anima. Tutti questi giorni la vedevo melanconica e più scema che mai. Oggi, al ritorno dalla caccia, la trovo buttata per terra, gialla, istupidita: ebbene, ottimo amico mio, sai cosa mi dice? Che ha un serpe nello stomaco! Crepa, le rispondo. E lei piange; mi abbraccia le ginocchia, mi prega di darle il contravveleno! Le ho dato.... due oncie di olio di ricino, e l'ho lasciata che piangeva ancora. Eppure non è cattiva, ottimo Jorgeddu (i suoi occhi fissarono quelli dello studente con uno sguardo malizioso e dolce). Non è cattiva; tu capisci.... o almeno sembra disinteressata....

— Lei è un bell'uomo, dottore!

Il bell'uomo rise di nuovo; pareva si beffasse d'un suo intimo pensiero, ma anche la vanità, la soddisfazione, la gioia dell'uomo che si crede amato vibravano nel suo riso sonoro.

— Tu la credi capace di darsi per amore? — domandò in francese rivolgendosi a Jorgj come ad un uomo di mondo che potesse meglio di lui conoscer la psicologia d'un cuore femminile. — Io le ho detto brutalmente che non la sposerò. Non ho sposato una borghese; figurati se mi metto il giogo per una paesana. Ella dice che è più contenta così; ha l'anima della schiava.... superstiziosa, barbara, complicata più che un'anima modernissima. La storiella dello spirito se l'è inventata lei, caro! Io non la chiamai, l'altro giorno; entrò lei, nel mio studio, e disse che voleva andarsene perchè l'avevo sgridata tre volte in una mattinata. La cacciai via, le dissi che se se ne andava mi faceva un piacere santissimo. Lo spavento è stato questo, ottimo amico mio! che io la cacciassi via davvero. Ritornò mogia mogia, e poco fa.... accadde quel che doveva accadere. Ella mi baciava le mani; le sue labbra ardevano. Dice che mi ama fin da quando aveva dodici anni: pare che fosse malata, in quel tempo, e che io la curassi con premura.... Basta, basta. La terrò con me, sono contentone; ma sposarla no, non lo sogni neppure!... E non sperare neanche nel mio testamento, le dissi. No, cara, io non credo all'amore delle donne: e neanche a quello degli uomini, a nessun amore. Non esiste che l'istinto, l'interesse, l'abitudine....

— Allora lei un giorno o l'altro, quando sarà stanco, caccerà via la sua serva....

— Questo no, mai!

— E se la terrà vuol dire che le vuol bene!... Se la terrà anche quando non la desidera più vuol dire che l'amore esiste.... Sì, sì, esiste! Gli diamo diversi nomi: dovere, pietà, affetto, compassione, anche abitudine. In fondo è tutto amore.... Esiste! Esiste!

Egli pensava alle violette, al benefattore sconosciuto, e siccome il dottore sorrideva guardandolo ironico, finì col rivelargli la causa del suo insolito entusiasmo.

— Ascolti, dottore, qualcuno mi ha mandato dei fiori.... A me, capisce, proprio a me.... Vuol dire che ho destato pietà a qualcuno, ma vera pietà, vero amore.... Sono così contento che mi sembra di dover da un momento all'altro guarire.... Pretu, fa vedere al dottore....

Pronto, il ragazzo prese di peso la cassetta e la depose davanti al letto, ma la scostò subito perchè il dottore accennava a frugarvi dentro col bastone.

— Lei ride, eppure è così, — riprese Jorgj, mentre Pretu rimesso il pacco sulla cassa levava di nuovo la carta rosa e faceva veder da lontano gli oggetti al dottore che scuoteva la testa di sotto in su e ridacchiava, — io sono contento. Mi pare che un ponte sia stato gettato fra l'abisso ove sto io e il mondo.... Se potessi alzarmi.... dottore!

L'uomo s'alzò, battè forte il bastone al suolo e fissò gli occhi lucenti in quelli del malato, quasi volesse suggestionarlo.

— Se tu vuoi puoi! Alzati!

Ma Jorgj sorrise con tristezza.

— Lei non è Cristo!

E che fosse un semplice mortale il dottore lo dimostrò avvicinandosi a Pretu, togliendogli di mano gli oggetti e a sua volta esaminandoli con curiosità e commentandone la provenienza.

IV.

Zuampredu Cannas, fermatosi a metà strada fra il suo e il paese della fidanzata, smontò e tolse la briglia alla sua cavalla. Mentre la bestia si abbeverava al fiumicello, egli si guardò attorno pensando che là forse avrebbe fatto tappa con la sposa e col corteggio dei parenti quando, dopo le nozze, avrebbe condotto Columba a Tibi.

Il luogo era adatto alla sosta; poco distante sorgeva la chiesetta ove tanti anni prima eran state celebrate le «paci», e qua e là nella grandiosa desolazione dell'altipiano qualche quercia circondata di querciuoli come una madre possente da figli già grandi e forti, gettava la sua ombra sul fieno fresco e sulle macchie di ginestra coperte di granellini d'oro. Anche gli oleandri che seguivano la linea del fiumicello cominciavano a coprirsi di bocciuoli rossi; tutto era dolce e puro in quel luogo di pace.

«Se si parte presto, si può far qui anche un piccolo banchetto, — pensa il grosso fidanzato volgendo qua e là i begli occhi castanei mentre la cavalla si scuote e dalla sua briglia sprizzano goccie scintillanti. — C'è la legna, c'è l'acqua; si potrebbero cuocere anche i maccheroni».

E gli sembra di veder i cavalli legati alle quercie, Columba seduta sull'erba, il fuoco acceso fra tre pietre e uno spiedo che gira accanto alla brage. Soddisfatto egli rimonta in sella, e in breve la sua figura che a cavallo sembra imponente ed ha qualcosa di barbarico e di patriarcale assieme, diventa una macchietta nera, la sola che si

muove nell'immensità deserta del paesaggio sullo
sfondo dei vapori azzurri. e rossi dell'orizzonte.
Anche le macchie e le pietre formano un solo
profilo nero su quello sfondo sempre più rosso;
è il crepuscolo, l'ora delle fantasmagorie; ma il
fidanzato conosce bene la strada e va dritto, con
le mani sul pomo della sella, gli occhi pieni
della visione calma e lucida del suo mondo interno. Il suo mondo interno è la distesa delle
« sue tancas » coperte d'erba, di asfodelo per pascolo, di quercie sugherifere, popolate di vacche, di vitelli, di giovenchi, di servi, di cavalli,
di cani; in fondo sorge il villaggio nero, con la
« sua » casa, il granaio, le cucine, il cortile, l'orto. Anche la figura di Columba anima questo
mondo, un po' incerta però, come velata. Ma a
misura che egli s'avvicina al villaggio, che ne
vede i lumi e sente qualche voce lontana, la figura si fa più distinta, s'ingrandisce, si muove.

« Sarà contenta dei doni? — egli si domanda
quasi con tenerezza. — Non è molto allegra, Columbedda, ma meglio così. Anche l'altra, la beata morta, era una donna seria. Ma era sempre
malata, piccola meschina; mentre Columba è sana, agile. Farà molti figli; il primo lo chiame-
remo Zuanne Zoseppe, come mio padre; il secondo Remundeddu. Se avremo sei figli a ciascuno toccherà una metà di tanca e venti vacche figliate e qualche altra cosa; eppoi il patrimonio aumenterà, perchè Columbedda è seria
e solerte e non ha bisogno di rimettersi in mano
alle serve, come fanno tante altre. Inoltre, Dio
aiutandoci, i ragazzi potranno sposarsi bene ».

Egli si vedeva già circondato di figli agili e
forti come lioncini: questo era stato sempre il
suo sogno, l'unico dispiacere che aveva turbato
il suo primo matrimonio. È vero che anche Banna. non aveva figli; sì, ma il marito di lei non

era da paragonarsi a lui, Zuampredu Cannas, forte e robusto (se non agile) come un leone.

E con la calma solenne del leone che va in cerca della sua leonessa smontò davanti alla casa di Columba. Era già sera; qualche filo di luce usciva dalle casupole silenziose e rischiarava la strada; un ragazzetto — Pretu — scese di corsa dal viottolo della fontana e vedendo il nuovo arrivato si fermò a curiosare.

Columba uscì sul portone con un lume in mano; Banna si affacciò alla finestra.

— Dio ti guardi, Zuampredu Cannas, bene arrivato!

— Come state, piccole donne? — egli domandò rozzo e timido nello stesso tempo.

Eccola, adesso la vedeva bene, intera e distinta, la sua Columbedda: un po' pallida e seria, ma calma e sicura anche lei come una lionessa. Senza guardarlo, come se si trattasse di un semplice ospite, ella lo aiutava a togliere le bisacce, la briglia e la sella alla cavalla. Non dimenticò neppure di domandare:

— Ha bevuto? O la facciamo bere?

— Ha bevuto, sì, al rio, non ha sete. E zio Remundu?

— Adesso verrà. Entra e siediti.

Con le bisacce in mano egli entrò nella cucina e cominciò a chiacchierare con Banna che gli si aggirava attorno con le mani entro le spaccature della gonna e non era avara di sguardi, di parole, di esclamazioni. Ma al vedovo piaceva assai più il contegno taciturno di Columba. Ecco una donna che non avrebbe perduto tempo con le sue vicine di casa.

Ma rientrato il vecchio, Zuampredu non diede più attenzione alle donne. Dal canto suo zio Remundu lo fissava con affetto e con ammirazione, stringendogli forte la mano.

— Siediti, Zuampredu Cannas! Parla col cuore in mano, poichè sei in casa di gente che apprezza i tuoi meriti. La tua cavalla è collocata bene? Le hai dato da mangiare, Colù?

Volle assicurarsi coi propri occhi e uscito nel cortile palpò i fianchi della cavalla.

— Sta bene, — disse rientrando. — È grassa, adesso; pare gravida.

— Sì, lo è, — rispose Zuampredu pensieroso.

— Perciò ho camminato piano; non voglio che perda il puledro come l'anno scorso.

— Una volta io ho avuto una giumenta che quando era in quello stato voleva sempre camminare, — rispose il vecchio; e mentre Columba aiutata da Banna apparecchiava la tavola i due uomini parlarono di cavalli e di vacche come se null'altro esistesse al mondo.

D'altronde Columba dopo le prime frasi di saluto non aveva più rivolta la parola al fidanzato, e Banna, che nel pomeriggio aveva veduto Pretu fermo a parlar con la sorella, frenava a stento la sua rabbia.

«Ogni volta che quel piccolo ruffiano si ferma davanti alla nostra porta pare che Columba veda un uccello di malaugurio, — pensava. — Tace, ha gli occhi cupi e sembra che una malìa la opprima».

Anche lei provava la stessa penosa impressione che talvolta rattristava il nonno; le pareva che un pericolo li minacciasse; allora per nascondere i suoi timori fingeva un'allegria maligna e il suo viso prendeva un'espressione enigmatica, di cattiva sfinge. Ma Columba conosceva quella maschera e aspettava una sola parola per prorompere, per ribellarsi, pronta alla lotta come la fiera che solo il fascino del domatore tiene apparentemente soggiogata.

Apparecchiata la tavola Banna andò via per-

chè aspettava il ritorno del marito dall'ovile, e
i due uomini serviti da Columba cominciarono a
mangiare.

— Sì, ti dico, Zuampredu Cannas, una volta
m'era venuta in mente l'idea di comprar cavalli
e di rivenderli: tutti mi portavano a vedere le
loro bestie e tutti cercavano d'ingannarmi. E uno
non tinse il suo cavallo canuto, come fanno certe
donne coi loro capelli, a quel che ho sentito raccontare?... Rido ancora pensandoci. No, figlio
mio, ognuno deve fare il suo mestiere; ognuno
deve calzare le scarpe che van bene al suo
piede....

Il vedovo approvava, guardando di tanto in
tanto le sue bisacce e sembrandogli che Columba fosse di cattivo umore perchè egli tardava a
tirar fuori i doni.

L'arrivo del marito di Banna parve mettere
un po' d'allegria intorno.

— E benvenuto sia lo straniero! — gridò stendendo al vedovo la sua rozza mano con le dita
aperte. — Dove sono questi regali, di cui mia
moglie parla notte e giorno a bocca aperta?

Banna, che lo seguiva, lo urtò alle spalle, ma
Zuampredu si alzò felice e timido, per prender la
bisaccia piccola, quella che sembrava di seta ricamata; la mise sopra una sedia e ne trasse un
cofanetto d'asfodelo legato entro un fazzoletto
rosso. Mentr'egli disfaceva i nodi strettissimi aiu-
tandosi coi denti Banna pensava:

— Saranno i gioielli della sua prima moglie!
— e il marito volendo al solito scherzare disse:

— Tu avevi lasciato in cucina quella bisaccia? Così si lascian queste cose?

— Era in luogo sicuro! — disse gravemente
il fidanzato.

Ma il vecchio sospirò ostentatamente e come
una nuvola si alzò davanti agli occhi di Colum-

ba; nè il fulgore dei gioielli che piano piano, con cautela, quasi esitando il fidanzato traeva dal cofanetto e deponeva davanti a lei sulla tovaglia valse a dissiparla.

Dapprima furono due bottoni in filigrana d'oro, simili a due fragole gialle unite fra loro da un nastrino verde; poi altri bottoni in argento per le maniche del giubboncello, spille, un rosario di madreperla con una medaglia bizantina applicata sopra una croce d'oro; una collana di corallo che sembrava fatta di goccie di sangue; e infine orecchini e anelli con «predas de ogu»[1]) d'un rosso pallido sfumato in avorio come i petali non ancor dischiusi della rosa, o con pietre gialle e verdi liquide e brillanti come goccie di rugiada e di miele. Eran tutti gioielli antichi, pesanti e quasi rozzi, fatti apposta per esser toccati da dita ruvide come quelle di Zuampredu Cannas. Banna gettava un grido di ammirazione ad ogni gioiello che veniva fuori dal cofanetto; i suoi occhi brillavano come riflettendo il lucchìo dell'oro e delle pietre, mentre Columba guardava immobile, pallida, affascinata ma non commossa dalla ricchezza dei doni.

Il vecchio guardava anche lui; non s'intendeva di simili cose e disprezzava le cianfrusaglie, ma sapeva che accettando i doni Columba s'impegnava a sposare il Cannas; presiedeva quindi con una certa solennità alla cerimonia così semplice in apparenza ma che aveva un profondo significato. Ma Columba taceva troppo, e di nuovo un lieve imbarazzo si sparse sul viso di tutti. Banna disse, toccando gli anelli:

— Misura, sorella mia, misura, non vedi che sembran gli anelli della Madonna del Miracolo?

Li misurava lei, mentre suo marito prendeva

[1]) *Pietre di fuoco;* coralli,

un grappolo di bottoni, li pesava sul palmo della sua mano e diceva:

— Scommetto che valgono quanto un branco di pecore!

E il nonno cominciò a raccontare una storia:

— In quei tempi, quando avevo le ginocchia svelte e giravo, incontrai un pastore di Dorgali che mi raccontava i fatti suoi. Egli dunque s'era sposato, poco tempo prima, e per «donare» la sposa aveva venduto il suo gregge. Sì, cento pecore aveva, cento ne vendette; e comprò i gingilli, ed ecco che non aveva più gregge, e due giorni dopo le nozze la sposa gli disse: bello mio, perchè non vai all'ovile a guardare il tuo gregge? Egli rispose: bella mia, il nostro gregge è dentro la tua cassa! Ma la sposa non era una sciocca: vendettero i gingilli e ricomprarono il gregge!

— Zuamprè! — gridò il cognato, — tu certo non hai fatto così!

— Marito mio, perchè dici queste scempiaggini? Neanche per scherzo devi dirle! Sorella mia, Columbè, misura....

Columba pareva immersa in un sogno: lentamente aveva steso le mani brune e toccava i gioielli, ma quasi furtivamente, come un ladro che è tentato a prender un oggetto prezioso ma ha paura. A' un tratto però decidendosi all'improvviso allargò le dita e misurò gli anelli; ma tutti erano larghi ed alcuni parevano anelli di gigantessa tanto erano grossi e pesanti.

Ella si mise a ridere: scosse la mano con le dita in giù, e gli anelli ricaddero sulla tovaglia fra i bottoni aggrovigliati come grappoli d'oro e d'argento.

Il vedovo disse goffamente:

— Eh, non sapevo che avevi le dita così magre!

Ella sollevò gli occhi e cessò di ridere.

— Si vede che non mi guardi, Zuampredu Càl
Bene, non importa; farò stringere gli anelli.

Ma il cognato strizzò gli occhi maliziosi e
disse:

— Ingrosserai, va, ingrosserai tanto che ti verranno stretti!

Il fidanzato diventò rosso per il piacere, mentre Columba, riabbassati gli occhi, tornava a
misurarsi gli anelli cercando i più stretti e Banna contava i bottoni.

Dopo cena mentre i tre uomini continuavano
a bere parlando di bestiame, Columba raccolse
i gioielli entro il cofanetto e li portò su, nella
sua camera; contò ancora una volta i bottoni e
gli anelli, pesò con'la mano la croce d'oro, poi
chiuse tutto nella cassa ove erano i suoi vestiti
da sposa e portò via la chiave.

Quando fu nel suo letto alto e duro ricominciò a pensare alle cose che le aveva detto Pretu,
poche ore prima che arrivasse il fidanzato. Anche
Jorgj aveva ricevuto un regalo di valore; cose
tanto belle che non si potevano neanche descri-
vere. Da chi? Da una donna certo.... forse da
qualche antica innamorata o da qualche donna
con cui egli aveva avuto relazioni segrete.... Una
strana gelosia le pungeva il cuore, le dava l'insonnia; immobile sul suo materasso di lana dura
come il crine, guardava con occhi spalancati il
chiarore grigiastro della piccola finestra e cercava di scacciare il molesto pensiero, ma non
poteva, non poteva.... Il regalo misterioso ricevuto da Jorgj la interessava più che i doni re-
cati a lei dal suo fidanzato.

*

L'indomani mattina il nonno e i due fidanzati salirono al Municipio per le pubblicazioni. I due uomini camminavano avanti; i passi del vecchio risuonavano forte nel silenzio della strada in pendìo: Columba seguiva, a testa alta, con quell'atteggiamento fiero quasi selvaggio ch'ella prendeva davanti alla gente. Banna dalla sua finestruola e tutte le vicine di casa dalle loro porticine seguivano con uno sguardo di curiosità quei tre che se ne andavano tranquilli come se i passi che facevano fossero eguali a quelli degli altri giorni....

Era un mattino luminoso, senza vento, senza nuvole; i gridi degli uccelli vibravano nell'aria pura e in lontananza s'udivano passi di cavalli, belati di capre, l'abbaiare dei cani: tutto era chiaro e tranquillo e anche Columba si sentiva quasi felice. No, non erano passi eguali a quelli degli altri giorni quelli che faceva! Le sembrava di allontanarsi dal passato e di andare verso giorni migliori; solo le dispiaceva di passare sotto le finestre di zia Giuseppa Fiore. Ma le finestre e la porta di zia Giuseppa eran chiuse, ed ella passò oltre rispondendo con un cenno di testa al saluto dei vecchioni seduti sulle panchine.

Davanti al Municipio s'aggruppavano molti paesani, decifrando un avviso applicato alla porta; uno di essi, un pastore che aveva un tempo fatto la corte a Columba, raccolse alcuni granelli di sabbione e li buttò in aria come si usa coi grani del frumento quando passa una sposa per augurarle abbondanza.

Gli uomini risero, ma Columba trasalì e guardò bieca il giovinotto, sembrandole che i paesani si burlassero di lei e del fidanzato vedovo, e che quei granelli di sabbione le augurassero mala fortuna.

Il nonno e Zuampredu precedevano sempre; non s'erano accorti di nulla; ma quando Columba li raggiunse, nella sala d'ingresso al primo piano, il fidanzato vide che ella aveva ripreso la sua solita aria cupa.

Alcune donne aspettavano d'essere ricevute dal Commissario per domandargli la revoca di un editto col quale egli proibiva che nelle strade del paese si lasciassero liberi, come per lo innanzi, maiali, capre, asini ed agnelli; una di loro, una vedova imponente dal forte profilo maschio, con la testa avvolta da una benda e con un rotolo di carta in mano come nei ritratti della grande Eleonora d'Arborea, diceva con sussiego ironico:

— Se Missignoria il Commissario terrà l'ordine che non passino animali, nella strada non si vedrà più nessuno.

Zio Remundu allora s'avvicinò.

— E che, anche tu ti metti nel numero delle bestie, Maria Antonia Pirastru?

— Dicevo per gli uomini soltanto, Remundu Corbu!

Tutti compreso l'usciere si misero a ridere e discutere; Columba, verso cui le donne non ostante le loro chiacchiere volgevan gli occhi curiosi, profittò di quel momento di generale distrazione per uscire nel corridoio che dalla sala d'ingresso metteva nelle stanze d'ufficio. Anche là seduti sulle panche sucide alcuni postulanti aspettavano il loro turno, rigidi nei loro cappottini neri d'orbace dalle maniche strette; parevano compresi dal rispetto del luogo, ma

quando videro Columba la salutarono con un
rozzo cenno del capo, da sotto in su, e un vecchio le domandò:

— E che fai qui, Columba?

Allora ella andò in fondo al corridoio e uscì
in un balcone che ne rasentava un altro dall'attigua casa di zia Giuseppa Fiore. Di lassù si
vedeva la parte occidentale del paese, la chiesa
nera e grigia fra le roccie, lo sfondo del paesaggio
chiuso dalla linea dell'altipiano: la luce del mattino coloriva d'azzurro tutte le cose, il sole do-
rava i vetri delle finestruole, e in una di queste,
in una casupola nera sgretolata, si sporgeva una
bella fanciulla in corsetto di panno giallo: tale
un ranuncolo fiorente sul muro di una rovina.

Ma tutta l'attenzione di Columba si fermava
al balcone attiguo le cui imposte erano aperte;
una scarpetta bianca stava sullo scalino, ed ella
la fissava come un oggetto straordinario e si
sentiva battere il cuore. A un tratto altre due
scarpette nere con la fibbia dorata apparvero
accanto alla prima. Columba si scostò fino al-
l'angolo più lontano del balcone con un moto
quasi di paura ma immediatamente ebbe coscienza di ciò che provava e s'irrigidì. Perchè doveva
aver paura di quella piccola ragazza straniera
che si permetteva di immischiarsi nei fatti altrui?

Eccola, appunto! Scende con un piccolo salto
lo scalino e si ferma sul balcone, a tre metri
di distanza da Columba. Sembra una bambina,
con la sua veste bianca corta, i capelli neri e
lucenti annodati con due nastri sulle orecchie,
il viso pallido e pienotto emergente da un alto
colletto verdognolo a due punte come un boc-
ciolo di rosa dal calice spaccato. I suoi grandi
occhi d'un nero dorato hanno come una perla in
fondo alla pupilla, e si volgono rapidamente in
giro, prima seguendo il semicerchio dell'orizzon-

te, posandosi poi sulla chiesa, poi sulla ragazza dal corsetto giallo, finalmente su Columba.

Columba sente quello sguardo pungerla come un pugnale, e prova dolore e rabbia sembrandole che la straniera ripeta a voce alta in modo che tutto il paese la senta, le parole dette alla cucitrice: «Come quella ragazza non si vergogna di sposarsi mentre un uomo muore per colpa sua?»

Offesa, piena d'ira, vorrebbe rispondere, ripetere anche lei tutte le proteste e le ingiurie che da giorni e giorni rivolge col pensiero alla straniera; ma non può, una specie di fascino la tiene immobile aggrappata al balcone sotto lo sguardo scintillante della sua nemica.

La sua emozione era tale che ella non si accorse neppure di Zuampredu che la cercava e la chiamava.

— Columbè? Andiamo, che fai lì? Ci hanno già chiamato.

— Guardavo, — disse con voce velata, come uscendo da un sogno.

Lo seguì; ma nel corridoio, nella sala d'ingresso e in quella delle udienze due scintille vagavano sempre per aria davanti a lei come quei punti luminosi che si vedono dopo aver fissato il sole.

Zuampredu Cannas e il nonno stavano fermi davanti a un tavolo verde: il Segretario seduto dall'altro lato sollevava di tanto in tanto dal suo registro il viso bruno barbuto che faceva contrasto col cranio nudo e bianco, e domandava qualche cosa. Columba, seduta anche lei accanto al tavolo, sentiva le parole del nonno, di Zuampredu, del Segretario, rispondeva quando questi la interrogava, ma col pensiero assente.

Il nonno la toccò lievemente sull'omero come

per richiamarla dal sogno in cui sembrava caduta. Ella si scosse e lo guardò negli occhi come per rassicurarlo.

«Non inquietatevi se mi vedete così; oramai tutto è concluso, tutto è finito», pareva gli volesse dire.

Il Segretario mise un gomito sul tavolo, la penna dietro l'orecchio e tese la sua grossa mano di paesano a Zuampredu Cannas, facendogli i suoi augurii. Sì, tutto era concluso, se non finito. Ed ecco i tre se ne andarono tranquilli e in apparenza felici, i due uomini precedendo, la fidanzata seguendoli, mentre la voce dell'usciere gridava:

— Ohè, «feminas», avanti.... — e le donne spingevano verso la sala delle udienze l'imponente vedova col rotolo in mano.

Nell'atrio i paesani discutevano a voce alta, molta gente saliva e scendeva le scale ridendo e parlando come in luogo pubblico; solo Columba conservava la sua aria pensierosa e provava un vago terrore nell'attraversare quel luogo che il popolo considerava come casa sua, o almeno come un rifugio ove si potevano far valere i propri diritti, mentre a lei sembrava un luogo fatale ove era entrata libera e dal quale usciva legata per tutta la vita ad un uomo che non amava.

Nella strada in pendìo la serva del dottore, di ritorno dalla fontana, la raggiunse e le domandò con premura:

— Fatto?

— Fatto.

— Quando vi sposate?

— A Pentecoste.

Margherita fissava la corta e rozza figura di Zuampredu che rassomigliava all'ombra di zio Remundu; i suoi occhi ardenti brillavano di malizia ed a Colùmba che diffidava di tutto, quello sguardo pareva di beffa.

— Anche tu, dicono, ti sposerai presto, — le disse per vendicarsi. — Il tuo padrone non è una bandiera, ma è dottore e ricco.

Margherita dapprima si mise a ridere, poi si fece scura in viso.

— Le mal lingue dicono molte cose, Colù! Dicono persino che tu ti sposi per dispetto, perchè Jorgeddu ha una ricca dama che lo aiuta e gli vuol bene....

Columba non rispose per paura che l'altra alzasse la voce e si facesse sentire da Zuampredu, ma la urtò guardandola con disprezzo: allora la serva rise di nuovo, mentre l'acqua si spandeva dai vasi di sughero ch'ella reggeva uno per mano e le bagnava l'orlo verde della gonna.

*

Così tutto contribuiva a indispettire Columba, e mentre ella faceva i preparativi per le nozze dando gli ultimi punti al corredo o spezzando le mandorle per i dolci, calma e fredda in apparenza, bastava una parola, spesso anche un rumore nella strada o nel cortile, per renderla inquieta.

Il giorno di Pasqua un servo di Zuampredu Cannas le portò a nome di questi un agnello vivo, un cestino di arancie e altri doni. Il servo, un uomo alto e robusto dalla testa possente, conosceva tutti gli affari del padrone del quale parlava con entusiasmo.

Seduto in mezzo alle sue bisacce, ancora con gli speroni ai piedi, si guardava attorno osservando come tutto era in ordine in quella cucina

di benestanti, e sputava sul pavimento dicendo
a Columba e a zio Remundu:

— Il mio padrone è un'aquila, mettetevelo bene in testa: anche quando sembra distratto è
come l'aquila che ha le ali piegate e par che
dorma, e invece pensa a spiccare il volo. Ora dovete anche sapere che egli è dritto come quel
bastone vostro, zio Remu! Dritto! Non si piega
nè da una parte nè dall'altra: è buono, ma quando sa che una cosa è ingiusta non perdona neanche se gli cavate gli occhi.... Ora dovete sapere....

— Sappiamo tutto! — disse Columba con voce quasi irritata; ma il servo non si offese, anzi
la guardò con rispetto, poichè ella parlava come fosse già la moglie legittima di Zuampredu
Cannas.

Ma dopo un momento egli cominciò a enume-
rare le cose che possedeva il suo padrone, gli alveari, i capi di bestiame, il frumento che aveva
in casa, tutte le sue ricchezze e la sua abilità.
Banna, sopraggiunta, ascoltava immobile fingendo un interesse straordinario e dando ogni tanto
in gridi di ammirazione che irritavano Columba.

Incoraggiato, il servo cominciò a esagerare.

— Ora dovete sapere che egli, il mio padrone,
è forse e senza forse il miglior tiratore di tutta
la Sardegna. Egli vede un cinghiale che scappa?
Dice: lo voglio ferire sotto l'orecchio; e spara,
e anche se il cinghiale è dietro un cespuglio la
palla lo ferisce sotto l'orecchio. Una volta, vi
racconterò....

Ma il vecchio, toccato su quel tasto sensibile,
sorrideva con lieve ironia.

— Ti racconterò io, — interruppe appoggiando le mani al suo bastone lucente, — nei bei
tempi, quando le mie ginocchia erano agili come rotelle a cui si sia dato l'olio, un tale fu
accusato di aver mirato sul suo nemico senza

colpirlo; quando egli si presentò alla giustizia
sai cosa rispose per sua sola difesa: «Sentite,
gente, voi che capite la ragione: se io avessi
mirato quest'uomo (l'accusatore era presente al-
l'udienza) egli adesso non sarebbe qui!» E fu
assolto.

— Quel tale eravate voi, lo sappiamo! Eravate un gran tiratore, — disse l'uomo commosso
nonostante la sua ammirazione per Zuampredu
Cannas.

Il vecchio sorrise con modestia, pago di aver
rintuzzato la vanagloria del servo. Più tardi Banna uscì nella strada e cominciò a chiacchierare
con le vicine, imitando il servo.

— Ora dovete sapere che sorella mia, Columba
mia, sarà più ricca di donna Iuannicca Fiore....
dovete sapere che in casa di Zuampredu Cannas
la roba s'ammucchia come nelle sagrestie delle
chiese ove sian state portate le decime....

— A chi molto e a chi niente, nel mondo, —
sospirò una vecchia: e il mendicante seduto sulla
sua pietra col rosario in mano guardava fisso
il gruppo delle donne con uno sguardo sospettoso.

Zio Remundu rientrò e andò a guardare il suo
cavallo che quel giorno era stato molto irrequie-
to per la vicinanza del cavallo del servo.

— Quasi quasi me ne vado via stasera, la notte
è chiara e calda, — disse a Columba. — Prepa-
rami i viveri per il pastore.

Il servo era partito. Columba stava per rientrare quando vide la figurina di Pretu balzar
fuori dal cortile, unirsi al gruppo delle donne
e sogghignare ascoltando Banna che descriveva
i regali mandati da Zuampredu.

— E cosa sono due arance e un agnello? —
egli si mise a gridare. — Altro che così ne ha
ricevuto oggi il mio padrone; una cassetta di
frutta che sembran fresche e son tutte di mie-

le; e altre cose ancora.... e che vengono da lontano.... da lontano e perciò son più buone....

— Vattene via, bugiardo; — strillò Banna, —
vattene via, bavoso!

Ma la vecchia che poco prima si era lamentata
gemè di nuovo:

— È vero, ho veduto io il vetturale. A me nessuno ha mandato una coscia di capra....

— Quando si sposa sorella mia vi daremo tutta la carne che vorrete. Ammazzeremo tre vacche e dieci capre, e distribuiremo la carne ai
buoni amici ed ai buoni vicini, — disse Banna,
che voleva distoglier l'attenzione di Columba dalle chiacchiere di Pretu; ma alle donne, più che
le sue promesse, premevano i regali misteriosi
ricevuti dal malato, e tutte si rivolgevano al ragazzo interrogandolo.

— Sì, il mio padrone ha amici in tutte le parti
del mondo. Anche oggi ha ricevuto una lettera,
ed era tanto bella che lui rideva e piangeva nel
leggerla.

Columba, sebbene il nonno stesse già a sellare il
cavallo, non si muoveva dalla porta. Banna disse:

— Vattene via, bavoso. Sarà qualche elemosina, quella che vi faranno....

— Qualche elemosina? Se il mio padrone ne
volesse la sua casa sarebbe piena come un forno. Ma lui non ne vuole. Son regali quelli che
gli mandano. C'è una gran dama, a Roma.... E
anche qui.... anche qui.... — aggiunse con accento di mistero, — vedrete cosa succede à qui....

La vecchia, che invano aveva aspettato dai
Corbu un regalo per Pasqua, disse:

— Ho sentito dire che il Commissario in persona andrà a visitare il povero Jorgeddu. Sì, anima mia, c'è ancora gente caritatevole nel mondo. Io sono povera, ma se il malato volesse potrei anch'io dargli qualche piccola cosa.....

— Oh, se egli ne volesse, tutti, tutti gliene darebbero, persino Dionisi!

— Io penso sia la sorella del Commissario a mandar regali a Jorgeddu, — riprese la vecchia.

— Sì, quella è caritatevole: a una figlia di Caterina Farre dà due lire perchè stia ferma un momento davanti a lei, per dipingerla....

— Ah, questo non vuol dire. A Margherita voleva dare dieci lire; ma voleva dipingerla nuda!

Banna diede un grido selvaggio d'orrore e si ritirò scandalizzata; allora Pretu s'avvicinò a Columba che rimaneva come pietrificata sulla soglia e le disse:

— Datemela, un'arancia, dunque! Non mi darete il mondo.

— Passa più tardi, — ella mormorò.

*

Più tardi Pretu ripassò. Il nonno era partito, le donne s'erano ritirate, in lontananza s'udivano i canti e le grida degli ubbriachi che avevan festeggiato la Pasqua bevendo come otri: coppie di amici (in quel giorno tutti erano amici e compari) passavano ancora nella straducola, sostenendosi a vicenda, chiamandosi scambievolmente «frate meu» e accomodandosi sul capo la berretta che non voleva star ferma. Tutti avevano le tasche gonfie di arancie da portare ai loro bambini e alle loro donne; pareva che un soffio di allegria e di amore passasse sul paesetto disperdendo gli ultimi ricordi di odio: persino i canti degli ubbriachi avevano una cadenza di tenerezza selvaggia.

— Me la date dunque quest'arancia? — susurrò Pretu dalla fessura della porta.

E per la prima volta dopo che Jorgj era malato Columba fece entrare il ragazzo. Il cuore le batteva come ai bei tempi quando ella riceveva lo studente all'insaputa dei suoi; alla sua angoscia si mischiava un senso di tenerezza, di dolcezza, come nei canti degli ubbriachi nella via.

Il ragazzo si guardò attorno inquieto, ma fu un attimo; tosto ritornò tranquillo e anche senza essere interpellato riprese a chiacchierare raccontando tutto ciò che Columba voleva sapere.

— E il terzo regalo che riceviamo, — cominciò, facendo scorrere da una mano all'altra l'arancia gialla e pesante che Columba gli aveva dato. — Se continua così diventiamo ricchi e non c'è bisogno di vender la casa. Giovedì, giusto, è arrivato il secondo regalo: zucchero, caffè, candele, burro, datteri; sulle prime lui rideva e diceva: deve essere la figlia di un botteghiere,[1] ma ecco a un tratto lo vedo diventar bianco più di quello che è, capite; in una scatola c'era un biglietto, e lui lo leggeva e tremava. Poi scrisse, scrisse fino alla notte e mi mandò a portar la lettera al vetturale, poi mi disse di lasciare la porta del cortile aperta: si vede che aspettava qualcuno. Oggi arriva un altro regalo e un'altra lettera; egli rideva e piangeva, leggendola; è allegro come un uccellino quando sta per volare; pare che si debba muovere e guarire; è persino rosso in faccia.

Seduta al posto ove il servo del fidanzato aveva a lungo enumerato le virtù del suo padrone Columba ascoltava intenta, mentre i suoi occhi brillavano di curiosità e di gelosia.

— Tu, Pretu, chi credi possa essere?

— Chi?

[1] Droghiere.

— Ma di chi parli, castigato?[1]) Dico, la persona che manda i regali.

— Io non lo so, zia mia! — egli disse, lanciando in alto l'arancia e riprendendola nel cavo delle mani.

— Da' retta a me, lascia l'arancia: credi tu che egli lo sappia?

— Chi, ziu Jorgj? Eh, certo, lui lo saprà!

— Ma sopra la lettera che tu hai portato al vetturale cosa c'era scritto?

— Non c'era scritto nulla! Si vede che quel diavolo sa tutto.

— Credi tu che sia la sorella del Commissario? Lui, ne parla?

— Sì, lui domanda sempre come è fatta questa ragazza. Io l'ho veduta anche oggi, su in piazza, che passeggiava col prete e col Segretario; sì, è bella. Mi ha anche sorriso.

— Credi tu che sia lei?

— Io non lo so, zia mia! Può darsi, — rispose Pretu dando un morso alla buccia dell'arancia. — Una donna è, quella che manda i regali, lui stesso, zio Jorgj, lo dice. Ho sentito che diceva al dottore: «se essa venisse mi pare che potrei alzarmi!» E quel matto del dottore rispondeva: «sicuro, sicuro!» Sarebbe una cosa curiosa!

Columba coi gomiti sulle ginocchia e le mani intrecciate, si morsicava le nocche delle dita. Dopo un momento di esitazione domandò:

— E di noi parla ancora?

— Chi, zio Jorgj? Mai.

— Dimmi la verità, idiota; se no guai a te....

— Vi giuro che non ne parla! Io spesso gli dico: Columba, quella che dovevate sposar voi, spezza le mandorle per fare i dolci dello sposalizio: e lui zitto. Prima qualche volta ne parlava; adesso più....

[1]) Idiota.

— Ebbene, che m'importa? — gridò a un tratto Columba, balzando in piedi pallida d'ira contro sè stessa che non sapeva frenare la sua stupida curiosità. — Bè, — aggiunse riaprendo la
porta, — adesso vattene, chiacchierone. Perchè
sei venuto dentro? Vattene, e non parlare, perchè se no ti scortico la nuca con le unghie....

Nonostante questa minaccia Pretu indugiò ad
alzarsi; si levò la lunga berretta e vi gettò dentro l'arancia, indi sollevò verso Columba i begli
occhi maliziosi.

— Datemene un'altra, dunque; la porterò al
mio fratellino Bore che se la succhierà come una
tetta....

Ma Columba incalzava:

— Vattene, vattene, — ed egli si alzò a ma-
lincuore e se ne andò.

Ella chiuse la porta e si rimise a sedere al posto di prima. Le faceva male il cuore, il respiro
le mancava; le pareva di esser sola in mezzo al
mondo e che qualcuno avesse vuotato intorno a
lei tutte le cose, come il servo aveva vuotato le
sue bisacce. Le tancas, le vacche, gli alveari, le
case, tutto era senza valore; tutto le appariva
inutile poichè il disgraziato Jorgj piangeva e rideva leggendo le lettere di un'altra donna. E
la passione che la urgeva le sembrava fosse ancora il dispetto, l'odio contro l'uomo da cui si
riteneva offesa e abbandonata; ma già una voce
misteriosa echeggiava in fondo alla sua coscienza, una voce selvaggia e tenera come quella degli ubbriachi che cantavano in quella sera d'a-
more, ed ella si accorgeva d'esser vissuta fino a
quel momento come uno che ha smarrito la strada e si ostina ad andare avanti senza chiedere
indicazioni a nessuno e più va innanzi più si
smarrisce.

V.

Quando Pretu rientrò il padrone rileggeva ancora le letterine misteriose, ma per non farsi scorgere dal servetto le chiuse fra le pagine del libriccino e si mise a leggere i salmi.

Qualcosa d'insolito rendeva meno triste la stamberga. L'odore dei canditi che usciva dalla cassa, l'alito primaverile che entrava dalla porticina, scacciavano il tanfo dell'umido e della miseria. Il malato, la cui testa delicata aveva sul candore delle foderette inviate dalla misteriosa donatrice un'aria quasi angelica, cominciò a leggere a voce alta i versetti del suo libriccino.

«Non lasciar l'anima tua in preda alla tristezza e non opprimere te-stesso coi tuoi pensieri.

«Abbi compassione dell'anima tua, per piacere a Dio, e manda lungi da te la tristezza. Perocchè dessa ne ha uccisi molti e non è buona a nulla, e la letizia allunga i giorni dell'uomo».

Con l'arancia dentro la berretta che gli scivolava dalla testa, Pretu intanto preparava la cena e chiacchierava.

— La Pasqua dunque è passata, sia lodato Dio. A mia madre han regalato una coscia di capra; voleva darmene da portar qui, ma io le dissi: noi non vogliamo nulla da nessuno! Sì, zia Giuseppa Fiore ha ammazzato una vacca, per dar la carne ai poveri; però il filetto e le parti migliori se le ha tenute lei, che una palla le trapassi il garetto! A mia madre, poi, mio padre ha regalato cinque arance; ma aveva una sbornia, una sbornia come non s'è visto mai. Egli

però ha il vino buono; ride e dorme; dorme e
ride. Ecco una delle arance: ve ne darò la metà; due spicchi li porterò a Bore, fratellino mio.
Se vedete come succhia l'arancia: sembra un'ape
sopra un fiore.

Egli trasse l'arancia e cominciò a spaccarla,
mettendo a parte la buccia per portarla a sua
madre.

— Essa farà l'aranciata, ve ne serberò un pezzetto. Intanto, volete assaggiare?

Porse timidamente la metà dell'arancia, sospettoso che Jorgj ne indovinasse la provenienza, ma il malato, il cui pensiero vagava nel-
l'infinito spazio dei sogni, prese appena uno spic-
chio succhiandolo senza smetter la sua lettura.
Solo più tardi mentre sorbiva la minestra di
latte preparata dal ragazzo si guardò attorno e
disse:

— Son sporche, sì, le pareti; bisogna far im-
biancare; poi tu laverai bene il tavolo, la cassa,
la porta....

Sulle prime il servetto non rispose; ma a un
tratto sorrise malizioso e disse d'un fiato:

— Lo so chi aspettate. Il Commissario e sua
sorella. A me non dite nulla, ma io lo so, e lo
sanno tutti, e zia Grazia diceva, là fuori, che i
regali ve li manda quella ragazza.

Jorgj palpitava; tuttavia disse:

— Di chi parli, scimunito?

— Bè, voi lo sapete! Di quella ragazza! Si
chiama donna Mariana; è bella, ma sembra un
fungo bianco. perchè è bassotta ed ha il cappello grande come un canestro: anche le scarpe
ha, bianche. L'ho vista a passeggiare col prete
e il Segretario e mi ha sorriso; ha gli occhi grandi come due mandorle fresche. E dev'essere ricca, malanno colga i diavoli! Io dico che il suo
vestito costa venti lire. E le scarpe? Almeno set-

te lire. Il Segretario faceva gli occhi grossi come due rotelle di fuso, guardandola; ma lei certo non lo vuole. Anche zia Giuseppa Fiore ha detto: per quella lì ci vuole un dottore. Ma se voi guarite, zio Jò, voi diventate dottore....

La conclusione inattesa fece sorridere il malato, ma dopo un momento egli sgridò il servetto imponendogli d'accendere il lume e di andarsene.

— Lascio la porta del cortile aperta?

— Lasciala pure.

I tempi erano mutati. Il padrone non era più selvatico e intrattabile come nei giorni passati: di nuovo aspettava qualcuno; ma tranne il dottore, il mendicante e zio Arras, nessuno più andava a cercarlo.

Rimasto solo Jorgj fissò a lungo la candela; gli pareva che la fiammella gli tenesse compagnia, che piegandosi mossa dall'aria gli accennasse il libriccino deposto sul tavolo e fra le cui pagine stavano le due letterine. Piano piano tese quindi il braccio, riprese il libro, rilesse.

Del resto le sapeva a memoria. Erano tutte e due scritte su foglietti giallognoli profumati alla violetta, con caratteri lunghi e angolari.

«La ringrazio vivamente di non aver respinto il mio modesto regalo. So che lei è fiero. È inutile che io finga oltre d'esser lontana. Sono vicina a lei, sebbene per poco tempo, e conosco tutta la sua storia, il suo lungo martirio. So che la sua porta è chiusa agli indifferenti ed ai curiosi; ma io non sono come gli altri, e oso pregarla di lasciarmi venire a visitarla. Se vuole che io venga mi scriva per mezzo dell'amico vetturale».

L'altra diceva:

«Non mi ringrazi! Son io che devo ringraziar lei di permettermi di farle un po' di bene. Verrò.

Potessi farle rendere giustizia, dirle come Cristo a Lazzaro: sorgi e cammina!»

— Sorgi e cammina, sorgi e cammina! — egli ripetè dieci, cento volte, fissando di nuovo la fiammella: poscia cercò nel libriccino la parabola di Lazzaro.

Nella tiepida sera vibravano in lontananza i canti dei giovani pastori innamorati; egli aspettava ancora, e l'inquietudine e la speranza con cui per settimane e mesi aveva atteso Columba erano nulla in paragone dell'attesa presente. La donna che doveva irradiare con la sua presenza la stamberga rappresentava per lui la civiltà lontana, la giustizia, la pietà, tutte le cose più grandi della vita. Già dalle chiacchiere del servetto quando gli riferiva i discorsi delle donne nella strada capiva che la sua riabilitazione era cominciata e gli aforismi del vecchio bandito gli tornavano in mente. «Il tempo è il solo giudice. Pazienza e coraggio i soli incorruttibili testimoni». E le parole della sua nuova amica gli vibravano oramai nel sangue. «Sorgi e cammina; sorgi e cammina!»

Preso da un folle impeto di speranza tentò di sollevarsi, ma ricadde vinto dalla vertigine. In quel momento, attraverso una specie di vapore che roteava attorno a lui come un velo spinto dal vento, gli sembrò di veder la porta aprirsi e l'orlo giallo della gonna di Columba apparire nella fissura; poi tutto sparve, egli credette ad un'allucinazione e come gli avveniva sempre dopo un accesso di vertigine cadde in un sonno profondo.

L'indomani mattina fece pulir bene la casa ed il cortile.

Dopo mezzogiorno, sebbene Pretu suonasse le sue «leoneddas» d'avena seduto all'ombra fuor della porta, e a quel ronzìo dolce monotono co-

me il rumore di un piccolo zampillo anche le
mosche s'addormentassero, egli non potè chiuder occhio. Da qualche giorno la sonnolenza in
cui prima rimaneva continuamente immerso lo
aveva abbandonato; una smania di vita lo agitava e non potendo muoversi pensava. Le idee
più strane e confuse, ora torbide ora luminose,
passavano nella sua mente come le nuvole sul
cielo primaverile.

Sopratutto pensava e ripensava al furto misterioso di cui il nonno s'era detto vittima. In
realtà la vittima era stata lui, ma si domandava
se a sua volta non commetteva un'ingiustizia accusando il vecchio di simulazione di reato. E
se il furto era stato commesso davvero? Da chi?
Il vecchio certo lo sapeva, e taceva per odio;
ma forse dopo le nozze di Columba avrebbe parlato. Da chi? Da chi? si domandava Jorgj. Il
contegno strano del mendicante, le sue visite
frequenti, gli davan l'idea che l'uomo fosse attirato nella stamberga da un fascino misterioso,
lo stesso che attira il delinquente verso il luogo ove ha commesso il delitto.

Jorgj si meravigliava di non aver prima di
quel tempo tentato di scoprire il vero colpevole; ma di giorno in giorno, dopo i regali e le
lettere della sua nuova amica, il desiderio della
riabilitazione diventava in lui volontà ferma e
cosciente.

Come attirato dalla suggestione di questa volontà, ecco ad un tratto l'uomo s'affacciò alla
porta, spandendo nella stamberga il suo cattivo
odore di stracci.

— Vieni avanti. Che nuove nel mondo? — gridò
Jorgj.

Dionisi s'avanzò guardando fisso coi suoi occhi rotondi e verdastri lo sfondo del cielo azzurro solcato di nuvole bianchiccie.

— Eh, pare che voglia piovere! Fa bene! Fa bene! I grani son secchi prima di spuntare, — disse pensieroso: e stette a lungo immobile, con gli occhi sollevati, come affascinato dalla pace sonnolenta di quel gran cielo che con le sue nuvole simili a gradini di marmo, a frammenti di colonne, a lapidi sgretolate, rassomigliava a un cimitero.

In quel momento s'udì un coro di ragazzetti che giravano per il paese con un fazzoletto legato ad una canna a guisa di stendardo e imploravano appunto la pioggia.

> *Dazenos abba, Sennore;*
> *Pro custa necessidade;*
> *Sos anzones pedin abba*
> *E nois pedimus pane....* [1]

— Ecco, — disse Jorgj accennando col dito alle voci lontane. — Sì, il Signore ci castiga perchè i nostri peccati son grandi.

Come l'altro non rispondeva nè si moveva gli accennò di accostarsi al letto e ripetè a voce alta:

— Il Signore ci castiga perchè i nostri peccati son grandi! Sei stato a confessarti? Dionì, l'hai fatto davvero il precetto pasquale?

— L'ho fatto sì! Ogni cristiano lo fa.

Ma Jorgj lo fissava, stringendo le labbra, e scuoteva la testa sul cuscino; da quella mimica l'uomo capiva meglio che dalle parole dette ad alta voce.

— Come, non l'ho fatto? Va a domandare, allora, va da prete Defraja....

— Se potessi muovermi ne saprei delle cose! Tu non saresti qui, certo!

— E dove, allora? A San Francesco?

---

[1] Dateci acqua, Signore, — Per questa necessità — Gli agnell chiedono acqua — E noi domandiamo pane.

— Giusto, — disse Jorgj mettendosi una mano sotto la guancia, — fra un mese è la sua festa; ci andrai?

Per tutta risposta l'uomo cominciò a baciare con fervore la medaglia di San Francesco, brontolando parole di tenerezza.

— Va', va' alla festa, Dionì! Ma non offendere San Francesco perchè è un santo vendicativo. Non entrare nella sua chiesa con intenzione di ingannarlo: perchè se tu hai rubato egli lo sa, se tu hai offeso Dio lui lo sa. È terribile, quel piccolo uomo; dicono che fa persino morire all'improvviso i peccatori che entrano nella sua chiesa.

Ma Dionisi a sua volta scuoteva la testa e stringeva le labbra: finalmente dopo averci pensato bene disse:

— T'inganni, cuoricino mio. Ma se là vanno i più famosi banditi? E allora quanti ne morrebbero in quella chiesa?

Jorgj lo fissava. Voleva tentare una prova.

— Dionìsi, — gli disse ad un tratto, — ma è vero che tu credi all'inferno?

— Non c'è altro, cuoricino mio! Inferno qui, inferno là!

— Senti cosa ho sognato stanotte; avvicinati, non farmi gridar tanto. Dunque senti, mi pareva d'esser già morto, e camminavo per arrivare al cielo. Era una strada in salita, accanto a un torrente, come su Monte Albo, mettiamo. E va e va non arrivavo mai; ecco a un tratto però vedo un frate scender giù e venirmi incontro. Era San Francesco. Dove vai? mi domanda. Glielo dico e lui comincia a ridere. Vieni con me, dice, ti farò vedere una cosa. E mi fa cambiar strada e mi conduce in un posto bellissimo sotto un pergolato carico di grappoli neri. Siediti, mi dice, e mangia di quest'uva, così vedrai perchè

ho riso. Seggo e stacco alcuni acini da un grappolo, ed ecco subito vedo ai piedi del monte
stendersi il mondo, e vedo nell'interno delle case, e vedo gli uomini e ciò che hanno in tasca.
Fra gli altri vedo me steso su questo letto, e tu
davanti con la bisaccia dentro la quale c'è la
cassettina dei denari rubati a zio Remundu Corbu.... Intanto San Francesco dice: vedi perchè
non puoi arrivare alla porta del cielo? Perchè
lasciavi entrare in casa tua un peccatore simile....

A misura che Jorgj parlava il mendicante sgranava gli occhi e aggrottava le sopracciglia selvagge; il suo viso esprimeva la meraviglia, ma
anche un po' l'ironia e lo sdegno.

— Sant'Anna ti aiuti, — disse allontanandosi
come per andarsene, — chi ti ha messo quest'idea in testa?

Si fermò in mezzo alla stamberga, volgendo
il viso come per ascoltare ciò che il malato diceva; ma Jorgj non parlava e solo continuava a
fissarlo ammiccando come per fargli capire che
sapeva tutto.

All'improvviso il mendicante parve cambiar
idea e si riavvicinò al letto: il suo volto era diventato terreo, le sue grosse mani nerastre si con-
torcevano come artigli. Jorgj ebbe paura.

— Dionì.... Dionì.... che fai? — gridò copren-
dosi il viso col lenzuolo.

In quel momento fu picchiato lievemente alla
porta socchiusa del cortile e l'uomo cadde in
ginocchio presso al letto come per non venir
sorpreso nella sua attitudine minacciosa.

VI.

Mariana entrò, avanzandosi a passetti saltellanti. Era vestita di bianco, con un gran cappello nero una cui falda le calava fino all'omero e l'altra lasciava scorgere i suoi capelli lucidi e la rosa di nastro sull'orecchio. Il suo ombrello era alto quasi come lei e una borsa a maglie d'argento come se ne vedono nei libri illustrati delle fate dondolava appesa al suo braccio nudo sottile.

Un profumo che Jorgj conosceva già, lo stesso che impregnava il suo libriccino, si sparse per la stamberga; e ancora prima di distinguer bene il volto della visitatrice egli credette d'averlo già altre volte veduto: era il viso bianco, erano gli occhi severi e scintillanti che gli erano apparsi a Nuoro nel chiarore fantastico di una sera di festa. Egli cominciò a tremare.

— Buon giorno; come sta? — ella domandò semplicemente con voce un po' velata, fermandosi davanti al letto e guardando il mendicante.

Anche Jorgj lo guardava, ma non ricordava più perchè l'uomo era lì. Solo in confuso vedeva, accanto alla figura nera di Dionisi, la figurina bianca della visitatrice e provava una grande umiliazione a venir sorpreso in quella compagnia, con quell'uomo in quella posizione.

— Alzati e vattene! — gridò aspramente, ma subito si pentì. — Oh scusi, è un noioso.... un idiota....

L'uomo si alzava pesantemente e accennava a dire qualche cosa.

— Vattene, ritornerai più tardi, vattene, —

ripetè Jorgj stendendo il braccio e ritirandolo
subito, vergognoso che la visitatrice vedesse la
manica slacciata della sua camicia.

Dionisi guardò in alto, poi piano piano se ne
andò.

Allora parve a Jorgj che la stamberga si al-
largasse, diventasse spaziosa e fragrante come
un paesaggio primaverile. Una pace luminosa, un
trepido sogno di bellezza e di luce si stesero attorno al suo letto, attorno alla casupola e via
via per tutto il mondo.

— Ma lei sta bene! — disse Mariana con meraviglia, sedendosi sullo sgabello accanto al letto e appoggiando le mani e il mento al pomo
dell'ombrello. — Ha la voce sonora, il colorito
naturale, e non è poi neppure tanto magro!

Con gli occhi bassi fissi sulla borsa dondolante
e scintillante, egli cominciò a ridere; rideva e
tremava.

— Non c'è male! — disse rozzamente. — Lei
parla così per confortarmi!

— Ma le pare! Non sono bugiarda a quel
punto!

— Oh, scusi! Sono rozzo, sa! E tanto tempo
che non vedo nessuno! Solo quel mendicante, ha
veduto? viene qualche volta, si mette in ginocchio, prega, chiacchiera.... Io non posso mandarlo via; come faccio? E così sporco.... Lei non
si insudicierà, su quello sgabello?

— Chi altri viene a trovarla? — ella domandò
senza badare alle ultime frasi di lui.

— Chi vuole che venga? Qualche donnicciuola
e il dottore....

— E bravo il dottore?

— Così! E un po' strano, ma buono e genero-
so in fondo.

— Lei non s'è mai fatto visitare da altri? Ha
fatto le cure elettriche?

— Tutto, ho fatto! Sono stato tre mesi all'ospedale...: Per me non c'è rimedio!

— Tutti i malati dicono così! Bisognerebbe che lei andasse in una buona clinica, in continente....

Ma egli fece un gesto di spavento.

— No, no, signorina! Sono ritornato qui per morire e qui voglio morire!

— Ma che dice! — ella gridò con impazienza.

Egli sollevò gli occhi e la guardò arrossendo; poi disse in fretta:

— Non soffro molto; se sto immobile non sento alcun dolore, e neanche se mi muovo: solo una gran vertigine, che mi esaurisce e mi fa svenire. Ma non parliamo di questo, adesso. Io sono contento; sono felice.... Lei non ci crede, vero?

Ella era diventata pensierosa. Che credesse o no alla felicità di lui non traspariva dal suo volto serio; sembrava piuttosto preoccupata da un altro pensiero.

— Senta, e questo dottore dunque cosa dice? Nella sua lettera lei mi scrisse che da bambino era stato malato....

— Sì, sono caduto da cavallo

— E dopo?

— E dopo sono stato sempre sensibilissimo. All'ospedale i medici parlavano di atonia di nervi e di paralisi parziale, conseguenza di quel malanno infantile; il nostro dottore dice invece che è una forma di nevrastenia acuta, causata da dispiaceri e da affanni.... E forse ha ragione: i dolori mi hanno abbattuto; ero così sensibile.... così.... così.... come una foglia d'erba che ad ogni soffio si curva.... Anche adesso, veda, tremo tutto.... Perchè lei è qui! Tremo eppure sono contento.... Mi perdoni, signorina! Io sono così.... così contento....

Si nascose il viso col braccio e scoppiò in pianto. Ella sollevò il viso meravigliata, aprì la bocca ma non parlò; no, bisognava lasciarlo piangere; era un pianto, se non di gioia, come egli voleva far credere, di consolazione e di amore; e mentr'egli nascondendosi il viso vergognoso versava tutte le lagrime che da tanto tempo gli gonfiavano il cuore, ella non molto commossa si guardava attorno.

Vedeva le ragnatele agli angoli delle pareti, l'avanzo del focolare, la cassa preistorica, il tavolinetto così nero che sembrava più antico della cassa, la brocca sgretolata, la forchetta di latta con un dente mozzo, la coperta del letto piena di macchie, la camicia di lui scolorita e rattoppata sul gomito.... E il tanfo di umido che impregnava la stamberga la colpiva lugubremente come un odore di tomba. Le pareva di trovarsi davanti ad un sepolto vivo, e i racconti, le insinuazioni, le suggestioni di zia Giuseppa Fiore, la quale non le parlava d'altro che del disgraziato Jorgeddu, spingendola a proteggerlo, a difenderlo, a vendicarlo, le parvero mille volte meno crudi e tristi della realtà. Ed egli piangeva come un povero bambino seviziato da gente iniqua, solo in fondo a quella caverna; egli che era pieno di intelligenza e di pensiero e che amava la vita al punto di sentirsi ancora qualche volta felice nella sua spaventosa tomba di vivente!

Un fremito di orrore la fece balzare in piedi, smaniosa di muoversi per assicurarsi che era sana ed agile: poi le parole che zia Giuseppa Fiore ripeteva ad ogni momento le punsero il cuore come un rimorso.

«Lei che è ricca e potente deve aiutare il disgraziato ragazzo....»

Aiutarlo? Come? Ella depose i suoi impacci

preziosi, intrecciò le piccole mani e le scosse,
disperata e impotente davanti all'angoscia di
Jorgj. Ma ebbe un'idea: ricordò che un suo ado-
ratore una volta le aveva detto che l'uomo infelice è come un bambino; basta spesso una carezza e una promessa per confortarlo. Sciolse le
mani e ne posò una sulla testa di Jorgj.

— Signor Giorgio! Si faccia coraggio! L'aiu-
teremo....

Il contatto della mano di lei diede quasi una
convulsione al malato; furono gemiti, singulti,
parole indistinte: l'ascesso d'ira, di dolore e di
umiliazione che da mesi e mesi era andato for-
mandosi entro il cuore di lui parve scoppiare
e sciogliersi in lagrime. Poi ad un tratto, egli
cessò di piangere e tacque immobile ma col viso
ancora nascosto, più che mai vergognoso della
sua debolezza.

— Adesso basta, — disse Mariana, tirandogli
dolcemente la manica della camicia.

Il viso di lui apparve deformato dal pianto,
ma con gli occhi fra le palpebre rosse limpidi
e vivi come due stelle sul cielo ancora torbido
dopo l'uragano.

Ella si rimise a sedere e appoggiò il gomito
al tavolinetto.

— Così va bene; adesso possiamo chiacchierare con calma. Prenda qualche cosa. Il suo
servetto non viene?

— Verrà sul tardi; no, non ho bisogno di nulla, grazie.

— Quel ragazzo ha abbastanza forza per as-
sisterla? È intelligente, vero?

— Oh, molto intelligente, ma è anche un gran
chiacchierone.

— Del resto son tutti intelligenti, qui! E il
paese è così pittoresco! Dalla casa dove sto io....

— Lei sta da zia Giuseppa Fiore, — interruppe

Jorgj guardandola con diffidenza. — E questa donna che le ha parlato di me?

— Un po' lei, un po' gli altri. Ma io sapevo già la sua storia; me la raccontò il vetturale, mentre venivo in diligenza quassù. Io venivo per visitare il paese, poichè mio fratello me ne aveva decantato i paesaggi e i costumi; appena arrivai dissi che volevo venire da lei, signor Giorgio, ma me ne dissuasero. Non riceve nessuno, dicevano, diffida di tutti e si è chiuso nella sua casa come in un carcere; non vada a trovarlo se non vuole recargli dolore. Io stetti a lungo indecisa; finalmente, d'accordo col vetturale, mandai il primo pacco; il resto ella lo sa. No, nessuno mi ha parlato male di lei, solo, tutti, dal prete a mio fratello, che non venne ancora da lei per non destar attriti e chiacchiere in questa popolazione così facile agli appigli, tutti, dicevo, hanno paura di lei!

— Sì, come d'un cane arrabbiato!

— Si sbaglia! Senta, io studio questo sentimento strano che i suoi compaesani nutrono verso di lei. Sa cosa è? È vergogna. Essi hanno soggezione di lei perchè sanno che lei è stato calunniato, ed essi.... essi non han saputo difenderlo! Lei è, me lo lasci dire, lo spettro del villaggio; parlando di lei tutti diventano inquieti e pensierosi. Hanno vergogna di presentarsi qui, ma già sentono il peso di questa loro viltà; e verrà un giorno, creda a me, che tutti insorgeranno per difenderla, per vendicarla, a meno che....

— A' meno che?

— Che i suoi nemici non riconoscano prima il loro errore!

— Fantasie, signorina! — disse Jorgj con tristezza. — È lei che è buona e s'immagina quindi che lo sieno anche gli altri. Io devo tutto a lei; se lei non veniva nessuno si ricordava di me....

— Perchè lei li ha respinti tutti! Il prete....

— Ah, quel prete! — interruppe Jorgj, — venne per farmi disperare maggiormente; mi parlava di morte, mentre tutto è ancora vita in me! Senta come batte il mio polso.... senta come batte il mio cuore.... Io non sono stato mai così vivo come dopo che i miei nemici mi hanno inchiodato qui come Cristo, e come Lui sento l'amore per gli uomini e la compassione per i loro errori....

— Se lei compatisse, non andrebbe in collera contro quel disgraziato prete! Egli è più infelice di lei. Quante volte, mi disse, è venuto qui fino alla porta e non ha osato entrare! Egli è più solo di lei: lo lasci venire, signor Giorgio; sarà lei che farà un'opera buona. Gli dico che venga?

Ella aveva tratto le dita dal guanto e gli stringeva il polso.

Che benessere, che senso di dolcezza, quasi di ebbrezza, trasfondeva quel lieve contatto in tutte le vene di lui!

Ma la fanciulla lasciò il polso ed egli tornò in sè.

— Ed anche gli altri, — ella riprese. — Tutti le vogliono bene e verranno a dirglielo. Veda, mi lasci parlare, anche zia Giuseppa Fiore, per esempio.... Lei l'ha cacciata via, eppure quella donna le vuol bene come ad un figlio. È una donna primitiva, che ha il culto dell'odio e della vendetta, è vero: ma qui veniva spinta da un sentimento di protezione: univa al suo odio l'odio che, ella si immaginava, Giorgio Nieddu doveva provare per il comune nemico....

— Lei è buona, signorina, — ripetè Jorgj sorridendo come fra sè, — ma lei non conosce ancora a fondo la psicologia complicata dei miei compaesani.... Io le farò leggere certe pagine che ho scritto qualche tempo fa: credevo di dover morire abbandonato da tutti, e scrissi così, come il naufrago che caccia i suoi ricordi entro una bottiglia e la butta in mare.... Vedrà; ho scritto verità dolorose.... Del resto non importa; perdono a tutti, non odio nessuno.... Sì, — aggiunse pensieroso, — appunto come il Maestro posso ripetere: essi non sanno quel che si fanno!

Arrossì e ricordò il suo primo incontro col vecchio Arras, la sera del venerdì santo. Come era felice allora! Ma anche adesso provava una gioia simile a quella che l'aveva accompagnato su per i sentieri della valle: se il suo povero corpo era immobile, l'anima viaggiava attraverso uno spazio pieno di luce e di armonia. La vita, personificata in Mariana, gli stava accanto e lo accarezzava: come non perdonare ai nemici e non credere che l'unica verità dell'universo è l'amore?

— Come fa a scrivere? — ella domandò per distrarlo, sembrandole di averlo stancato.

E parlarono di piccole cose, del paese e dei paesani, del servetto e del vetturale; Jorgj si fece coraggio e le raccontò di averla già veduta una volta, a Nuoro, come in sogno.

— Avevo già tanti dispiaceri e.... bevevo, quella sera! A un tratto vidi lei con un'altra signora. Che sguardo mi diede! Terribile....

— Io non ricordo, — ella disse ingenuamente.

— C'era tanta folla: eppoi tutti guardavano lei.... Era la più elegante; aveva un vestito color d'argento e un velo scintillante.... Chi avrebbe detto che l'avrei riveduta qui?

Poi come pauroso di rivelarle tutta la passione romantica che l'apparizione di lei gli aveva destato si affrettò a domandarle:

— Qui le piace, dica? Ha veduto che panorama, dalla terrazza del Municipio? C'è un posto, dietro la chiesa, che io amo tanto, sa, all'angolo dell'abside: vada là verso il tramonto, vedrà l'altipiano tingersi di rosso, poi di violetto, e le parrà di essere ai piedi d'un castello barbarico. Tutto il paesaggio ricorda l'epoca dei feudatari, col paesetto aggruppato e recinto di roccie, coi sentieri che sembrano fatti apposta per gli agguati, con le figure solitarie incappucciate e armate che attraversano a cavallo, guardinghe, le chine solcate da muriccie a secco. Tutto ha un senso di poesia antica e selvaggia.

— Sì, è vero! Anche dalla casa dove sto io si godono i meravigliosi panorami, ed io corro da una finestra all'altra ricordando i versi del poeta:

> Il re veniva alle finestre a mare,
> Il re veniva alle finestre a monte....
> Avessi l'ale, potessi volare!

— Le piace Pascoli?
— Lo so quasi tutto a memoria.
— E D'Annunzio?

Allora fu uno sgranare di versi, un lieve discutere, un ripetere, «oh, anche a me piace!», «no, era migliore prima», «oh, è sempre giovane», «io dimentico i titoli», «oh, ricorda quei versi»....

Mariana intanto s'era voltata verso il tavolino e toccava gli oggetti, dapprima timidamente, poi con curiosità, infine con prepotenza, accomodando i volumi gualciti che non volevano star chiusi, allontanando dalla penna la forchetta zoppa; mandando giù per terra un pezzetto di biscotto che attirava tutte le primaticce mosche della stamberga.

Jorgj lasciava fare e non sentiva più umiliazione della sua povertà. Fra lui e la sua amica s'era squarciato il velo dell'ignoto: Mariana era penetrata nel mondo di lui e poteva oramai muo-

versi, guardare, frugare e disporre tutto come
sul tavolino: ella non portava che ordine e
gaiezza.

L'ora intanto correva e il sole stendeva ai piedi di lei un breve tappeto d'oro; una scintilla
brillava sul viso del piccolo Cristo come una
lagrima di gioia, e dalla valle saliva l'odore del
biancospino.

A un tratto nella straducola risuonò di nuovo
il coro dei ragazzetti che imploravano la pioggia. Mariana, vinta da una curiosità infantile,
ed anche dal bisogno di muoversi, balzò su e
corse nel cortile.

Jorgj ricordò le parole del servetto: «ella sembra una bambina» e un sentimento di tenerezza
s'unì all'entusiasmo che lo rendeva così felice.
Ma ella tardava a rientrare: come tardava! e
tutto intorno taceva, aspettando il suo ritorno.
E se non ritornava? Se tutto era stato un sogno? E lui che aveva da dirle ancora tante cose
e voleva sapere tante cose da lei! Cercò il taccuino che voleva offrirle, si pentì di non averle
fatto preparare da Pretu una tazza di caffè. Ma
perchè ella non rientrava? Il coro dei ragazzetti
non s'udiva più; la straducola era animata di
persone curiose. Egli riconosceva la gente dai
passi: quello forte e un po' lento era il passo
del marito di Banna, quello alquanto più rapido ma più strascicato era il passo di zio Remundu.... Forse Columba era alla finestra o sul
limitare della porta e vedeva Mariana. Egli si
sentiva battere il cuore, non sapeva se per gioia
o per timore, e avrebbe voluto gridare richia-
mando la sua amica.... Ah, ecco un fruscìo nel
cortile, un passo saltellante simile a quello di
Pretu; ella rientra e nella stamberga tutto ritorna a vivere ed a risplendere.

— Ho fatto un piccolo giro d'esplorazione in-

torno alla sua fortezza, signor Giorgio! Com'è
bello in fondo alla strada! Si vede tutta la valle. Poi sa chi ho veduto? Quella donna. Sta
sul limitare della porta, e l'arco nero di questa
e lo sfondo della vecchia casa inquadrano a meraviglia la sua figurina gialla e nera, fina e cupa. E il vecchio col suo cavallo? Sembra un gruppo del Peter: ricorda: «I due amici»? Tutte le
donnicciuole sono accorse nella strada e guardavano il vecchio e la ragazza, poi guardavano me....

— Signorina, — balbettò Jorgj stringendosi
nervosamente il taccuino al petto, — non dia
attenzione a quella gente.... per carità.,.. non ba-
di a loro! Possono farle del male.... perchè è
venuta qui!

— Sono così cattivi? Non mi sembra. La ragazza pare piuttosto infelice....

— Oh, non si fidi! Se sapesse come è finta!
È tutto un mistero: tace e abbassa le palpebre,
tace e tesse con la mente le sue trame malefiche.
Anch'io la vedevo in una bella cornice, lassù,
in una specie di veranda; mi sembrava una piccola regina di Saba, con l'agnello ai piedi e
la testa avvolta in un velo di sogni.... E invece
mi ha fatto tanto male! È il fiore amaro del-
l'oleandro!... Io le farò leggere tutto.... prenda
questi foglietti, ma non li guardi adesso.... Non
vuole andarsene, no? È presto ancora; ha freddo? Se sapevo che veniva oggi le facevo preparare il caffè....

Ella sfogliò il taccuino, poi se lo mise sotto
il braccio e tornò a guardarsi attorno.

— Vuole che lo faccia io il caffè? Dove è la
caffettiera?

Egli si vergognò di dire che Pretu usava il
pentolino.

— Mi pare fosse rotta.... Il servetto deve averla

portata ad accomodare. Ma era per lei, non per
me.... Eppoi lei si sporcherebbe.... e il suo vestito costa....

Ella si mise a ridere aggirandosi per la stamberga col desiderio di aprir la cassa e di frugarvi dentro.

— Il mio vestito? Sa quanto costa in tutto?
Sedici lire: l'ho fatto io; cosa crede, ch'io sia
buona a far niente? Faccio tutto, in casa. Lei
sperava forse ch'io fossi una duchessa?

— Lei è una regina, — egli disse galantemen-
te; ma ella cominciò a sospirare.

— Ah, quante cose mi mancano per esser regina!

— Che le manca? È sana, bella, giovine....

— Giovine? Lei crede ch'io sia giovine? Ah,
come s'inganna, signor Giorgio! Io non le dirò
mai gli anni che ho; neanche se mi dà mezzo
milione glielo dico: e se anche glielo dicessi,
lei non ci creda perchè non sarà mai la cifra
giusta!... Del resto, — aggiunse riprendendo la
sua borsa e rimettendosi a sedere accanto a lui,
— che importano gli anni? A volte ci sembra
di averne sedici e sedici ne abbiamo davvero;
a volte ci sembra di averne cento e tanti ne
abbiamo.

— È vero, è vero! — egli disse con fervore.

E ricominciarono le piccole confidenze, lo scam-
bio dei pensieri, le citazioni di versi: era come
un gioco dolce e puerile, un andare e venire di
frasi innocenti, di aforismi, di innocui paradossi,
di complimenti. Ma nonostante l'eccitazione che
lo animava facendogli dimenticare di essere in-
fermo, Jorgj si sentiva stanco. Aveva troppo parlato; i suoi occhi s'erano cerchiati d'azzurro, la
sua mano tremava; il sole salito sul letto gli
portava la sua carezza quotidiana, ma da amico
appassionato sembrava geloso della straniera e

pareva prendesse gusto a far apparire le membra e il viso del malato in tutta la loro desolazione. Come erano scarne e rimpicciolite quelle povere membra, e quel viso diafano ove solo gli occhi vivevano com'era triste nella luce e nella gioia che lo irradiava!

Mariana provò di nuovo un senso di pietà e di terrore. Pensò:

— Adesso me ne vado: è tempo, — e guardando lo sfondo verde e azzurro della porticina trasalì di gioia al pensiero che poteva andarsene: le pareva di dover da un momento all'altro volare come l'allodola, scappar via per la porta luminosa: ma gli occhi di Jorgj erano pieni di tenerezza e di trepidazione come quelli di un bimbo che interroga, che confida e nello stesso tempo ha paura.

«Che farà quando io me ne andrò? — si domandava Mariana.

— Non parli più, lei! — gli impose. — È stanco. Io resterò un altro momento, poi me ne andrò; l'ho stancata e non le ho detto che scioccchezze. Ma adesso le racconterò un po' della mia vita.

Aprì la borsa, si guardò nello specchietto che c'era dentro, trasse una caramella e gliela diede. Pareva incerta se metter o no dentro il taccuino: finalmente si decise; chiuse la borsa e lasciò il taccuino fuori.

*

— Deve sapere — ella ricominciò — ch'io sono una ragazza romantica, amantissima delle emozioni: perciò, forse, non mi è accaduto mai nulla di straordinario! Amo cambiar spesso vita e mi stanco presto dei luoghi e delle cose che

vedo. Mio padre era un industriale; viaggiava
di continuo, ed è morto che io ero bambina ancora. Mia madre, invece, non si è mai mossa
dal nostro paesetto, poco più grande di questo;
ma essa è la donna «forte» della Bibbia, indu-
stre vegeta prudente: amministra il nostro patrimonio, ed a lei i miei fratelli devono la loro
educazione e la loro fermezza di carattere. Ho
anche una sorella maritata ad un nobile del mio
paese, e che rassomiglia molto a mia madre: eco-
noma, buona massaia, il suo più gran diverti-
mento è quello di andare alle festi campestri
od a quelle delle piccole città. È con lei che ci
siamo recate l'anno scorso alle feste di Nuoro.
Io ho già molto viaggiato, invece: dei miei fratelli uno è al Ministero degli Interni, l'altro è
capitano d'artiglieria ed ha sposato una donna,
ricca ed elegante, e l'altro è Giovanni Mariano,
quello che è qui: essi mi vogliono con loro un
po' l'uno un po' l'altro, ed io oggi son qui, nel
suo eremo, signor Giorgio, domani sarò a Roma,
in estate ad Anzio od a Viareggio, in autunno
di nuovo nel mio paese umido e monotono, circondato di paludi, di canneti, con un orizzonte
quasi sempre livido solcato dal volo delle fo-
laghe e di altri uccellacci migratori. Laggiù io
mi ubbriaco di noia e di melanconia. Abbiamo
una casa che era un convento: davanti si stende
la pianura pietrosa, desolata e infinita, con le
paludi e il mare in fondo. Nuvole e corvi quanti
ne voglio, signor Giorgio! Qui è un luogo di vita
in confronto: è la Svizzera troglodita, o almeno
di un'epoca anteriore a quella degli albergatori.
La nostra casa è grande, simile a un alveare vuoto: i miei fratelli son partiti uno dopo l'altro,
come partono quasi tutti i giovani intelligenti
del paese, e solo di tanto in tanto ritornano,
con le loro mogli e i loro figli. Mia madre tie-

ne sempre pronta la casa per riceverli. Qualche
volta le scriverò, dal mio paese, signor Giorgio! Ma anche da Roma le scriverò; non dubiti.
Intorno alla mia casa, laggiù al mio paese, abbiamo un orto immenso, ed io mi diverto a col-
tivare il giardino. Tre anni or sono ho piantato
un melograno che dà già frutto. Lei sa come
bisogna potare le piante? bisogna lasciar appena le ultime fronde. Avevo una pianta di oleandro selvatico, che a forza di cure ho fatto diventar doppio; fiori che sembrano rose. Accanto
alla nostra casa abita un vecchio, un tipo cu-
riosissimo, uno stregone, che invidiava il mio
oleandro e cercava di farmelo disseccare a forza
di scongiuri; e come io ridevo, egli una notte
penetrò nel mio orto, sradicò il mio oleandro e
me ne piantò uno selvatico! Ma io mandai subito un servo nel poderetto dello stregone. Il
servo trovò il mio oleandro trapiantato in un
angolo ombroso e tutto recinto da siepi! La vita
passa così, al paese! Quando non coltivo il giardino, leggo i giornali e le riviste che mi mandano i miei fratelli: o vado a far visite o aiuto
mia madre a lavorare. Questo carnevale scorso
mi mascherai con una delle nostre serve, che
aveva per bauta una pelle di lepre: ma un bel
momento tutti i monelli ci furono appresso e
un paesano cominciò a molestarci; allora la serva si strappò dal viso la pelle di lepre e gliela
cacciò in bocca e tutto il pelo gli andò in gola,
di modo che si dovette chiamare il medico perchè
al malcapitato veniva un accidente. Ma lei dirà:
che cosa mi racconta questa pazzarella?

Jorgj ascoltava come cullato da una musica
lontana; gli pareva di essere tornato bambino,
prima dell'epoca funesta della matrigna, quando ancora sua nonna gli raccontava le puerili
storielle della sua fanciullezza.

— Racconti, racconti! — supplicò.

— Al mio paese, poi, ho tutta una coorte di adoratori; tutti piccoli mascalzoni, però, ragazzetti discoli, studentelli, il barbiere, il postino, persino un piccolo mercante di pelli di capretto: ma tutti molto giovani, sa, dai sedici ai diciannove anni. Dopo i diaciannove anni non li guardo più.

— Prima dei diciannove sì?

— Cioè.... non mi guardano loro! Dopo i diciannove capiscono che.... non c'è nulla da sperare; mettono giudizio, ecco tutto! Ma i ragazzi dai sedici ai diciotto mi seguono come affascinati: per loro io sono colei che viene dalle terre lontane dove tutto è grande e bello. Essi adorano in me il mondo che sognano: Roma, le spiagge di moda, la vita fantastica dei potenti della terra! Io mi compiaccio di questa loro illusione, mentre mia madre, mia sorella e mio cognato mi sgridano scandolezzati, e in tutto il paese godo una terribile fama di civetta. D'altronde io son contenta di questo, perchè non voglio che agli uomini seri del mio paese, ai nobili che vanno ancora con l'aratro, od ai ricchi proprietari di vacche, salti in testa l'idea di volermi sposare. No, signor Giorgio, meglio morire che sposarsi, meglio morire due volte che sposarsi e rimanere tutta la vita nel paese natìo....

Jorgj rideva, piano, piano, con dolcezza: come le parole di lei lo divertivano e lo consolavano!

— Ma qualche volta avrà fatto all'amore!

— E dunque? Perchè negarlo? Il primo è stato un bel ragazzo pallido, verde anzi, sottile come uno stelo; adesso è morto, non parliamone più. Sono stata anche fidanzata: era un piccolo medico condotto di cui avevo sentito parlare come di un portento di ingegno. Venne a casa nostra, una sera: c'era gente ed egli non aprì bocca, ed io credetti che lo facesse per sdegno o per posa: ma poi ritornò altre volte, e ci trovammo anche soli, ma occorrevano sforzi inauditi per trargli qualche parola di bocca. Tutt'al più sorrideva e quando era commosso tremava. Morto anche lui.

— Tutti morti, signorina?

— Peggio che morti, dimenticati! — disse Mariana, e s'accostò la borsetta alla bocca per nascondere uno sbadiglio.

Era stanca, oramai, e desiderava che arrivasse qualcuno per potersene andare. Il sole tramontò ed ella era ancora lì, combattuta dal desiderio di andarsene e dalla pietà, dalla certezza che la sua presenza recava un conforto ineffabile al malato.

«Egli forse morrà fra qualche giorno, — pensava, — mentre io vivrò a lungo, forse quaranta, forse cinquant'anni ancora....»

Perchè non sacrificargli qualche ora di questo mezzo secolo di vita?

Tuttavia provò un senso di sollievo quando s'udì nel cortile un passo pesante e il rumore d'un bastone battuto qua e là sui muri e sui ciottoli. Il dottore entrò, sbuffante, già in costume estivo (per lui non esisteva la mezza stagione): larghi calzoni bianchi, giacca di alpaga nera svolazzante, cappellino di paglia con nastro tricolore. Sembrava quasi giovane e i suoi occhi erano d'un azzurro primaverile.

— Benone, — disse avanzandosi senza guardare Mariana che s'era alzata per cedergli il posto.

Ma all'improvviso, mentre tastava il polso di Jorgj, si volse e gridò additando lo sgabello:

— Perbacco, si rimetta a sedere, signorina! Ma cosa fa lì in piedi?

— Grazie; tanto devo andarmene....

— Come, se ne va già? — disse Jorgj spaventato.

Il dottore prese con ambe le mani lo sgabello, lo sollevò, lo rimise accanto a lei.

— Si rimetta a sedere, la prego, ottima signorina! La sua presenza è l'unico farmaco per il mio cliente. Una canaglia, sa; la sua malattia è tutta una finzione; ma uno di questi giorni lo vedremo alzarsi e andarsene a spasso. Ma si metta a sedere, lei; crede forse di crescere?

E curvo batteva forte la mano sullo sgabello.

— Oh, magari! — disse Mariana andando a sedersi sulla cassa e mettendo in mostra i suoi piccoli piedi lucenti. — Ecco una cosa che la scienza dovrebbe inventare. Quanta gente farebbe felice!

— Se tutti fossero alti, lei sarebbe la prima a domandare il contrario!

— Schopenhauer....

— Mi lasci in pace col suo Schopenhauer!

— Ma io volevo dire che egli sbaglia quando afferma che le donne alte piacciono agli uomini di bassa statura mentre le donne piccole....

— Piacciono agli uomini alti e anche a quelli di bassa statura! Purchè siano belle come lei!

— Grazie! — ella disse inchinandosi esageratamente.

Egli rise soddisfatto della sua galanteria e Mariana non sdegnò di civettare allegramente con lui. Jorgj diventò geloso. Gli pareva che quei due si dimenticassero di lui, ed egli a sua volta stanco e triste chiuse gli occhi e vide la figurina di Pretu avanzarsi dal fondo della stamberga, avvicinarsi al letto, curvarsi su lui.

— Se domanda della caffettiera dille che l'hai portata dallo stagnino....

Ma il dottore diede una formidabile bastonata ai piedi del letto gridando:

— Questa donna ha ragione!

Jorgj sussultò, riaprì gli occhi, rivide Mariana tutta bianca seduta sulla cassa nera, e nello sfondo della porticina il cielo argenteo solcato di nuvole azzurre.

Ella rideva curvando il capo fino a coprirsi le ginocchia con le falde del cappello, e agitava i bei piedini eleganti. Come era allegra! Era la personificazione stessa della gioia e della giovinezza; gli adolescenti del suo villaggio avevano ben ragione di correrle dietro affascinati. Ed egli, egli era là, come una foglia caduta dal grande albero della vita e che piano piano marcisce e ritorna alla terra muta: più nulla per lui; nè riflessi di sole nè fremiti di vento; solo, di tanto in tanto, l'eco della vita lontana, l'ombra delle nuvole, il grido funebre dei corvi che ella odiava. Perchè era venuta? Egli era più felice prima, quando ancora non lo conosceva.

— Lei non viene, signorina? L'accompagno, — disse finalmente il dottore ricordando che doveva andarsene.

Ma ella rimase. Appena il dottore fu uscito si riavvicinò al letto e si curvò sul malato che la guardava con occhi pieni di tristezza.

— Povero signor Giorgio! L'abbiamo stancato, vero? Che tipo, quel dottore....

— E matto da legare! E innamorato della sua serva e fa il grazioso anche con le altre!...

Mariana ricominciò a ridere; una foglia delle roselline del suo cappello cadde sul viso di Jorgj. Quando ella mormorò riprendendo dal guanciale la fogliolina:

— Domani ritornerò.... se non le dò noia, — egli riprese a singhiozzare e a dire:

— Sempre, sempre.... quando vuole.... Ormai lei è tutto.... tutta la mia vita!...

Allora ella tacque di nuovo e impallidì; e mentre nella straducola già invasa dall'ombra del crepuscolo risuonava ancora la voce del dottore:

Amore, mistero.....

e nel cortile s'udiva il passo lieve di Pretu, ella si curvò ancora di più sul malato e lo baciò sulla fronte.

Pretu li sorprese così, e un'ora dopo disse a Columba che, appena guarito, il suo padrone avrebbe sposato la sorella del Commissario.

PARTE TERZA.

I.

Una notte Columba, agitata dall'insonnia, s'alzò e scese in cucina.

Il nonno aveva già ribattuto i piuoli sul muro del portico come prima delle nozze di Banna, ed ella aveva finito di spezzare le mandorle e di pulire il grano per i dolci e il pane dello sposalizio. Ancora una settimana e sarebbe sposa; le sembrava già di veder le bisacce appese qua e là nella cucina e nel portico, le pecore squartate, le galline appese a testa in giù col sangue che sgocciolava dai becchi aperti e faceva una piccola buca rossa nella polvere del cortile; tuttavia le pareva che ancora lungo tempo dovesse passare prima di Pentecoste. A Pentecoste doveva far quasi caldo, mentre adesso il vento e il freddo regnavano ancora sul paese e sui monti.

Dopo il bel tempo di Pasqua la pioggia tanto invocata era giunta in abbondanza, seguita anche dalla neve; nuvole grigie e rosse salivano continuamente dal mare e anche quando il sole splendeva sopra la valle, Monte Bardia e Monte Albo, Monte Acuto e Monte Gonare, da un capo

all'altro dell'orizzonte si guardavano attraverso
un velo di nebbia come quattro vecchioni seduti
in mezzo al fumo attorno a un focolare di pietra.
Passava il vento e spegneva il sole: allora tutto
era triste davvero; la pioggia scrosciava frago-
rosa e i viottoli del paese diventavan torrenti.
Poi di nuovo il sole brillava, il cielo diventava
simile a un mosaico azzurro e grigio e in lontananza verso l'agro di Siniscola un raggio di sole
illuminava una striscia verde che sembrava acqua
ed era invece un campo di orzo già alto. Tutti i
cespugli della valle eran fioriti, ma curvi, arruf-
fati, sfogliati, quasi avviliti dalle incessanti fru-
state del vento. Che primavera melanconica! Pareva che la terra e gli elementi fossero in disac-
cordo: la prima s'ostinava a sorridere ed a fio-
rire, il vento la schiaffeggiava come un amante
feroce.

E Columba aveva anche lei un aspetto di donna percossa; aveva la schiena fiaccata dalle notti
insonni, il pensiero pieno di nebbia, e nulla tranne la sua angoscia la interessava.

Neppure le chiacchiere delle sue vicine di casa
intorno ai più importanti avvenimenti di quei
giorni, — il ritorno definitivo in paese del vecchio Arras, la festa di San Francesco, la scomparsa di Dionisi Oro il mendicante, — la scuotevano dalla sua idea fissa. Dionisi s'era appunto recato alla festa campestre e non aveva
più fatto ritorno; le donnicciuole ogni tanto pe-
netravano nella casupola di lui, nera puzzolente
come una tana di cinghiale, e ne uscivano tenendosi su le gonne e scuotendo la testa.

— Dev'esser morto.

— Deve aver seguito qualche altro mendicante,
recandosi con lui alle feste di Fonni....

— L'hanno veduto qui, l'hanno veduto là.... L'a-
vranno ammazzato.... si sarà trovato presente a

qualche fatto di sangue e l'avranno soppresso perchè non testimoniasse....

Il ritorno di zio Innassiu Arras diede un diversivo alla curiosità delle donne. I parenti e
gli amici del vecchio fecero una specie di que-
stua per lui, ottenendo una capra o qualche altro capo di bestiame da quasi tutti i pastori del
paese; così gli formarono un gregge ed egli riprese l'antica vita. Solo alla domenica lo si vedeva in chiesa rigido e solenne, con la sua lunga barba in colore del granito, calmo come un
patriarca che avesse passato tranquillamente la
sua vita tra i suoi figliuoli e i suoi nipoti. Al-
l'uscita di chiesa andava a sedersi sulle panchine della piazza con gli altri vecchioni, o si recava da Jorgj Nieddu.

Un giorno nel passare davanti alla casa dei
Corbu vide il nonno sul limitare della porta intento a ritagliare un pezzo di canna per farne
un astuccio da fiammiferi. Si salutarono con un
cenno del capo, ma sul viso di entrambi passò
un sorriso di reciproco scherno; mentre gli occhi verdastri del nonno guardavano il bastone
biforcuto, il mite vincastro al quale l'ex-bandito
era tornato dopo tanti anni di fiera ribellione,
gli occhietti porcini di zio Innassiu fissavano
il coltellino e l'astuccio di canna del suo nemico: ed entrambi pareva si dicessero con lo
sguardo:

«Ecco a che cosa sei ridotto!»

*

Columba accese il fuoco e preparò il caffè. Il
nonno era assente e la sua stuoia arrotolata e
appoggiata all'angolo dietro il focolare pareva
vegliasse anch'essa nella notte fredda aspettan-

do il ritorno del vecchio. Il vento sibilava nel cortile. Appena Columba aprì la porta per andare a prender la legna dal portico, un odore di erba e di terra bagnata la colpì, ricordandole l'odore della stamberga di Jorgj.

Tenendosi coi denti il fazzoletto che il vento voleva portarle via, prese la legna, rientrò e chiuse; ma l'odore la seguiva, ed e g l i era lì, davanti a lei, piccolo e cereo in viso come un bambino morto, immobile sul suo letto tutto bianco in fondo alla stamberga nera. Sì, ella aveva fatto questo: era andata due volte da lui; la prima volta la notte di Pasqua, senza osare di avanzar dalla porta, poi una mattina all'alba, prima che le vicine si alzassero. Egli dormiva con la testa avvolta in un fazzoletto bianco; il suo viso era ancora più bianco del fazzoletto, e i capelli neri divisi sulla fronte, il cerchio violetto delle palpebre, l'ombra sopra il labbro superiore si vedevano da lontano.

Sembrava un bimbo, un bimbo morto; era diventato così piccolo, doveva esser leggero come un uccellino. Ecco perchè Pretu riusciva a sollevarlo e ad aiutarlo come un fratellino minore. Ed ella era fuggita senza svegliarlo, s'era chiusa in casa, aveva ripreso a vagare per le camere e i nascondigli quasi cercando il suo Jorgj d'altri tempi, quello che l'aveva baciata e insultata, offesa e abbandonata. Ma non le riusciva più di trovarlo: era sparito per sempre, lo studente protervo, il nemico di nonno Corbu; era morto, soffocato forse dalle sue collere e dal suo orgoglio; ed era un altro Jorgj quello che adesso giorno e notte viveva nel pensiero di lei, un piccolo Jorgj debole, un bambino morente....

A volte ella desiderava di andare ancora da lui, di prenderlo fra le sue braccia e cullarlo sul suo seno.

Il suo desiderio era simile a quello di una madre per un suo bambino lontano, e anche la sua gelosia, al pensiero che un'altra donna era là, accanto a lui, che lo curava e lo baciava, che giorno per giorno glielo prendeva tutto, era la terribile gelosia della madre per un'altra donna che il suo bambino ama più di lei. Davanti a questa passione materna sparivano i rimorsi, la pietà, l'amore, la stessa gelosia d'amante. Il pensiero che Jorgj morisse senza perdonarle, portandosi al di là il ricordo dell'a l t r a, la straziava giorno e notte.

Tutto questo non le impediva di dare l'ultima mano ai preparativi per le nozze. Anche quella notte, fatto ch'ebbe il caffè ne bevette una tazza, poi un'altra; depose il lume sopra una sedia accanto al focolare e si mise a cucire.

Il cane mugolava di tanto in tanto, altri cani rispondevano, e il vento nella valle pareva l'eco di questi lamenti irrequieti. Columba sollevava la testa ricordando le notti di terrore della sua infanzia, quando la mamma ascoltava paurosa il vento che annunzia disgrazia; poi ripensava ai convegni con Jorgj, alla sua paura di venir scoperti, e le pareva di sentir ancora i passi di lui, nella strada, così leggeri che i palpiti del suo cuore le sembravan più forti.

Ma è un inganno del suo cuore? Ecco che esso palpita di nuovo come a l l o r a, così forte che i passi ch'ella crede di sentire, ch'ella sente davvero davanti alla sua porta, risuonano meno. Per un attimo un velo le cade davanti agli occhi e la separa dal presente; e g l i è lì.... egli è lì.... e batte con le unghie alla porta. È guarito, o forse è morto: ad ogni modo s'è alzato, ed è là, come un tempo, e la vuole....

D'un balzo fu alla porta e aprì senza neppure domandare chi fosse.

— Zia Colù! Sono io! Ho veduto luce e ho detto: forse lei deve fare il pane. Datemi un po' di fuoco, perchè il mio padrone si sente male. e il mio carbone è così umido che non si accende, malanno al tempo! Vi siete spaventata?

Pretu entrò con una tegola in mano e andò dritto al focolare.

— Tu stai lì anche alla notte? Che ha? — domandò Columba con voce rauca.

— No, di notte non ci sto quasi mai, ma si sentiva male già da ieri e allora donna Mariana ha voluto che io dormissi là…. Lei ci ha regalato anche una macchinetta a spirito, ma io ho paura ad accenderla, può scoppiare e allora è come se entrasse in casa il diavolo. Vi sentite male anche voi?

— Mi sono alzata perchè ho da lavorare. Prendine, prendine pure, — ella disse, spingendo con la paletta la brage nella tegola. — Che ha?

— Lo so io il male che ha! È viziato, adesso. Gli farò un po' di caffè. Voi l'avete già fatto?

— Senti, Pretu: vuoi prenderne un po' in una scodella?… Ebbene, gli dirai che lo avevi già pronto….

— Sì! Uomo da ingannarsi così, quello! È tutt'occhi….

— Va, va, anima mia, — ella disse, visto che il ragazzo s'indugiava. — Magari, dopo, se si addormenta, ritorni….

Dalla porta vide la figurina nera di lui scender la strada rasentando il muro: il vento rapiva un po' di scintille dalla tegola; i cani urlavano nelle tenebre come anime infernali.

«Io vado….» — disse Columba a sè stessa, e sceso lo scalino attirò a sè la porta: ma il vento gliela prese di mano e la respinse, quasi per significarle che faceva male ad allontanarsi di casa sua.

Ella risalì lo scalino, richiuse, aspettò il ragazzo.

«Jorgj morrà; ecco perchè il vento sibila e i cani gemono. Madonna mia del Consolo, egli s'è ammalato per colpa mia e una straniera bada a lui.... una che non lo conosceva, che non lo ha veduto ragazzo, che non ha ballato con lui!...»

Sedette di nuovo accanto al fuoco e nascose il viso fra le mani. Eccolo, egli è di nuovo davanti a lei, piccolo, cereo, magro.... È ancora bambino: la matrigna lo bastona ed egli fugge attraverso il viottolo: dall'alto si volge e piange e ride nello stesso tempo, mentre lei, Columba, curva sulla finestra, lo segue con uno sguardo di beffa crudele....

«Da bambina ero cattiva, — pensa in un momento di lucidità cosciente. — Perchè avevo piacere che la matrigna lo bastonasse? E adesso? È la stessa cosa. E Banna è cattiva con me, e il nonno peggio ancora.... Noi lo abbiamo bastonato, il povero orfano: lo abbiamo ridotto così, entro quel letto, così piccolo, così giallo.... E la straniera....»

Il ricordo della straniera le dava un tremito nervoso; tutto il dispetto e il rancore che aveva nutrito per Jorgj, adesso si riversavano sopra Mariana.

«Ma io vado e glielo riprendo; io vado e appena egli mi vede dimentica l'altra. Essa non può volergli bene: essa, m'han detto, si lava le mani dopo che lo ha toccato, e non rimane a vegliarlo alla notte. Io posso star là cento notti, mille notti, senza stancarmi, finchè egli guarirà. E poi? E il mio sposo? Ebbene, che egli vada in ora mala....»

Adesso le sembra di odiare anche il suo sposo. Di nuovo si alza, respinge col piede il cestino da làvoro, torna àlla porta. Il vento e i cani mugolano sempre più lamentosi; forse Jorgj muore.... Columba chiude la porta, lotta un po' col vento che le solleva le vesti, scende il viottolo rasentando il muro, come ha visto fare a Pretu.... Il suo fazzoletto svolazza come un grande uccello nero, contro il muro; ma arrivata all'angolo della casa dove questa svolta verso il cortile di Jorgj, un colpo più furioso di vento la investe tutta. Ha mutato parere, il vento; adesso la spinge làggiù, verso la porticina nera filettata di oro, laggiù, verso il suo destino....

II.

Quando la vide apparire sulla porta, Pretu accoccolato presso il fornello a mano in attesa che il pentolino del caffè bollisse, diede un grido di sorpresa.

Jorgj invece guardò silenzioso senza muoversi sembrandogli di continuare a sognare. Una delle tante figure che la febbre faceva correre intorno a lui s'avanzava nella stamberga illuminata da un moccolino deposto accanto a Pretu, mentre l'ombra enorme del servetto copriva tutto il soffitto movendosi sfrangiata sulle pareti come un ragno mostruoso. S'avanzava.... s'avanzava.... Era Columba....

E Columba si tirava il fazzoletto sugli occhi mordendone le cocche per un istinto di nascondersi, o per celare e frenare il suo turbamento: ma arrivata davanti al letto cadde in ginocchio, come un giorno il mendicante, affondò il viso

sulla coltre e scoppiò a piangere. Era un pianto
nervoso, pieno di grida simili a guaiti; ed ella
sussultava talmente, annaspando con le mani con-
vulse la coperta, che Jorgj e Pretu spaventati
ebbero entrambi il medesimo dubbio: che fosse
diventata pazza.

— Zia Colù.... zia Colù.... — disse il ragazzo
con voce tremante, senza riuscir a dir altro.

Jorgj guardava: finalmente mormorò con la
voce velata dei febbricitanti:

— Pretu, accendi la candela e va fuori un momento....

Allora Columba sollevò il viso, balzò in piedi.

— Perchè lo mandi via? Non m'importa che
mi veda.... nè lui nè altri m'importa più che mi
vedano....

— Bè, calmati allora! Cosa vuoi?

— Voglio sapere come stai....

— E non lo vedi? Adesso te ne sei ricordata....
a quest'ora?...

Che amarezza fredda tagliente nella sua voce! Ah, era sempre lui, il suo Giorgio grande e
superbo, che la umiliava ancora; ma s'egli in
fondo al suo letto caldo di febbre era sempre
lo stesso, ella era diventata piccola e debole; la
sua anima spezzata si piegava e si lasciava umi-
liare come il ramo stroncato dalla bufera.

Pretu depose la candela sul tavolinetto e il
viso di Jorgj apparve pallido, pieno di disgusto, con gli occhi come coperti da un velo lucente. Columba s'asciugava il viso con la manica della camicia, appoggiando le ginocchia tre-
manti al letto, un po' curva sul malato dal cui
petto scoperto esalava un calore ardente, un odore di febbre.

Anche le mani di lui tremavano annaspando
le lenzuola.

— A quest'ora, sì.... — ella balbettò. — A quest'ora.... È notte, lo so, ma fa lo stesso, per me.... La notte è peggio del giorno....

— Che cosa vuoi? — agli ripetè meno duramente.

— Che tu mi perdoni.

— Cento volte ti ho perdonato, prima d'oggi. Va, torna a casa....

— Non è vero, tu non mi hai perdonato, Jorgj, anima mia! Non mi cacceresti via, adesso....

Egli non rispose.

— Così dovevamo rivederci, Jorgj! Ah, tu te ne sei andato e non sei ritornato mai più!

— Dovevi venire tu, Columba!

— Avevo paura che tu mi cacciassi via! Ed ecco che lo fai!... Perchè?

Egli esitava a rispondere: che doveva dirle? Che non gli importava più nulla di lei?

— Dovevi venir prima.... molto prima; lo sapevi. Adesso!... — disse sollevando e scuotendo la mano come per accennare a qualcosa che svanisce per aria.

— Adesso.... tu puoi guarire; stando tranquillo lo puoi.... ha detto il dottore! Io ti curerò.... vedrai. Sì, sì, il dottore dice che se tu provi una gran gioia puoi guarire.... Ecco perchè son venuta.... Lo vedi, lo vedi? Sono qui.... sono Columba, la tua Columba! Mi riconosci, Jorgè, dimmi, mi riconosci?

Egli la guardò con pietà. Ah, era lei che delirava!

— Io non guarirò mai, Columba; ma non importa.... non prendertene pensiero; va, sta tranquilla, non pensare a me.... Perchè t'è venuto in mente, adesso, di pensare a me?

— Io ci ho sempre pensato.... Sei tu che non mi volevi bene.... come io desideravo! Tu mi umiliavi sempre: io ero una donna ignorante, per te! Sì, sì, lo ero davvero; rimproverami pure, ma non mandarmi via! Jorgeddu mio, perdonami: io sono qui come una che sta per morire e va da chi può darle un rimedio....

Egli non rispose. Ah, il suo silenzio la esasperava più che le parole amare di lui. Ella cominciò a torcersi le mani.

— Non mi senti? Non mi dici nulla? Io sono più malata di te, io odio tutti.... tutti quelli che ci hanno assassinato.... Se ci avessero lasciato in pace nulla sarebbe accaduto.... lo capisco, non credere che sia così stupida! Io non so parlare, ma so pensare. Qui dentro, qui dentro (aggiunse stringendosi la testa con le mani) qui c'è qualcosa che arde sempre.... Certi momenti mi viene il desiderio di battermela contro una pietra, questa testa maledetta. Sì, quando ci vedevamo io tacevo, ma tante cose mi venivano in mente: e tu non capivi.... tu credevi che io ero una stupida, cattiva e finta.... Ecco perchè non mi potevi vedere.... E anche quel giorno, quando tu sei tornato da Nuoro, ed io ti ho raccontato quell'orribile fatto.... anche quel giorno tu non hai voluto sentirmi, ed io non ho saputo parlare.... Se no, non sarei qui, adesso, a quest'ora, e tu non saresti così.... così, così, anima mia, ridotto così, come uno straccio, buttato lì, piccolo.... malato, come un povero bimbo orfano e paralitico....

Lagrime di pietà le solcavano il viso, nè ella cercava più di nasconderle; ed anche lui sentiva aumentare la sua pietà per lei.

— Pretu, — disse ancora al ragazzo che ascoltava avidamente, — senti, vattene fuori: abbiamo da parlare di cose che tu non devi sentire....

— Ma io non dirò niente, zio Jò! Ve lo giuro in mia coscienza; può testimoniarlo zia Columba, se io mai ho aperto bocca. Ditelo dunque....

Ma essa non badava a lui.

— E questo caffè lo volete o no? Ecco; poi starete meglio.

Versò il caffè nella tazza slabbrata soffiandovi su per farlo raffreddare; Jorgj cercò di sollevarsi; Columba gli mise una mano dietro la testa, prese la tazzina e gliel'accostò alle labbra.... Ma la tazzina sobbalzava per i singhiozzi di lei: egli la tenne ferma, bevette, si sentì racconsolato.

— Prendi anche tu un po' di caffè, Columba, e mettiti a sedere, ma calmati; mi fa male la testa, ho la febbre e non posso vederti a piangere.... Che ora è? — insistè rivolto a Pretu. — Mi pare di veder albeggiare: se tu andassi a prendere il latte?

Il ragazzo capì che bisognava assolutamente andarsene; prese la bottiglia del latte e uscì. Allora anche Columba parve calmarsi: sedette sullo sgabello e tentò di metter la sua mano su quella di Jorgj: ma egli istintivamente la ritirò ed ella capì da questo gesto più che da qualunque parola che nulla più di comune vi era fra loro.

— Io sono contento che tu sii venuta. Devo morire ed è meglio che me ne vada in pace con tutti.... Ma, non voglio che si ricomincino le questioni.... fai male a me ed a te.... — egli le disse con tristezza.

— Io sono padrona di me; posso fare quello che il cuore mi detta....

— Dovevi farlo prima: adesso è tardi!

— Perchè tardi? Perchè sei malato? Ma io starò qui e ti curerò; se tu ti fossi ammalato dopo non sarei stata con te lo stesso?

— No, tu non mi capisci, Columba!

— Ti capisco, invece! Tu non mi vuoi più bene; tu vuoi dire questo. Tu hai ragione: io ti ho rovinato.... Ma tu sei solo, anima mia; chi

ha cura di te? Un povero ragazzetto ignorante
e ciarlone. Anche se tu non mi vuoi bene io resterò lo stesso.... sarò io la tua serva.... e tu,
un po' per volta, mi vorrai bene ancora; io lascerò tutti, per te, parenti, amici, lo sposo, il
nonno.... tutti, tutti.... come tu volevi....

— Ma adesso non voglio più! Allora ero sano.
Se tu venivi forse non mi ammalavo....

— Chi lo sa? Forse il dispiacere continuava lo
stesso.... Se io venivo, la calunnia.... la calunnia.... continuava....

Ella non proseguì; pareva avesse difficoltà a
pronunziare le parole che ricordavano l'orribile
fatto. E si meravigliò nel sentir Jorgj a parlarne con calma.

— Non è vero! Se tu venivi io non mi ammalavo: io trovavo la forza per lottare. Non mi
sono mai curato della calunnia; doveva cadere,
come tutte le calunnie, col tempo. La verità
esiste, Columba: chi ti ha spinto adesso a venir
qui, a quest'ora? La verità! Ah, sono contento
per questo! E verrà qui anche il tuo nonno, e
tua sorella, e tutti i miei nemici. Se tu venivi
subito, da me, entrambi avremmo sentito questa gioia che adesso io solo sento: e non mi sarei ammalato.... Ma non importa.... Sono contento lo stesso; solo mi dispiace per te. Ma bisogna che anche tu ti faccia forza, e che tu ca-
pisca....

Ella capiva; confusamente, ma capiva.

— Tu sei intelligente, — egli proseguì: — per
questo ti ho voluto bene. Se tu fossi nata in un'altra casa.... oh, come saremmo stati felici! Come
tanti altri, che si incontrano, si amano, formano una famiglia.... Ma è inutile pensarci, adesso!
Tu, del resto, non sarai sfortunata: la famiglia
l'avrai, sarai una buona madre, ti dimenticherai
di me. Va, va, ritorna a casa e sta tranquilla;

tuo nonno non c'è, vero? Che quando ritorna
ti ritrovi a casa.... va, va, e che tua sorella non
si accorga che sei venuta.... Col tempo verranno
anch'essi qui; ma adesso non irritarli.... Va....

— E se io volessi restare? Che faresti?

— Io? Nulla, Columba! Che posso fare, io,
Columba? — egli disse, con un sorriso che la
offese più di qualunque minaccia. — Non potrei
certo prenderti per il braccio e ricondurti alla
porta; ma....

— Io dico che se io restassi, Jorgj, tu finiresti
col volermi bene ancora....

— Cristo disse di voler bene anche al nemico;
ed io non ti voglio male; ma appunto perchè
non ti voglio male ti ripeto: vattene, è meglio
per te....

— Ma se io restassi?... Se io restassi?... — ella
ripeteva febbrilmente.

— Il tuo posto non è qui. Se tu restassi contro la mia volontà mi faresti credere che vuoi
tormentarmi ancora.... È inutile.... è inutile....

Allora Columba tacque, e per alcuni momenti
un silenzio grave di tutti i ricordi e di tutti i
rimpianti li riunì più che tutte le inutili promesse e le inutili spiegazioni.

Ella parve a un tratto destarsi dal suo sogno
e capì che doveva andarsene; ma la pietà e la
gelosia la trattenevano ancora.

— Che accadrà di te, Jorgeddu? Come farai?

— Come ho fatto finora....

— Ah, finora? Sei vissuto disperato: avevi
chiuso la porta.... eri come un condannato in
cella....

— D'ora in avanti non sarà così: farò la pace
con tutti, vedrai, persino col nonno: diglielo,
anzi: se vuol venire che venga....

Columba scuoteva la testa, curva, a occhi chiusi, con le mani giunte.

— Tu parli così, adesso, perchè sei contento: lo so, sì, che sei contento.... Ma quando sarai di nuovo solo, chiuderai di nuovo la porta....

— No, no, vedrai: non sarò più solo....

E di nuovo tacquero. Nè l'uno nè l'altra pronunziarono il nome della straniera; ma ella era in mezzo a loro, ed egli la vedeva, bianca e ridente, con le vesti che pareva susurrassero esalando un profumo di fiori; e gli sembrava che ella spalancasse la porta della stamberga e fosse lei a far inargentare il cielo sopra l'altipiano, a far cessare il vento, nell'alba di maggio, a far cantare le cinzie fra i cespugli umidi del ciglione.

Anche Columba credeva di vederla, bianca, con gli occhi scintillanti, come quella mattina su al balcone del Municipio: la sua voce le diceva:

«Vattene, vattene; non ti vergogni a star qui, dopo che ti sei legata con quell'altro?»

Sì, bisognava andarsene: era l'alba, il nonno poteva tornare da un momento all'altro, trovarla lì, bastonarla.

La realtà la riprendeva, a misura che la luce penetrava dal finestrino e dalle fessure della porta.

Pretu rientrò.

— Il vento è cessato; finalmente torna il bel tempo. Ecco il latte; ma mi ha dato una cattiva misura, stamattina, zia Artura.

Jorgj guardava Columba pallida come l'alba, e pensava:

«Perchè non è venuta prima? Ne avrei davvero provato tanta gioia da sollevarmi. Adesso è tardi.... è troppo tardi....»

— Quando ti sposi? — le domandò.

— A Pentecoste.

— Così presto? Te ne vai subito?

— Subito.

— E il nonno con chi resta?

— Solo: forse si cercherà una serva....

— Io ne so una.... — disse subito Pretu che versava il latte dalla bottiglia al tegamino.

In quel momento s'udì nella straducola un passo di cavallo, e Columba balzò in piedi pensando al nonno.

— Non è lui, — disse Jorgj, che conosceva il passo del cavallo di zio Remundu. — Però, sì, è meglio che tu te ne vada. Addio e.... buona fortuna....

Columba si nascose gli occhi col lembo del fazzoletto, porse l'altra mano.

— Addio; stringimi almeno la mano.... Jorgj Nieddu!...

Egli prese quella mano piccola, dura e bruna, che un tempo gli era parsa la mano di Rachele, e la strinse nella sua umida e ardente; ma pensava alla mano piccola molle e bianca di Mariana, e Columba indovinava questo pensiero!

— Addio, — ella ripetè, e uscì rapida, col viso nascosto nel lembo del fazzoletto.

Ma quando fu nel cortile si scoprì guardandosi attorno timida e diffidente come una cerbiatta smarrita. Tutto le sembrava nuovo intorno a lei, e la luce chiara dell'alba le destava meraviglia.

Se ne andò come era venuta, incalzata dalla pietà e dalla gelosia, e tornò a chiudersi nella vecchia casa aspettando che il nonno tornasse: ma anche là dentro penetrava la luce, ed ella continuava a provare un senso di stupore come se tutte le cose avessero cambiato aspetto.

*

Pretu intanto scaldava il latte, dopo aver spento la candela, e diceva:

— Se Columba non si sposasse, chi sposereste voi, zio Jò; lei o la sorella del Commissario?

Ma Jorgj aveva chiuso gli occhi e pareva dormisse, vinto da uno di quei sonni profondi che lo coglievano dopo una crisi nervosa.

Il vento era completamente cessato; nell'alba argentea come un chiaro di luna, un grillo cantava ancora; e quel zirlio tremulo dava a Pretu l'idea d'un filo che uscisse dalla bocca della bestiola, sottile come quello dei ragni, imperlato dalla rugiada.

All'improvviso Jorgj trasalì svegliandosi di soprassalto; spalancò gli occhi, li richiuse, ricadde nel suo sopore mormorando:

— Il nonno.... il nonno....

Pretu dapprima credette che il padrone sognasse, ma poi sentì davvero un passo di cavallo nel viottolo.

— È zio Remundu che torna.... Adesso vado ad ascoltare cosa gli dice Columba....

Non era la prima volta che si prendeva quel gusto: uscì quindi nel cortile senza troppo affrettarsi, dopo aver tolto il latte dal fornellino e coperto il fuoco, e s'avanzò cauto lungo il muro, fino alla porta di Columba.

Il cielo si colorava sopra la straducola, in fondo alla quale si vedeva una lontana cima di monte rossa come un bocciuolo di rosa. L'aurora trionfante di maggio saliva dal mare, e tutte le cose stanche dal vento ch'era appena cessato pareva l'accogliessero stupite più che liete. Nel silenzio, — anche i cani e i galli tacevano, — si sentiva la voce di Columba ma lontana, dal portico, e solo si distingueva qualche parola; a un tratto però la voce del nonno tonò in cucina, così forte che Pretu si scostò di là spaventato.

— Tu sei pazza, nipote mia; che sogni hai fatto stanotte?

La voce di Columba brontolava laggiù; spinto da un'ispirazione felice Pretu rientrò nel cortile e s'arrampicò sul muro, a costo di esser veduto dalla ragazza. Ah, di lassù si sentiva bene: sporgendo un po' la testa egli poteva anche veder Columba che rimetteva in ordine alcuni oggetti e attaccava ai piuoli la sella, il freno, le bisacce. Il vecchio cavallo del nonno ruminava l'erba, insensibile alle vicende dei suoi padroni.

— Sì, brutti sogni ho fatto! — ella disse; e tacque; poi riprese più forte: — tutta la mia vita è un brutto sogno! Bella Pasqua di rose sarà la mia: rose piene di spine velenose.... Voi l'avete voluto.... Voi.... Voi.... Voi....

La sua voce rauca vibrava di dolore più che di collera, e il nonno dovette commuoversi perchè tornò a uscire nel portico e disse con tristezza ma anche con una certa solennità:

— Columbè, nipote mia! L'avevo detto già che non bisognava lasciarti sola! Il demonio ti accerchia, quando sei sola! ed è una brutta compagnia, quella! Chi è venuto da te? Cosa ti hanno raccontato?

— Nulla mi hanno raccontato. Volete sentirlo? Ho veduto io con questi occhi.... sì, sì.... fate quel che volete, non vi temo più, babbu Corbu! L'ho veduto io quel disgraziato; è piccolo piccolo, come un bambino paralitico; è dentro la sua tomba come un agnellino ferito.... E voi gridate? Oh, gridate pure, come l'avvoltojo dopo che ha ferito l'agnello, ma Dio non paga giorno per giorno; e la punizione verrà!

— Verrà per te, lingua infernale, donna pazza come il vento....

— Per me è venuta, babbu Corbu! Da molto è venuta, e verrà.... sempre più forte.... Ah, voi non volete lasciarmi sola perchè il demonio mi tormenta! Dunque lo sapete! Sì, sì, il demonio mi tormenta, giorno e notte, e non mi lascerà in pace finchè non morrò.... Ma chi l'ha voluto? Voi.... Voi.... Voi....

Ella parve vacillare: appoggiò il braccio al muro come per non cadere, il viso sul braccio, e ricominciò a piangere.

Il vecchio taceva sbalordito. Andò accanto al cavallo, gli palpò il fianco, tornò nel portico; le sue dita s'aprivano e si chiudevano come artigli, ed egli sembrava combattuto dal desiderio e dal timore di bastonare la nipote.

Ella piangeva appoggiata al muro e diceva:

— Se mi aveste ucciso, quando ero in culla, avreste fatto meglio! Cosa avete fatto di me, dite, dite? Mi avete piegata in due, mi avete legata come un covone d'orzo.... Bè, adesso sarete contento; e anche sorella mia sarà contenta.... Ci vedrete morire tutti e due, lui, il povero colombo, nella sua grotta scura, io laggiù, nella casa ricca di Zuampredu Cannas.... Io camminerò ma sarò più paralitica di lui; finchè cadrò come un frutto marcio. Allora sarete ancora più contento, voi.... voi.... voi.... Seduto accanto al focolare deserto, solo come lo sparviero fra le pietre, direte: così va bene....

Il vecchio mugolò di rabbia e di dolore slanciandosi contro di lei col pugno sollevato.

— Basta, Columba! Taci una buona volta, o ti strappo di bocca quel serpente di lingua. Ah, — disse poi quasi soffocato dall'ira, scostandosi e battendosi la testa col pugno, — perchè son vivo? Nemici ne ho avuto, da combattere, ma nessuno come te, nipote mia.... Meglio m'avesse colto una palla in mezzo alla foresta, e i corvi m'avessero spolpato come una pecora.... Tu mi uccidi peggio, nipote mia, tu mi spolpi peggio, Columbè!

Ella mormorò qualche parola, ma il vecchio gridò ferocemente:

— Basta, adesso, perdio! — ed ella tacque continuando a singhiozzare.

Aggrappato al muro Pretu provava un'impressione quasi di vertigine: gli anni passeranno, egli non dimenticherà mai quella scena, i sospiri e il mugolio del vecchio, i pugni che egli si dava sul capo quasi per sfogarsi, per impedirsi di darli a Columba; le parole e il pianto disperato di lei che s'era appoggiata al muro come fosse ferita e invece di lagrime versasse sangue.

Finalmente il nonno disse, calmatosi alquanto:

— Bè, ricordati quello che ti ho detto l'altra sera: sei libera ancora, fa quello che vuoi. Vuoi tornartene lì, da quel malaugurato pezzente? Torna pure: io non aprirò più bocca. Ma che sia finita; va!

Columba sollevò il viso e disse con accento di sfida:

— Se egli mi avesse voluta non sarei qui!

— E allora cos'è che vuoi?

— Nulla voglio, per me! Io ho tutto, — ella riprese con cupa ironia; — che cosa mi manca? Voi mi avete procurato tutto.... Ma a lui bisogna restituire il mal tolto: questo voglio....

E si drizzò davanti a lui minacciosa.

— Questo voglio!

Ma la pazienza del nonno era esaurita. Senza più pronunziar parola sollevò di nuovo la mano e la percosse. Pretu sentì il rumore degli schiaffi e si sporse risolutamente sul muro gridando:

— Lasciatela, lasciatela! Corvo!

Ma il vecchio parve non sentirlo e continuò a dar pugni e spintoni a Columba, finchè non l'ebbe ricacciata in cucina.

Tutto fu di nuovo silenzio; anche il vecchio cavallo aveva smesso di ruminare l'erba e scuoteva la coda inquieto. Pauroso che il vecchio cercasse di bastonarlo, Pretu rimase per qualche momento appollaiato sul muro; poi saltò a terra e corse col proposito di raccontare ogni cosa al suo padrone. Ma Jorgj dormiva tranquillo e per ogni buon fine Pretu chiuse a chiave la porta del cortile.

III.

Nonostante il diversivo di Jorgj Mariana cominciava ad annoiarsi, lassù nel paesetto ventoso. I poteri del Commissario suo fratello scadevano in giugno; ma ella voleva partire prima. Il cattivo tempo le guastava il piacere di render felice il suo disgraziato protetto; la pioggia le sciupava i vestiti, i cappelli e soprattutto le scarpette. E soprattutto la preoccupazione per le sue scarpette aumentava il suo cattivo umore: ella doveva pulirsele da sè, poichè la serva di zia Giuseppa Fiore invece di crema e di biacca non si peritava a usare sevo e lucido; e pulendosi le scarpette ella si sciupava le unghie a punta simili a spine di rosaio novello. Bisognava partire, scuotersi da quella specie di sogno fatto di chiaroscuri, di poesia e di tristezza, di pietà e di disgusto; era tempo di consultare i cataloghi dei Magazzini del Louvre e di ordinare le belle robe per l'estate.

Talvolta, seduta davanti al letto dello studente mentre egli la guardava come un poeta melanconico denutrito guarda la stella della sera, ella cadeva in una meditazione profonda: doveva o no ordinare anche le calze, in colore del vestito? Ma se la «Moda illustrata» diceva che si usavano violette? ebbene, poteva ordinarle violette e anche in colore del vestito.... Risoluto il problema ella si scuoteva ridendo e diceva a Jorgj:

— Sono frivola, vero? Talvolta non posso dormire, pensando a queste piccolezze, e provo rimorso perchè so che al mondo c'è tanta gente che soffre; poi alla mattina mi alzo allegra come un passero perchè deve arrivare il pacco da Parigi. Quando arriva, questo pacco, mi pare che arrivi un pezzetto stesso della gran città! Sa quanti veli ho? Indovini....

— Tutti i veli di un crepuscolo di ottobre e di una notte lunare di aprile....

— Sì, — ella riprendeva, seria, — per la spiaggia occorrono molti veli. Sì, quest'anno si va a Viareggio: mia cognata mi scrive che ha già fissato un appartamento nel Viale degli Oleandri, sa, una strada tutta ombreggiata da oleandri in fiore.... Conosce i versi di Gabriele D'Annunzio?

Ma il viso di lui si copriva di ombra; ella sentiva freddo al cuore, come nei primi giorni di autunno, e riprendeva quasi sottovoce:

— Guai se piove, però! Viareggio si copre di fango, allora, e la pineta, coi monti che fumano come vulcani, mi sembra la landa del mio caro paese natìo: mi pare ci sieno anche i corvi....

Per confortarlo finiva col suggestionarsi; i bei posti ai quali di solito pensava con nostalgia, le sembravano melanconici e inospitali. Bisognava scappare presto; altrimenti avrebbe finito con l'ammalarsi anche lei nonostante le abluzioni e le disinfezioni che praticava ogni volta che tornava a casa dopo aver visitato Jorgj. Una cosa la tratteneva ancora; il fermo proposito di condurre suo fratello a far visita al malato; ma il Commissario era restio, aveva paura di fare un atto grave, quasi compromettente, contrario ai principii d'imparzialità assoluta che si era imposto nell'andar a governare un paese di puntigli come Oronou. I casi di Jorgj, riferiti e commentati quotidianamente da zia Giuseppa, dalla serva Lia, da Mariana e da tutte le conoscenze di questa, non lo commovevano più, o meglio non lo avevano mai commosso: egli ci scherzava su, e quando aveva tempo e voglia si divertiva anche a far stizzire le donne, zia Giuseppa in ispecial modo, mettendo in dubbio l'innocenza e la virtù del disgraziato studente. Riguardo alle visite di Mariana al malato, egli non vi si opponeva, anche perchè sapeva che sarebbe stato inutile, ma aveva quasi piacere che ella partisse, pur di sapere interrotta una relazione inutile a lei, noiosa per lui.

— Il disgraziato, poi, partita te, sarà più disgraziato di prima, — diceva a Mariana, nei brevi momenti che si vedevano intorno alla tavola di zia Giuseppa.

— Non sarà più disgraziato perchè almeno avrà un ricordo buono, fra tanti cattivi, e.... una speranza....

— Quale?

Ella sorrideva, guardando la florida bruna Lia che serviva a tavola silenziosa e tutta compresa da un sacro rispetto per l'alta dignità del Commissario. E Lia metteva sulla mensa, con una mano sola, un gran piatto con l'arrosto di montone per venti persone, pensando: «ella lo sposerà, se egli guarisce e diventa dottore»; mentre il Commissario, preoccupato e nervoso, diceva senza aspettare la risposta della sorella:

— E neanche oggi insalata, Liè? Ma che paese è questo? Neanche in primavera avete erba?

— Erba ce n'è, missignoria, ma non fa per «vostè»; è di campagna.

— Che cos'è? Cicoria? Ma se ti ho detto mille volte che la voglio: puliscila subito e portala.

Uscita Lia, Mariana diceva:

— Quale speranza? Quella del mio ritorno!

— Tu? Ah, ah, tu tornerai qui quando ci ritornerò io, mia cara! Si viene in questi posti come si va in Terra Santa: una volta e basta.

— Io non ho detto che tornerò; ho detto che lui avrà la speranza del mio ritorno....

— Ed egli s'innamorerà di te.

— Non può più innamorarsene perchè se n'è già innamorato.

— E tu credi di far del bene?

— Molto bene. Si vive d'illusioni, caro mio. D'altronde se tu vieni a fargli visita tutto il paese si metterà ad adorarlo; egli riavrà la sua buona fama, e forse anche guarirà. Io voglio questo....

— Io non verrò! Ho abbastanza noie.

— Tu verrai, non solo, ma gli farai assegnare dal comune un sussidio mensile....

— Tu diventi matta, cara mia! Senti, è meglio che tu parta....

— Io non partirò se tu non verrai a fargli visita....

— Bè, Lia, quest'insalata?

Lia rientra, grassa eppure agile, col piatto della cicoria nerastra e la bottiglia dell'olio appoggiata al seno colmo; il suo viso fino e bruno è atteggiato a severa dignità.

— La padrona non voleva che missignoria mangiasse di questa erba.

— Dille che anche Gesù nel deserto si contentava di quello che aveva.

— Vieni oggi, Mariano? Su, vieni, così parto tranquilla! Parto domani, se vieni oggi.

— Ma neanche per sogno! Forse prima di partire.... un giorno o due; ma per adesso no, è inutile, non vengo, non voglio aver seccature.

*

Il giorno dopo la visita notturna di Columba al malato, Mariana e prete Defraja entrarono nella stamberga.

Ella si tolse il cappello, prese di mano al prete il tricorno e se lo misurò, guardandosi nello specchietto, di cui Jorgj, ancora abbattuto dalle vicende straordinarie della notte, seguiva con gli occhi tristi il riverbero danzante sui muri.

Egli pensava a Columba sembrandogli di veder ancora la figurina nera di lei piegata convulsa implorante perdono e amore. Ah, quale contrasto fra le due donne; una nera e piena di mistero come la notte, l'altra bianca e lieta come il giorno! Egli la guardava e sentiva cessare i suoi mali.

— Finalmente abbiamo bel tempo, — disse prete Defraja passandosi la bianca mano sui capelli dorati. — Ma adesso verrà subito il caldo, che, a quanto dicono, qui non scherza!

— Ma se in casa sua si sta come sulle Alpi! — disse allora Jorgj scuotendosi. — Su nella piazza c'è sempre fresco, e dalla panchina di angolo si vede il mare.... Ah, come mi piace quella panchina! Io ci stavo ore ed ore....

— È bello, sì; ma è anche lontanuccio quel mare....

— Io amo il mare così da lontano, — disse Mariana rimettendo lo specchietto nella borsa e il tricorno nelle mani del prete. — Ah, il suo cappello non mi piace; eppoi porta disgrazia. Se lo tenga, non lo voglio!

— Ma io non glielo avevo dato, signorina!

— Se lo volevo, lei me lo dava!

— Ma neanche per sogno.

— Un altro mi diceva così, per un'altra cosa, — ella disse con forza, guardando il prete negli occhi, — e invece adesso s'è piegato e farà quello che vorrò io!

— Chi? Chi? — domandarono a una voce i due uomini, indovinando ch'ella accennava al fratello. Jorgj arrossì d'emozione.

Ah, se il Commissario si decideva a fargli visita, la sua rivincita era completa! Mariana però non volle dire altro. Trasse da un pacco che aveva portato con sè un grosso volume e da lontano fece leggere il titolo ai due uomini: il prete si nascose gli occhi con la mano ed ella si mise a ridere.

— Tanta paura le fa? Ha ragione! È un libro di vita e di morte, e tutte e due sono terribili! Ma il signor Giorgio lo leggerà con piacere perchè lui non ha paura nè dell'una nè dell'altra.

— Dia, dia, — supplicò il malato tendendo la mano mentre il prete scuoteva la testa e muoveva le labbra come mormorando uno scongiuro.

Mariana ficcò il libro sotto il cuscino di Jorgj: era «Forse che sì forse che no».

— Io ho visitato il palazzo ducale di Mantova cinque anni or sono. Sì, proprio cinque anni or sono; cosa crede, ch'io sia giovane? Son vecchia, prete Defrà: se no, non mi farei accompagnare da un uomo pericoloso come lei! Sì, ricordo la sala del Paradiso, dalle cui vetrate si vede il lago melanconico come uno stagno. Mi ricordo: era d'autunno; attraverso i canneti gialli salivano piccole nubi rosse che mi sembravano fenicotteri, i bei fenicotteri vermigli consacrati al sole.... Poi ricordo la sala da pranzo coi grandi fiumi rappresentati da vecchioni incoronati di giunchi.... e la galleria degli specchi, e il letto di Napoleone, simile al letto di tanti altri piccoli uomini sconosciuti; e la camera dell'Imperatrice con le pareti coperte da un velo finto; e le salette di Isabella col ritratto di lei sullo stipite dell'uscio.... Ma il palazzo del T m'ha fatto più impressione del palazzo ducale: è ancora più abbandonato, più triste, ma d'una tristezza solenne. Guarda su una peschiera vuota, su un giardino desolato, pieno di qualcosa di tetro, di più tetro dell'acqua morta di certi stagni; pieno di ricordi! In fondo c'è una grotta con stalattiti che non splendono più, con una fontana che non dà più acqua; e sulle pareti delle sale, nel palazzo, cavalli enormi e giganti che hanno la fisonomia bonaria dei mantovani moderni, viso rosso, occhi chiari, capelli e baffi rossicci, labbra grosse e fossetta sul mento, s'agitano in una lotta che dura da secoli ed è sempre tanto grandiosa quanto vana....

I due uomini ascoltavano, e sebbene ancora accigliato il prete finì col domandare:

— Signorina, perchè non scrive?

— Sì! Ho scritto una novellina, una volta, e me l'hanno subito pubblicata e subito criticata: sì, ho avuto questo successo; mi dissero subito che la mia novella era «deprimente», vale a dire peggio che immorale. Come era? Chi lo ricorda più?

— Perchè non continua a scrivere?

— La signorina è una brava pittrice, anche,

— disse il prete, — ma non vuole neppure di-
pingere.... Allora....

— A che, prete Defrà? — ella riprese di nuovo fissandolo. — Tutte le nostre battaglie sono
come quelle dei giganti negli affreschi di cui
parlavo: possono durare secoli e non finiscono
se non quando il tempo le cancella. Meglio non
far nulla; meglio restare immobili come il nostro Jorgj Nieddu: egli solo è il forte: noi andiamo, andiamo, giriamo come farfalline intorno al lume, cadiamo con le ali bruciate....

— Le sue parole sono deprimenti come la sua
novella, — disse Jorgj fattosi scuro in viso. —
Lo so, tanto, perchè parla così. Perchè vuol partire!

Allora ella cambiò ancora discorso.

— Sa chi ho veduto, poco fa?... Il dottore che
andava a caccia. Si voltava e rivoltava e io, tutta lusingata, credevo fosse per me.... Ma poi
vidi la sua Margherita che veniva su. Sentite:
io ho osservato una cosa curiosissima. Il dottore è brutto, vero? È l'uomo più brutto del paese: ebbene, quando sta vicino a quella ragazza
diventa bello: sembra giovane, ha gli occhi luminosi, il viso pieno di dolcezza.... Eppure in
casa di zia Giuseppa si parla di un avvenimento
straordinario. Il dottore cerca un marito per Margherita perchè, dicono, ha paura di sposarse-
la lui!

Ma i due uomini avevano appena cominciato
a commentare il fatto, quando Mariana tornò a
frugare nella sua borsa ricordandosi che aveva
da dare qualche altra cosa a Jorgj.

— Mi prometta di non farla vedere a nessuno:
neanche a prete Defraja. Volti la testa dall'altra parte; non voglio che veda, lei, prete Defraja!

Porse una busta al malato, ed egli ne trasse

il ritratto di lei, su un cartoncino oblungo; i
capelli sfumavano su uno sfondo tenebroso,
ma avevano qua e là qualche riflesso bianco:
una collana sarda di argento brunito, fatta di
rosette, di simboli, col pesce, la colomba, la
spada, l'uomo a cavallo, le circondava il collo
nudo. Le labbra sorridevano benevole e infantili
mentre lo sguardo era triste e quasi minaccioso.

Il prete si curvò a guardare.

— È proprio lei; il diavolo vestito da angio-
letto!

Quasi offeso Jorgj mise l'immagine diletta nel
cavo delle sue mani giunte, come in una nicchia, e stette a guardarsela, tutta per sè, finchè prete Defraja non si decise ad andarsene.
Rimasto solo con Mariana sollevò gli occhi e
disse:

— Grazie. Adesso, anche se lei partirà io sarò
più tranquillo.... — indi aggiunse sottovoce: —
— sa, stanotte è venuta Columba....

Credeva che Mariana si meravigliasse e s'in-
gelosisse; ella invece sedette accanto al letto
tranquilla pregandolo di raccontarle tutto.

— Lo sapevo, — disse quando egli ebbe raccontato. — Doveva succeder così. E adesso che
fare? Come mandar via l'altro sposo?

— Ma perchè mandarlo via? — disse Jorgj
irritandosi. — Io non amo più Columba; credevo di odiarla, ma mi sono accorto che neppure
la odio; solo mi desta pietà.

Ad onta di queste proteste, Mariana restava
pensierosa. Ma ad un tratto si scosse e parve
riprender la sua solita gajezza per annunziargli
che suo fratello il Commissario, pregatone anche da prete Defraja, s'era finalmente deciso a
fargli visita. Mentre Jorgj si rallegrava per questa notizia ella riprese a filosofare.

— Chissà! — disse appoggiando la guancia al

pomo dell'ombrello. — Lei, signor Giorgio, è qui,
vinto dalla sua passione per quella donna; c
adesso.... adesso.... dice che non gliene importa
più nulla! Perchè? Perchè lo nostre passioni cadono come vapori? E il peggio è che rinascono
sempre, ritornano sempre, appunto come i vapori nell'aria! E così, lei mi dimenticherà, signor Giorgio! Guarirà, si alzerà, tornerà ad amare e ad odiare: e un bel giorno troverà fra le sue
carte la mia fotografia sbiadita e dirà: è di
quella signorina frivola che era venuta al mio
paese....

— Non si prenda gioco di me! Io non sono nè
il dottore nè il prete....

Ma ella parlava sul serio, vinta da un indici-
bile senso di tristezza.

— Le dico che è così! Vedrà!

— Ma le pare possibile? — egli disse allora,
cercando sotto il guanciale l'astuccio con la penna che ella gli aveva regalato. — Io non guarirò.... lo sento; ma non importa.... Non mi di-
spero; e sa perchè? Perchè sono quasi felice di
viver così, immobile, già sepolto, per poter pensare solo a lei, sempre a lei.... Io stavo tanto
male, prima che venisse lei, perchè non amavo,
non sentivo pietà di nessuno, neppure di me
stesso. Era questa la vera paralisi che mi ango-
sciava. L'orgoglio solo mi sosteneva, ma sentivo
indebolirsi anche quello, e la morte aleggiava
intorno a me. Ma lei venne, Mariana, lei che è
la vita, ed ha cacciato via il lugubre fantasma.
Come posso dimenticarmi di lei? Solo quando
le diranno: Giorgio è morto, solo allora potrà
ripetere le parole che disse poco fa....

Scrisse qualche parola sul margine della fotografia e riprese:

— Se vuole, parta pure. Vada, si diverta, viva.
Non ho paura a star solo, oramai, poichè ella

mi ha promesso di ricordarsi di me. Vivrò aspettandola....

Sollevò la fotografia ed ella lesse sul margine bianco:

Nessuno ti amerà dell'amor mio,

e non seppe perchè, ella che era sana e fortunata, che poteva andarsene per il mondo lieta e lieve come l'allodola su pei cieli, ebbe invidia del suo povero amico malato.

*

Più tardi ritornò il prete. Diventato amico intimo di Jorgj egli andava ogni giorno a trovarlo.

— È impossibile parlare quando c'è quella ragazza, — disse stringendogli la mano. — Essa non lascia in pace nessuno e tu, d'altronde, quando c'è lei, non capisci nulla. Devo parlarti di una cosa molto grave.

Sulle prime Jorgj credette che egli volesse parlare della visita di Columba e dell'alterco di lei col nonno: ma prete Defraja si passava e ripassava la mano sui capelli, come ogni volta ch'era molto preoccupato, e accennava a voler dire qualcosa di più grave.

— Tu mi hai spesso parlato dei tuoi sospetti su Dionisi il mendicante. Si tratta di lui. Tu non l'hai più riveduto?

— No, perchè? Che c'è di nuovo?

Siccome il prete taceva continuando a lisciarsi i capelli, Jorgj s'inquietò.

— Io non sospetto; sono convinto! Perchè egli è sparito, dopo quel giorno? Egli veniva spesso da me, in questi ultimi tempi; il rimorso e la paura lo guidavano. Quando io gli raccontai d'a-

ver sognato ch'era lui il ladro, egli cadde lì in
ginocchio, convulso, minaccioso. Che avrebbe detto, che avrebbe fatto se in quel momento non
fosse entrata Mariana? Avrebbe confessato o mi
avrebbe ucciso? Questo non lo so; ma sono certo
che egli è colpevole, e spesso ho paura di ve-
dermelo ricomparire davanti....

— Ebbene, senti; e se egli fosse davvero colpevole, che faresti?

— Non lo so ancora. In tutti i casi non toccherebbe a me denunziarlo; toccherebbe al derubato.

— Senti, Jorgj, — disse il prete stringendogli
forte la mano e curvando il viso contro il viso
di lui, — è proprio Dionisi Oro il colpevole. Adesso vedremo il da farsi.

— Ah, — sospirò Jorgj; e parve liberarsi da
un incubo.

Il suo primo pensiero fu per Mariana. Oramai
egli poteva comparire davanti a lei puro e lavato da ogni macchia; degno di lei.

— Come ha saputo? Mi racconti, Defraja, mi
racconti!

— Ieri mattina presto quando uscivo dalla messa mi si avvicinò ziu Innassiu Arras pregandomi
di recarmi al suo ovile per confessare un pastore gravemente malato di polmonite. «Ho
pronti qui i cavalli, se vuol venire», mi disse.
Partimmo e lungo il viaggio (egli ha l'ovile poco
distante dalla chiesetta del Buon Consiglio) mi
parlò sempre di te. Mi diceva: «Jorgeddu è venuto a trovarmi in mezzo alle pietre e mi ha sempre difeso e s'è forse rovinato per difendermi;
ma io non sono un ingrato; io farò per lui quello
che nè Giuseppa Fiore nè la sorella del Commissario riusciranno a fare». Finalmente, dopo queste ed altre frasi incisive, e dopo lunghi silenzi
più significativi ancora, mi disse: «Ebbene, devo
dirle una cosa, prete Defraja; l'uomo che lei

viene a confessare è il ladro dei denari di Remundu Corbu». Chi è? domandai. Sulle prime non volle rispondermi. Poi mi disse che si trattava di Dionisi Oro. «Jorgeddu mi aveva accennato ai suoi sospetti, — proseguì, — e quando seppi che Dionisi era sparito cominciai a dargli la caccia. Lo trovai nella chiesa di San Francesco, durante la festa, e lì cominciai a investirlo di domande e a minacciarlo. Egli negava, si fingeva sordo più di quello che è, ma aveva paura; poi un bel momento mi scappò di mano e sparì. Seppi che frequentava un ovile nei dintorni di San Francesco e andai a cercarlo fin là: vedendomi allibì e cercò di sfuggirmi ancora, ma io lo indussi a seguirmi fino al mio ovile; là lo legai come un cane e minacciai di andare a chiamare i carabinieri se non mi raccontava come erano andate le cose. Egli stette due giorni silenzioso e cupo; finalmente diede in ismanie; cominciò a lamentarsi e a gemere e a darsi pugni sulla testa, e mi disse che voleva il prete e che solo a lui avrebbe confessato ogni cosa. Ecco perchè son venuto a chiamarla». Arrivammo all'ovile con quel tempaccio orribile ch'era ieri. Dionisi stava buttato per terra, ancora legato, e non tentava neppure di liberarsi. Lo feci slegare e sollevare; sembrava istupidito ed io rimproverai a zio Arras di averlo ridotto così; ma il vecchio disse a voce alta: «È il peccato mortale che lo ha ridotto così, non io». Allora Dionisi cominciò a tremare e mi disse che voleva confessarsi. Dopo la confessione mi raccontò che ogni notte vede in sogno San Francesco, vestito da pastore, con una gran barba e due occhi terribili, che gli ordina di restituire il mal tolto. Per placare il santo egli ha nascosto la cassettina rubata a zio Remundu dietro il muro di cinta del cortile di San Francesco; ma i sogni non cessano. Cosa curiosa; spesso gli si riproduce l'identico sogno che tu gli hai raccontato, gli par d'essere al tuo posto, e prova un gran terrore parlando di te. «Che andavate a fare da lui? — gli chiesi. — Volevate confessargli ogni cosa?» Egli pensò alquanto, poi, forse suggestionato dalla mia domanda, rispose di sì. «Disgraziato, — gli dissi, — ma sapete tutto il male che avete causato? Voi adesso restituirete il mal tolto e andrete per qualche anno in prigione, ma i dispiaceri, il disonore, la malattia, i danni che avete causato a Jorgeddu come li sconterete?» Egli non rispose: che poteva dirmi, d'altronde? Rientrò il vecchio e anche davanti a lui Dionisi confessò di aver rubato i danari e diede indicazioni precise sul luogo ove li aveva nascosti.

Jorgj disse:

— Bisogna andare da zio Remundu e rimettersi a lui. Ma c'è una cosa ben più grave ancora. Columba è venuta qui da me stanotte. Sapeva ella già di Dionisi?

— No, nessuno ancora lo sa! Ah, ella è venuta qui? Ah, raccontami!

E mentre Jorgj ripeteva il racconto che pareva quello di un sogno, il prete ascoltava turbato profondamente.

— La cosa è grave, sì, Jorgj! Se ella adesso viene a conoscere la storia di Dionisi è capace di fare uno scandalo e mandare a monte il suo matrimonio.

— Ed io non voglio! — disse Jorgj con forza.

— Tutto posso subire fuorchè l'amore di lei: io non l'amo più; la sua unica salvezza è il suo matrimonio col vedovo. Che se ne vada dunque; vivremo entrambi più tranquilli.

— Che fare allora?

— Tacere finchè ella non si sposa e se ne va.

Discussero ancora ma il prete non trovava giusta l'idea di Jorgj.

— Se la scoperta del vero colpevole ha da portare un gran dolore a Columba, meglio prima che dopo il matrimonio: parrebbe che noi vogliamo renderci strumenti del suo castigo, e questo noi non dobbiamo volere.

— Ebbene, allora io mi rimetto a lei, prete Defraja, — disse Jorgj stanco. — Ma che Columba non torni più qui. Io la conosco: essa oramai è spinta dalla gelosia e dal rimorso: si tormenterà, inutilmente, inutilmente! Perchè può risorgere un morto dalla sua tomba, non un amore che è stato spento dall'odio e.... seguito da un altro amore!...

Allora il prete se ne andò di nuovo fino alla piazza della chiesa e cominciò a passeggiare su e giù inquieto e perplesso. Di tanto in tanto tossiva, fermandosi come richiamato da un ricordo improvviso. Anche le pagine sbiadite della sua vita racchiudevano un episodio romantico: una donna lo aveva amato, lo aveva tradito, poi era tornata a lui quando un amore più grande di tutte le passioni umane unite assieme, l'amore di Dio, lo aveva già liberato dal piccolo amore terreno. Ma se l'anima è forte il corpo è fragile; e per sfuggire alle persecuzioni della donna egli era partito rifugiandosi sulla montagna come un eremita.

Ma il disgraziato Jorgj non poteva fuggire: come aiutarlo?

Fra Jorgj e Columba l'anima del prete esitava; egli sentiva pietà d'entrambi, ma la bilancia pendeva dal lato di Jorgj. Finalmente, dopo lunghe esitazioni e discussioni con sè stesso, decise di favorire l'amico.

IV.

Contrariamente a quanto affermava Pretu le
nozze di Columba si celebrarono con semplicità,
quasi con segretezza, come si conveniva a una
ragazza che sposava un vedovo.

Invece della domenica furono celebrate il sa-
bato, e lo stesso giorno gli sposi partirono. L'uomo era felice, d'una felicità calma e serena. Vestito come un signorotto del medio evo — corpetto di velluto, sopragiacca ricamata, cintura
con cartucciera, ghette e speroni — finchè stava in sella o seduto su una scranna, sembrava
giovine e bello; ma appena si moveva l'incanto
svaniva. Columba non poteva abituarsi a seguire
il movimento delle gambe corte di lui e camminando le pareva di imitarlo.

Una sorella anziana, Maria Juanna, alta e dritta come un pioppo, e alcuni nipoti e cugini, tutti
bei giovani agili irrequieti, avevano accompagnato lo sposo. Quest'allegra compagnia, e il
trovarsi sotto lo sguardo scrutatore della nuova
cognata, avevano tenuto Columba in uno stato
di sovreccitazione che sembrava gioia: ma a un
tratto, prima della partenza, ella era ridiven-
tata pallida, preoccupata, e con la scusa di dare alcune avvertenze a Banna era scomparsa dal
pian terreno della casa.

Un'idea fissa la incalzava: riveder Jorgj ancora una volta, domandargli perdono. Ma come
fare? Impossibile arrivare sino a lui senza esser
veduta.

Nel caldo meriggio i cavalli carichi di bisacce di lana a striscie bianche e nere scalpitavano

pronti a incamminarsi; tutte le donnicciuole del
vicinato, i parenti, gli amici e molti curiosi gre-
mivano la strada, per assistere alla partenza degli sposi.

Un vociare allegro, risate e grida risuonavano
intorno; zio Remundu faceva distribuire vino e
dolci sotto l'atrio ove si notava un agitarsi confuso di teste di donne, lunghe sotto i fazzoletti
frangiati, e di teste d'uomini con le berrette ri-
piegate, o penzolanti su un orecchio.

A un tratto la gente riunita nella strada fece
largo e lasciò passare il prete, il quale aveva preso parte al banchetto intimo della famiglia degli sposi e se ne andava dopo averli un'ultima
volta benedetti. Ma invece di risalire la strada
egli passò salutando col capo e socchiudendo gli
occhi al sole, ed entrò nel cortile di Jorgj; le
donne lo seguivano con lo sguardo e molte tacquero, altre si urtarono col gomito. Qualcosa
di melanconico, come l'ombra di un ricordo triste, passò su quei visi pieni di curiosità e di
malizia.

Zio Remundu uscì a cavallo dal portone; i giovani parenti dello sposo montarono anch'essi sulle loro cavalcature, accomodandosi la berretta
sul capo, il fucile sulle spalle, curvandosi poi
per salutare gli amici improvvisati e i nuovi parenti che rimanevano in paese.

Columba non riappariva. Banna, ferma davanti
al cavallo del nonno, con una lunga cuffia sotto
il fazzoletto fiorito, riceveva alcune istruzioni
dal vecchio, fissandolo coi suoi occhi verdognoli,
scintillanti nel suo viso rosso e fiero più prepotente del solito: pareva lei la sposa, e una gioia
proterva, come un orgoglio di vittoria, le traspariva da tutta la persona forte e irrequieta.

Columba non compariva. La sorella dello sposo, seduta a cavalcioni su una giumenta bianca,

uscì curvandosi sotto l'arco del portone, tanto era alta, e subito dietro di lei ecco lo sposo, sulla groppa del cui cavallo baio era fissato una specie di sedile fatto con un cuscino e un cercine rosso che doveva servire per la sposa. Ma essa non appariva.

— È ritornata su: aveva dimenticato qualche cosa, — disse Zuampredu alla sorella che lo interrogava con gli occhi.

— Columbè, Columbè! Andiamo? — gridò il marito di Banna dall'alto del suo cavallo, sollevando il viso verso la finestra.

Allora Banna corse dentro; risalì al piano superiore e vide Columba che chiudeva l'uscio sulla veranda e piangeva. Aveva detto addio a Jorgj, da lontano, poichè non poteva andargli vicino: aveva detto addio al passato, piangendo l'uno e l'altro egualmente morti per lei.

— Columba! Su, Columba, sorella mia! Coraggio, — disse Banna andandole incontro. La prese per la vita e si mise a piangere anche lei. — Non darti pensiero di nulla, — proseguì singhiozzando, — tutto.... tutto resterà in ordine.... Non hai più nulla da dirmi?

Fin dal giorno prima Columba le aveva dato consegna della casa, che d'altronde Banna conosceva meglio di lei; non c'era più nulla da dirle, no, non c'era più nulla da dire fra loro; ma la sposa continuò a piangere, mentre la sorella la conduceva quasi a forza giù per la scala, come l'aveva sempre condotta nella vita. Asciugandosi gli occhi col dorso della mano, Banna diceva:

— Su, non farti veder così alla gente, anima mia: che diranno? che vai ad un funerale?

Columba si fermò svincolandosi dall'abbraccio: s'asciugò anche lei il viso e cercò di ricomporsi.

— Banna, — disse sottovoce, perchè già in fondo alla scala appariva qualche viso curioso, — ti vorrei domandare un piacere....

— Parla, sorella mia, parla!

— Sentimi, io me ne vado ed è come che sia morta davvero; non tornerò più qui. Ma tu e babbo Corbu.... diglielo, sai... tu e lui non tormentate più quel disgraziato.... Restituitegli la fama.... e se muore fatelo accompagnare dal prete e dalle confraternite.... e fategli dire la messa cantata.... pagherò tutto io....

— Columba.... sorella mia.... — cominciò Banna battendosi i pugni sulle anche; ma non proseguì: la sposa era già in fondo alla scala e diceva a voce alta:

— Addio, addio; statevi bene e venite presto a trovarmi....

Si legò il fazzoletto sotto il mento e trasportata da un gruppo di donne che la baciavano ridendo e piangendo, uscì nella strada e montò agilmente sullo schienale di una sedia donde balzò sulla groppa del cavallo di Zuampredu.

— Stai bene, Columba? — egli le chiese, col viso sull'omero. — Accomodati bene le sottane intorno alle gambe.

— Bene, bene, addio, conservatevi; Banna, addio; chiudi il portone....

Le donne le accomodarono le sottane intorno alle gambe; ella passò il braccio intorno alla vita dello sposo, e il cavallo impaziente di mettersi a capo dei compagni si mosse attraverso la gente che si scostava.

Un visetto bruno, due grandi occhi scintillanti di curiosità apparvero a Columba, quasi sotto ai suoi piedi: era Pretu seduto sulle pietre del mendicante. Egli le fece un cenno di addio con la mano: ella rispose con uno sguardo disperato, e gli occhi le si riempirono di lagrime;

ma provò un senso di sollievo perchè le parve
che il ragazzo si alzasse per andar a portar l'addio di lei al povero Jorgeddu. Allora si tirò il
fazzoletto sugli occhi per ripararsi dal sole; vide ancora una volta la casa, il portone, la sorella, il muro del cortile di Jorgj; addio; tutto
era finito, tutto era stato un sogno. Ricordò
che aveva dimenticato il ditale sulla veranda e
fu presa da una vaga inquietudine: ah, lassù,
nel paese nuovo, bisognava comprare un altro
ditale, cominciare un'opera nuova.... Come era
il cortile lassù? Si poteva cucire senza esser os-
servati dai vicini? Ella voleva stare nascosta,
vivere sola còl suo pensiero segreto.

All'improvviso tutta la valle rimbombò come
per una battaglia: i cavalli trasalirono e Zuampredu strinse la mano a Columba per paura che
ella scivolasse dal suo sedile. Grida selvaggie
accompagnavano gli spari che i parenti degli
sposi eseguivano in segno di gioia; e le valli e
l'altipiano, nel sereno meriggio, rispondevano
gravemente con la voce dell'eco.

Columba guardava di sotto al suo fazzoletto
il cui orlo descriveva come una cornice intorno
al quadro ch'ella ancora vedeva. Lassù è la
chiesa, sul cielo chiaro e quasi triste; ecco l'albero della casa rossa del dottore; ecco le casupole nere; ecco la casa paterna, e ancora il muro del cortile di Jorgj.... La gente s'agita ancora
lassù, nel sole: una figurina bianca e una figurina nera appaiono un momento davanti al
muro, come due ombre una luminosa, l'altra scura; Columba crede di riconoscer Pretu e la straniera e nasconde il viso contro la spalla di
Zuampredu mentre egli continua a stringerle la
mano e ogni tanto si volge per domandare al
nonno, indicandogli col lembo delle redini un
muro o una distesa di macchie:

— E quel terreno lì di chi è? E a chi è affittato?

Il nonno, il cui vecchio cavallo aveva anch'esso la velleità di sorpassare i compagni, si metteva la mano sull'orecchio per sentir meglio, ma mentre rispondeva ad alta voce, con gli occhi vivaci non cessava di guardare Columba. Ah, gli occhi di lei eran rossi, all'ombra del fazzoletto coperto di fiori: non erano occhi da sposa felice, quelli! Anche a lui pareva di aver dimenticato qualche cosa, lassù nel villaggio, e ne provava inquietudine.

La comitiva scese un tratto della valle, poi riprese la salita su verso l'altipiano. I giovani cantavano, guidati dal marito di Banna, e la sorella dello sposo, rigida e alta sulla sua cavalla bianca, sembrava un'amazzone pronta ad attraversare pianure e montagne, calma nell'ora del tripudio, calma nell'ora del pericolo.

Le macchie di alaterno e di ginepro fiorito, i gigli selvatici e le peonie che crescevano all'ombra delle roccie come in un giardino abbandonato, profumavano l'aria.

La comitiva seguiva la stessa strada un giorno percorsa dalle famiglie nemiche che andavano a giurar pace nella chiesetta dell'altipiano: ed era appunto intenzione dello sposo di fermarsi lassù per fare uno spuntino.

Il nonno raccontava, stendendo la mano in avanti:

— Ecco, qui sbucò fuori quel matto di Innassiu Arras, e si mise accanto al vescovo.... Uomo buono, quel vescovo, ma la sua fetta di pazzia ce l'aveva anche lui nella sua testa; era un uomo che quel che voleva voleva. Così non si venne a nessun accordo, agnelli miei: il prefetto invece era un uomo furbo, palla che gli trapassi il fegato; la sua intenzione io la capii subito, sì, belli miei, egli voleva metterci tutti al riparo dalle pioggie.... e insegnarci a far la calza!... [1])

Sostarono davanti alla chiesetta e il sogno di Zuampredu si avverò: Columba sedette all'ombra d'una quercia e il marito di Banna trasse dalla bisaccia pane, vino, dolci. Ma nessuno aveva fame; solo i giovani bevettero, poi condussero i cavalli al fiumicello la cui acqua già scarsa stagnava qua e là riflettendo i giunchi e gli oleandri fioriti.

Un fischio risuonò dietro i querciuoli dell'altura, un capretto nero dai grandi occhi lucidi scese al fiumicello, seguito da alcune pecore già tosate a cui serviva di guida: altri capretti sporsero il muso fra i cespugli, qua e là sulle piante e sulle roccie apparvero le capre grigiastre che guardarono con curiosità gli uomini e i cavalli fermi fra gli oleandri.

Il pastore le richiamava fischiando: era un vecchio con una lunga barba a due punte, col cappuccio in testa e una borsa di cuoio sulle spalle. Il marito di Banna, allegro più del solito, cominciò a scherzare con lui.

— Ziu Innassiu Arras, e che, ve le portate sempre appese alle spalle le vostre ricchezze?

— Le ricchezze a te, — rispose il vecchio con voce stridente. — E che fai da queste parti, con tutti questi puledri?

— Li ho condotti a bere, non vedete?

Il vecchio fissò gli occhi scrutatori sui bei giovani che ridevano e gridavano di gioia, e per un momento rimase come perplesso. Egli era lì, fin dalla mattina, come in agguato, aspettando il passaggio degli sposi e di Remundu Corbu: aveva da dir loro qualche cosa, ma adesso esitava, come dolente di turbare, più che la gioia

[1]) In carcere.

degli sposi, l'allegria di tutti quei «giovani puledri».

Ma un sentimento di giustizia lo spingeva. Jorgeddu, il suo piccolo parente, colui che era andato una sera a cercarlo nel suo eremo di pietre,
giaceva sotto il peso della calunnia, mentre co-
loro che l'avevano ucciso, scorrazzavano attraverso i campi fioriti, sotto il bel sole di giugno,
e sorridevano di felicità.

Era giusto, questo? Tutto lo spirito protervo
del vecchio si ribellava a quest'iniquità: ma sen-
z'accorgersene, egli, come zia Giuseppa Fiore,
univa alle sue personali ragioni di odio contro
i Corbu le ragioni di Jorgj Nieddu: la sua sete
di vendetta si confondeva con la sua sete di
giustizia.

Jorgj lo aveva pregato di lasciar sposare e
partire Columba, prima di riferire al nonno chi
era il ladro del suo tesoro: ebbene, Columba si
era sposata ed era partita, e nulla più poteva
trattenere il vecchio dal parlare.

— Sono i parenti nuovi? — domandò accennando ai giovani col suo vincastro. — E gli sposi
dove si nascondono?

— Son lassù, all'ombra della quercia. Venite
lassù a bere?

— Dio mi assista, sì!

E ciò che non s'era concluso in tanti anni, la
pace, parve concludersi allora: egli seguì i Ti-
besi e bevette il buon vino degli sposi.

— Ebbene, — disse fissando Columba che stava seduta su una grossa radice e taceva guardandolo, — non venite nel mio piccolo ovile? Vi
darò la giuncata e anche il siero, che rinfresca....

Egli parlava con malizia, ma zio Remundu credette di mortificarlo dicendogli:

— Essi non hanno il calore che avevamo noi
alla loro età!

DELEDDA. *Colombi e sparvieri.*　　　　17

— Venite, venite, andiamo, — proseguì il vecchio imperturbabile, facendo cenno con la testa a Columba di alzàrsi e di incamminarsi. — E qui a due passi. C'è anche un vostro vicino di casa.

— Chi? chi?

— Come, non lo sapete? Dionisi Oro.

Columba trasalì, ma il nonno disse con disprezzo:

— Bel vicino! Il barone di Siniscola! Che fa lì?

— Tu lo sai meglio di me; è malato e s'è confessato: come si fa a cacciarlo via? Andiamo, su; tanto, a voi tutti, che importa del suo debito?

Il nonno lo afferrò per le braccia, fissandolo con gli occhi ardenti dell'antica fiamma. Un solo sguardo bastò ad entrambi per capirsi.

— Innassiè, che debiti può avere un pezzente?

— Remundè, — rispose il vecchio Arras ricambiandogli il diminutivo, — tu lo sai meglio di me.

— E tre! — gridò il nonno lasciandolo libero e incrociando nervosamente le braccia sul petto. E scuoteva la testa in segno di sarcastica approvazione. — Malanno! Io lo so meglio di te; ma che cosa?

Ziu Arras guardò Columba che era balzata in piedi appoggiando una mano al tronco della quercia, e ammiccò accennandole il nonno, quasi volesse dirle: come sa fingere!

Certo, se il nonno fingeva, fingeva bene; mentre Columba, che aveva capito tutto fin dalle prime parole del vecchio, tremava visibilmente appoggiandosi alla quercia per non cadere.

Zuampredu s'era messo davanti a ziu Arras squadrandolo con curiosità.

— Se davvero non lo sai, — riprese questi, sempre strizzando l'occhio e rivolgendosi di tanto in tanto a Columba come alla sola ch'era disposta a capirlo, — ebbene, al ritorno ripassa qui e vieni al mio piccolo ovile, poichè non vuoi venirci adesso....

— Che m'importa d'un pitocco idiota? Impiccalo! Bevi, bevi ancora, Innassiè; noi abbiamo fretta di ripartire. Ebbene, sì, al ritorno passerò nel tuo piccolo ovile; fammi trovare un capretto arrostito.

— Va bene, ti farò trovare il capretto arrostito.... «Adiosu», Columbè; buona fortuna e figli maschi. Non dimenticarti del paese natìo.

Ella sentiva un'allusione in ogni parola di lui: e l'improvvisa sollecitudine del nonno a partire aumentava i suoi sospetti. Il cuore le batteva forte, di angoscia ma anche di gioia. Ah, il Signore dunque aveva pietà di lei e le mandava almeno il conforto di veder Jorgeddu purificato dalla sua onta: la verità risorge sempre, come il sole dopo le tenebre, e la sua luce illumina egualmente la strada ai pellegrini che s'incamminano pregando e ai malfattori che rientrano dopo aver commesso il male....

Ma ella voleva saperla tutta, la verità; in un attimo si sentì riprendere dalle smanie che l'avevano tormentata durante tutti quei mesi di incertezza.

Mentre il marito di Banna, che non aveva aperto bocca ma aveva capito anche lui ogni cosa, sollecitava i giovani a rimettere le selle e i freni ai cavalli, ella si staccò dal tronco e mettendosi davanti a ziu Arras a sua volta strizzò lievemente un occhio.

— Dionisi dunque s'è confessato? Ma il confessore lo ha assolto?

— Io non lo so, Columbè! Non ero io, era prete Defraja, il confessore!

— Da parte mia, ziu Innà, ditegli che si confessi meglio, che si confessi a voce alta, e che restituisca il mal tolto.

Il vecchio capì bene che ella alludeva alla fama tolta al disgraziato Jorgeddu, ma colse l'occasione per rivelare tutto il suo pensiero.

— Senti, — disse accostando la bocca all'orecchio di Columba, ma in modo che anche gli altri potessero sentire, — va alla chiesa di San Francesco: il pezzente ha sepolto la vostra pecunia sotto il muro accanto al pozzo....

Il viso di lei si fece azzurrognolo: i suoi occhi spalancati fissarono quelli del nonno.

— Avete sentito, babbu Corbu?

Il nonno riafferrò le braccia del suo antico nemico e lo scosse digrignando i denti.

— Ti succhi il cuore il vampiro, ti abbracci la forca, Innassiu Arras! E vieni a raccontarmele così, queste storie? In mezzo alla strada, in un momento come questo?

— Tutti i momenti son buoni, per la verità!

— Ma è la verità, questa?

— A queste parole non rispondo, no, perdio, Remundu Corbu! Del resto, ecco, guarda il viso di tua nipote e vi leggerai la verità!

Columba si sentiva tremar le ginocchia, ma faceva uno sforzo supremo per non cadere svenuta. Zuampredu la guardava e le si accostò come per sostenerla; ma che le importava di lui e di ciò che egli poteva pensare? Le cose di cui parlavano i due vecchi non lo riguardavano: riguardavano lei sola ed ella doveva aggiustarle.

— Avete sentito, babbu Corbu? — ripetè. — Andate.... cercate.... restituite il mal tolto....

E d'un tratto, mentre la voce del nonno risuonava furibonda fra il nitrir dei cavalli impazienti di ripartire, ella si piegò come per sedersi, tese le braccia in avanti e cadde distesa a bocca a terra ai piedi del suo sposo.

— Columba! Columba!

— Columbè, anima mia!

Il luogo tranquillo risuonò di grida; in un attimo tutti formarono un gruppo nero attorno a quel corpo che si abbandonava come morto sul terreno umido. Maria Juanna però fece cenno a tutti di scostarsi; sedette per terra e appoggiò sulle sue ginocchia la testa di Columba, ordinando a Zuampredu:

— Stendile bene sul suolo le gambe.... Datemi un po' di vino, — aggiunse, slacciandole il corsetto.

Le diedero il bicchiere dove aveva bevuto zio Arras, e solo allora il vecchio impassibile parve commuoversi. Anche zio Remundu taceva guardando Columba come spaventato. S'ella fosse morta? Egli, egli l'aveva uccisa.

E sognò un orribile sogno: Columba stesa sul carro nuziale, quello che trasportava le sue robe da Oronou a Tibi (le corna dei buoi erano coperte di foglie e di fiori come rami a primavera), Columba che ritornava verso il paese natìo, dopo il suo viaggio fatale, già stanca e muta ancor prima di esser giunta alla sua casa nuova: e lo sposo che tolto dalla bisaccia e indossato di nuovo il suo vestito da vedovo, seguiva il carro nuziale trasformato in carro funebre....

Era una cosa talmente iniqua e contro natura che il nonno si ribellò; un istinto di reazione lo spinse a rivolgersi contro l'antico nemico. Bisognava che qualcuno pagasse per la sorte crudele.

— Innassiu Arras, sarai contento! Ecco cos'hai fatto!

Ma Zuampredu curvo ansante su Columba si sollevò diventato anche lui feroce.

— Basta, perdio! Zitti; ritorna in sè.

Ella infatti riaprì gli occhi, si rialzò a sedere,

abbassò la testa come per ricordarsi cos'era accaduto; poi balzò in piedi vergognosa della sua debolezza.

— Ah, le forze mi son mancate; che dirai, Zuampredu Cannas? Ah, fratelli miei, non lo dite a nessuno!

I giovani la circondarono ridendo, tuttavia ancora un po' spauriti per l'incidente che aveva offuscato la loro gioia.

— Oh, che donna sei! Di formaggio fresco?

— Dritta, su, se no ti leghiamo in mezzo a tre canne come l'alberello di susine....

— Columbè, scusami! — esclamò allora zio Innassiu tendendole la mano, un po' timido e pentito. — Io credevo che sapeste già!

Ma Zuampredu s'interpose di nuovo, energico, e battendo una mano sulla spalla del vecchio lo fissò coi suoi occhi limpidi.

— Ziu Innà, sentitemi. Lasciateci andare, abbiamo fretta di arrivare: se babbu Corbu ha da schiarire cose con voi che egli rimanga; ci raggiungerà. Egli è ancora svelto.

Il nonno era diventato pensieroso e pareva un altro uomo, col braccio appoggiato al fianco del cavallo, la testa curva. Ma quando tutti furono di nuovo in sella egli accennò verso la strada e disse con voce mutata:

— Andate: vi raggiungerò.

Così i due antichi avversari rimasero soli, all'ombra della quercia, in faccia alla chiesetta che non aveva accolto la loro promessa di pace.

*

Al ritorno, dopo aver raggiunto e accompagnato gli sposi fino alla loro casa, il nonno andò alla chiesa di San Francesco.

Quanti ricordi lungo la via, attraverso le brughiere dei monti di Lula, attraverso le macchie che lo avevano veduto fanciullo in groppa al cavallo del nonno, poi adolescente selvaggio, poi sposo accompagnato dalla sposa, anima lucente e inflessibile come l'acciaio; poi uomo incalzato dalle passioni più violente, l'odio, la sete di vendetta che spesso prende l'apparenza di sete di giustizia, eroe errante, cacciatore e selvaggina al tempo stesso, cuore d'aquila che sfugge al nemico, occhio d'avvoltojo che lo cerca.... e adesso vecchio che aveva sepolto le sue passioni inutili e pericolose come il mendicante ladro aveva sepolto il tesoro rubato....

Sì, egli sentiva che qualcosa s'era spezzata entro di lui ed era precipitata in un abisso come la pietra che si stacca dalla cima della roccia percossa del fulmine.

«E se Columba fosse morta?» pensava continuamente.

Neppure la morte di sua moglie, neppure il pericolo ch'ella aveva corso una volta nella foresta quando egli aveva urlato come un leone, l'avevano colpito come lo svenimento di Columba. Egli tentava di liberarsi dalla sua idea fissa, cercando come altre volte di risalire il fiume dei suoi ricordi, ma ogni tanto il suo pensiero tornava là, all'ombra della quercia, e il viso bianco di Columba, i suoi occhi chiusi, il suo corpo inerte, gli stavano continuamente davanti.

«Sei rimbambito, Remundu Corbu, — diceva a sè stesso, battendo il pugno sul pomo della sella. — La tua schiena è come la canna fracida».

In fatti s'era alquanto incurvato, in quei due giorni; ogni tanto si raddrizzava per ripiegarsi tosto. L'unica spiegazione che riusciva a soddisfarlo, a confortarlo per la sua improvvisa debolezza di corpo e di mente era questa:

«Tu sei invecchiato; tu sei rimbambito, Remundu Corbu».

Come spiegare altrimenti la sua improvvisa docilità davanti al suo antico nemico? Egli non aveva quasi replicato, e quasi neppure badato alle insinuazioni maligne, ai rimproveri, agli insulti del vecchio «poltrone», preoccupato solo del pensiero della sua Columba. Se ella sveniva ancora? Se moriva per la strada?

«Rimbambito, rimbambito» tornava a ripetersi: ma intanto mentre il vecchio cavallo scendeva cautamente l'erta attento a non scivolare sulle lastre di schisto che scintillavano come argento brunìto, egli rivedeva di nuovo il viso pallido di Columba, non più all'ombra della quercia, ma nella casa dello sposo. Ella si aggirava come smarrita, di qua e di là, nelle cucine quasi buie, nelle stanzette un po' umide impregnate dall'odore del formaggio e della lana. La casa dello sposo era grande, ma non molto allegra; dava l'idea di un antico monastero trasformato in ovile.

«Columbedda mia non si spaventa, se c'è da lavorare, e da custodire molta roba; è abituata, — pensa il nonno tirando le redini del suo cavallo. — Dopo tutto, sì, è stato un bel matrimonio: Zuampredu è un uomo d'oro ed ella vivrà là come in una nicchia».

Sì, del resto anche le sante nelle loro nicchie non sono molto allegre: e Columba non lo è stata mai. Ma non è l'immagine della sposa melanconica che turba il vecchio: è quell'idea fissa che lo perseguita.

«Se ella fosse morta!»

E va e va, il vecchio protervo, e non si accorge che in fondo alla sua coscienza è la pietra caduta dall'alto, che pesa: non sa confessarlo a sè stesso, ma s e n t e di aver ucciso la giovi-

nezza di Columba, il suo amore, il suo cuore, e
che la vera immagine di lei, oràmai, è quella
che lo perseguita: una Columba inerte, pallida
cieca distesa come morta all'ombra del grande
albero della vita.

Arrivato davanti a San Francesco smontò, si
fece il segno della croce, si tolse la berretta
e attraversò i cortili tirandosi addietro il cavallo. L'erba cresceva lungo i muri di cinta e sui
tetti delle casupole che circondano il santuario;
solo le rondini coi loro voli e i loro stridi simili a trilli di chitarre animavano il luogo deserto.

Egli legò il cavallo a un piuolo, nel cortile
interno, ed entrato nella chiesa s'inginocchiò sul
pavimento fissando il severo santo barbuto che
dall'alto della sua nicchia pareva lo guardasse
diffidente e curioso.

«Anche tu sei qui? — pareva volesse dirgli. —
Ebbene, che t'è accaduto? Noi ci conosciamo
da un pezzo!».

Quanti uomini agitati dalle passioni, incalzati
da desiderii e da paure, quanti persecutori e
quanti perseguitati s'erano genuflessi lì, ai piedi
del santo barbuto, loro amico e giustiziere! Ma
il nonno sapeva che non è facile ingannare
San Francesco di Lula.

— San Francesco, avvocato dei buoni, non son
qui per domandarvi una cosa ingiusta. Son peccatore e mi pento, ma vengo da voi, solo per
chiedervi consiglio. Io sono vecchio ed ho errato,
ma qual è l'uomo che non erra? La vostra esperienza è più grande della mia, «Santu Franci-
scu abbocadu!» Ditemi dunque che cosa devo

fare in questo frangente. Io scaverò sotto il muro, adesso, e se troverò i denari li lascerò a voi; ma voi consigliatemi che cosa devo fare, poichè se io ho errato è stato appunto ogni volta che ho fatto di testa mia, credendo alla mia sapienza e al mio giudizio!...

Si alzò e preso dalla sua bisaccia un piccolo badile di cui s'era provveduto in casa di Columba andò a scavare nel sito indicatogli da Innassiu Arras. L'ombra del muro stendeva un largo nastro bruno sull'erba della china, e nella quiete profonda del pomeriggio solo lo strido delle rondini interrompeva il silenzio del luogo.

Ed ecco che la punta del badile incontrò qualcosa di duro e di metallico: il cuore del vecchio batteva come se egli stesse per scoprire un tesoro nascosto fin dagli antichi tempi. Quando la cassettina venne fuori, annerita dall'umido, egli si gettò a sedere sulla terra smossa, tremando, turbato come un ladro....

Di che tremava? Egli non sapeva. Di rabbia, di umiliazione, d'inquietudine. Gli avevan fatto ben altri dispetti, nella vita; ben altre sorprese egli aveva provato; ma nessuna lo aveva umiliato come questa.

Aprì la cassettina e contò i denari. C'eran tutti; le monete d'oro e quelle d'argento; i biglietti ripiegati che l'umido aveva annerito e faceva marcire come foglie.

— Così marcisca l'anima tua nel profondo dell'inferno! — gridò esasperato, e la sua voce echeggiò come in un cimitero; una rondine che sporgeva la testina curiosa al disopra del muro volò via spaventata.

Egli appoggiò una mano a terra, si alzò, riprese il badile e ritornò nella chiesa.

— Che fare? — si domandava.

Adesso non c'era più via di uscita; bisognava

render giustizia a Jorgj Nieddu. Zio Innassiu Arras aveva parlato chiaro:

«O tu restituisci la fama a quel disgraziato o io ti svergognerò in pubblica piazza».

— Che fare, pertanto, San Francesco avvocato?

Il santo barbuto guardava dall'alto della sua nicchia. Vide il vecchio accostarsi alla cassetta delle offerte e farvi cadere una dopo l'altra le monete e introdurvi i biglietti; poscia segnarsi, genuflettersi ancora e curvar la testa come stanco e vinto. Fu l'offerta cospicua o fu il turbamento del vecchio a commuovere il santo? A un tratto il consiglio implorato illuminò la mente di zio Remundu Corbu.

Egli stette a lungo immobile, a testa china, come intento a una voce lontana; finalmente si alzò, guardò un'ultima volta il Santo e col capo gli fece segno di sì. Sì, sì, come un buon cliente che paga e si lascia guidare dagli accorti consigli del suo avvocato, egli era deciso a dar ascolto alla voce che gli diceva: «va da Jorgj Nieddu e rendigli giustizia».

V.

Tornaron le chiare notti di giugno. La luna illuminava il paesetto, l'Orsa maggiore e l'Orsa minore brillavano una per parte della chiesa sopra la linea dell'altipiano, e zio Remundu seduto sullo scalino della porta col suo bastone lucido fra le gambe come lo aveva veduto Jorgj bambino, raccontava alle donne le sue storielle, compresa quella del tesoro rubatogli e ritrovato

poi sotto il muro di San Francesco. Ma taceva
il nome del ladro anche se le donne si volgevano
sogghignando verso la casupola sempre chiusa
di Dionisi Oro.

Tutti oramai lo sapevano, che il ladro era stato
il mendicante; ma nessuno pronunziava quel nome commentando l'avventura. Perchè buttare la
pietra contro l'uomo caduto? Contro un uomo che
era già un cadavere? Ma non era la pietà che li
ratteneva; era come un senso di vergogna. Essi
tutti che un tempo avevano lapidato Jorgj Nieddu, colui che li aveva offesi nel combattere i loro
pregiudizi, non sentivano rancore contro l'innocuo
Dionisi: tutti gli avevan dato un pezzo di pane
e un bicchiere d'acqua, e tacendo il suo nome,
quando parlavano della sua colpa, credevano di
fargli ancora l'elemosina. Un giorno il brigadiere, lo stesso che s'era addormentato nella stamberga di Jorgj Nieddu, chiamò in caserma Banna,
il nonno, zio Innassiu, il prete, zia Giuseppa Fiore, le donnicciuole vicine di casa dei Corbu; e a
tutti domandò se constava loro che il ladro dei
denari di zio Remundu fosse Dionisi.

A nessuno constava: a zio Innassiu bastava
che Jorgeddu avesse riacquistato la sua fama,
se non la sua salute, e non voleva fare la spia
d'un miserabile pezzente che egli ospitava: il
prete non era obbligato a parlare, zia Giuseppa
Fiore disse solo che Remundu Corbu poteva rispondere con coscienza, e Remundu Corbu rispose
fieramente che a lui toccava denunziare il colpevole, non far da testimonio, e che lo avrebbe
denunziato quando la sua coscienza glielo avrebbe imposto.

Allora il brigadiere mandò a cercare il colpevole; ma il colpevole era sparito anche dall'ovile
di zio Arras.

Aggruppate attorno al nonno le donnicciuole

commentavano continuamente il fatto e le più
povere dicevano:

— Remundu Còl dovevi sparpagliarle qui le tue
monete, non darle al Santo che è più ricco di
noi! Perchè hai fatto questo?

Ma le altre protestavano perchè non bisogna
scherzare così con San Francesco.

Anche Banna non approvava il sacrificio del
nonno; ma egli non si pentiva, e se di giorno in
giorno rimandava la sua visita a Jorgj non era
per disobbedire al Santo, ma perchè un puerile
senso di soggezione glielo impediva. Egli aveva
quasi paura di presentarsi a Jorgj Nieddu: come entrare, che cosa dirgli? E avrebbe il superbo
ragazzo capito il sentimento che guidava il
vecchio?

«Egli crederà che io vada là, adesso che Columba è lontana, perchè non ho più nulla a temere da lui. Egli si riderà di me, come un tempo.... Invece il mio cuore è mutato; s'è rammollito come il frutto maturo....»

Ma questa sua incertezza lo rendeva inquieto,
lo umiliava ai suoi occhi stessi. Come poteva
aver soggezione d'un povero ragazzo impotente,
di cui egli medesimo aveva fiaccato l'orgoglio?
Pensandoci bene talvolta s'arrabbiava, e se la
prendeva con Simona la vecchia serva che Banna gli aveva messo in casa.

Simona era taciturna quasi quanto la giovine
padrona che se n'era andata, ma non altrettan-
to alacre e svelta; non sempre la casa era in
ordine, e ogni volta che zio Remundu tornava
dall'ovile lo si sentiva strillare come un'aquila.
La serva taceva, ma si sfogava poi con Pretu
il suo piccolo collega....

— Il vecchio non è contento, perciò lo com-
patisco. Domenica scorsa è andato a Tibi ed è
ritornato col muso come un vampiro. Sì, così

ti dico; pare che Columba non stia volentieri
lassù, in quel paese dove c'è più vento che
qui....

— E perchè non se ne viene a star qui?

— Eh, come si fa? Il marito sta là. Ebbene,
pare che nei primi giorni ella piangesse: Zuampredu le domandò che cosa desiderava, e lei gli
chiese: «non ti sarebbe possibile andarcene a
stare a Oronou? Ho sempre pensiero del nonno».
Al che Zuampredu diventò triste come la notte,
ma rispose che era impossibile. E pare che adesso anche lui sia sempre di cattivo umore. Sai
cosa ti dico, Pretu; ma non lo ripetere: è il castigo di Dio.

Pretu correva a riferir tutto al suo padrone,
esagerando i racconti della serva, ma con meraviglia s'accorgeva che Jorgj non si rallegrava
molto per il male dei suoi nemici.

Anche là dentro nella stamberga tutto era ricaduto nell'ordine e nel silenzio di prima. Mariana era partita. Il caldo richiamava le mosche
attorno al letto del malato, e a giorni egli era
così sofferente che pareva dovesse morire; ma
quando dopo il tramonto un soffio di frescura
scendeva dall'altipiano e il chiarore rosso del crepuscolo rendeva meno triste la stamberga, egli
si rianimava, diventava quasi allegro, chiacchierava con Pretu contando i giorni che ancora rimanevano per arrivare all'ottobre.

Allora.... allora.... quando le rondini sarebbero
partite.... quell'altra rondine forse tornerebbe.
Forse? No, egli era certo che sarebbe tornata,
sia pure per un giorno o per un'ora; e passava
i giorni ricordando il passato e vivendo nell'attesa di quell'ora....

Tutto il resto non lo riguardava: nè la scomparsa del mendicante, nè le chiacchiere della
gente intorno alle avventure del dottore che con-

tinuava a cercare un marito per Margherita, nè la supposta infelicità di Columba.

Eppure un giorno egli si sorprese a pensare a lei. Dai burroni della valle saliva il grido dei falchi in amore, e quello strido lamentoso che pareva il gemito d'un desiderio inappagato gli ricordava il suo doloroso idillio. Rivedeva Columba sulla veranda, con l'agnellino ai piedi, accanto il vaso di basilico, e il pensiero che ella oramai apparteneva ad un altro uomo gli dava un senso, se non di gelosia, di tristezza e di rimpianto.

Egli non avrebbe più le gioie complete dell'amore, egli si consumerebbe inutilmente, come il cero davanti alle immagini immobili nelle loro nicchie dorate; anche Mariana un giorno apparterrebbe ad un altro uomo.... Ah, era questo il pensiero che lo tormentava; non di Columba fra le braccia del ricco pastore, ma di Mariana fra quelle di un ignoto. Era questo pensiero che gli faceva echeggiare entro il cuore gridi melanconici e selvaggi come quelli dei falchi in cerca delle loro compagne....

L'immagine di Mariana sostituì quella di Columba: ella tornò a sedersi sullo sgabello, davanti al letto di lui, con un mazzolino di rose in mano e il bel viso più bianco del solito velato da un'ombra che non era quella del gran cappello nero.

Le parole ch'ella gli aveva detto prima di partire risuonavano ancora nel silenzio della stamberga, riempivano il cuore di lui di echi e di vibrazioni.

— Addio, Giorgio: io ritornerò presto. Sono contenta che tutti le rendano giustizia; che si sia scoperto il vero colpevole. Io non ho mai, neppure per un istante, dubitato di lei, Giorgio, e tanto meno che la sua innocenza non trionfasse presto. Ma se per un caso impossibile io venissi a sapere che il colpevole è lei, io non la dimenticherei egualmente. Oramai noi siamo amici, e l'amicizia non conosce nè innocenti nè colpevoli; è una parentela che nulla può sciogliere.

Ed ella se n'era andata; era sparito il suo vestito bianco, il suo cappello nero, la sua borsa scintillante; ma il suo sguardo e la sua voce restavano lì, sempre, attorno a lui, e spesso alla notte egli si svegliava con l'impressione di vederla da un momento all'altro riapparire e l'aspettava come aveva aspettato Columba.

Le sue sorti s'eran completamente rialzate dopo la visita del Commissario.

Le persone più cospicue del paese mandavano a domandar sue notizie; il prete lo visitava tutti i giorni, gli leggeva il giornale, ed assieme commentavano le notizie del mondo lontano.

Un giorno — era la vigilia di San Giovanni — gli lesse un fatto straordinario accaduto in una piccola città dell'Umbria. Una donna, madre di un unico figlio adorato, se lo era veduto morire all'improvviso, e il suo dolore era stato tale da abbatterla anche fisicamente. Una paralisi nervosa l'aveva tenuta immobile per tre anni; ma una notte ella sognò il diletto figlio, ancora vivo e sano, che le porgeva la mano dicendole: madre, sorgi e cammina! Ella si alzò e guidata da lui uscì nel giardinetto, sedette con lui sulla panchina sotto il pero, al posto ove soleva vigilare i giuochi di lui bambino: assieme guardarono le stelle, ov'egli diceva che emigrano i nostri spiriti, assieme pregarono. Svegliandosi, la donna provò ad alzarsi e le riuscì.

Era guarita.

Jorgj ascoltava e invano cercava di frenare un tremito.

«Sorgi e cammina!» erano le parole che Mariana gli aveva detto.

Sopraggiunto il dottore presero a commentare il fatto, mentrè Pretu, dopo aver per alcuni momenti ascoltato avidamente, profittando della distrazione di Jorgj, uscì nella straducola e comunicò le sue idee a zia Simona.

— Io penso che al mio padrone accadrà la stessa cosa, come a quella donna del figlio: lo dice anche il dottore; volete venire ad ascoltarlo?

Ma zia Simona, seduta sullo scalino della porta, aspettava il ritorno del vecchio, ed era stanca e credeva solo ai miracoli dei santi.

— La donna avrà implorato Santu Iazintu, che dicono sia il protettore dei paralitici. Ma il tuo padrone, bello mio, il tuo padrone non crede in Dio e non guarirà mai.

— Eppure.... — disse Pretu con aria di mistero, ma non proseguì.

— Sai una cosa che fa bene, ma a chi crede in Dio? L'acqua di sorgente, ma attinta proprio dove sgorga e a mezzanotte, stanotte. Sì, l'acqua di San Giovanni, bello mio; non c'è altro, per i paralitici, ma solo per quelli che credono in Dio....

— Sì, me lo disse anche zia Martina Appeddu. Eppoi un'altra cosa; ma non ve la voglio dire.... Ebbene, sì, ve la dico lo stesso; una medicina che zia Appeddu farà stasera, al sorgere della luna, e che io dovrò.... Ah, ma no, non devo dirlo; altrimenti non riesce....

Egli era agitato; da tanti giorni covava il suo segreto e non ne poteva più!

— Sentite, — disse sottovoce, curvandosi davanti a zia Simona, — d'accordo con Lia, la serva di zia Giuseppa Fiore, ho pregato zia Mar-

tina Appeddu di tentare qualche rimedio per il
mio padrone. «Se egli guarisce sposa la sorella
del Commissario! le dissi. Ci aiuterà tutti, pensate; e se non volete farlo per questo, fatelo
per amor di Cristo. Egli è lì che si consuma come un cero, il mio padrone; proviamo, proviamo qualche rimedio». Ella rifiutava; aveva paura
del dottore, così grande amico di Jorgeddu. Allora sono ricorso a Simona, la figlia cieca di
zia Martina; e sebbene Simona non abbia fidu-
cia nei rimedi di sua madre, promise d'interes-
sarsene.

— Ci vuole la fede; se non si crede in Dio
non si riesce in nulla, — ripetè la serva di zio
Remundu, immobile, gialla e ieratica sullo sfondo nero della porta.

In quel momento Banna, che tornava dal fare
una visita a una sua comare, apparve nella straducola. Fiera, scalpitante, coperta di vesti grevi
nonostante il caldo, con una catenella piena di
amuleti attraverso il petto, ella guardò il ragazzo col suo solito sguardo sprezzante, e mentre si sbottonava i polsi della camicia riferì a
zia Simona le chiacchiere della comare.

— Ah, zia Simona mia, se vedeste com'è bella
la mia figlioccia! Aveva gli orecchini che le ho
regalato io, belli come due stelle; sì, orecchini
che costano due scudi l'uno. Ma quando io faccio un regalo non bado se quello che cavo di
tasca è uno scudo o un reale; grazie a Dio si
può far buona figura. Ebbene, comare Lisendra
diceva che anche quella malandata di Margherita, la serva del dottore, deve fare un figlio....
Così egli raddoppierà la dote, se le troverà il
marito....

— Piano! — mormorò la serva, accennando
con la testa alla casa di Jorgj. — Egli è là.

— Ebbene, che m'importa? — disse Banna avviandosi a casa sua. — La mia lingua non ha paura di nessuno, quando dice la verità.

— È perchè la sua borsa è piena, — mormorò zia Simona riprendendo la sua posizione ieratica. — Ma anche dicendo la verità bisogna aver paura di Dio.

Pretu non si era azzardato ad aprir bocca. Banna era la sola persona che gli destava soggezione, e d'altronde quel giorno egli aveva da pensare ai suoi piccoli intrighi e i fatti altrui lo interessavano meno del solito.

D'un balzo fu di nuovo nella stamberga e vide che il suo padrone, immobile anche lui sul suo guanciale bianco, col pallido viso illuminato dal riflesso del tramonto, conservava la sua espressione sognante, mentre quei due, il prete e il medico, continuavano la loro discussione.

Il dottore, tutto vestito di bianco, con un abito di tela pulito e stirato di recente (gli altri anni il medesimo vestito aveva sempre un colore di terra e di ruggine) dava forti pugni al giornale quasi volesse sfondarlo come una porta.

— Lombroso basa le sue esperienze su ritagli di cronache di giornali, dice lei? — gridava rivolto al prete. — Ma io rispetto più un numero di giornale con la data di oggi, di ieri, di un mese fa, che tutti i vostri antichi scartafacci. Il giornale è la realtà, ottimo amico; tutto il resto, compresi i libri di storia, tutto il resto è fantasia. Ebbene, questi son fatti, questa è la verità; e questa brava donna che ha sognato suo figlio e s'è alzata ed è guarita è la prova che la nostra scienza non s'inganna.

Ma il prete sorrideva ironico e benevolo. Battè una sull'altra le mani bianche, sottili come quelle d'una donna, e guardò Jorgj.

— Basta, basta, dottore! Non discutiamo oltre, tanto è inutile. Del resto, nessuno sarà più felice di me se al nostro Jorgeddu stanotte apparirà in sogno la personcina che lui sa e gli darà la mano per aiutarlo ad alzarsi....

— Egli non ha bisogno di sogni: gli basterebbe la sua sola volontà; ma è questa che gli manca. Egli ha finito con l'abituarsi alla sua posizione, e prende gusto alla sua immobilità; egli è semplicemente un poltrone, come dice il vetturale.

Come evocato da queste parole ecco il vetturale attraversare zoppicando il cortile e battere alla porta sebbene aperta della stamberga.

— Posta!

Jorgj aveva già sentito il passo e palpitava ansioso: i suoi occhi si fecero grandi e luminosi, il suo braccio scarno parve allungarsi straordinariamente per prender con maggior rapidità la lettera che il vetturale porgeva.

— Ebbene, come andiamo, Jorgeddu? Ancora a letto? A quest'ora? Alzati, su, poltrone, stanotte è San Giovanni; andremo a coglier l'alloro per metterlo sui muri onde i ladri e le volpi non li possano saltare....

Il dottore rideva fragorosamente, additando l'uomo a prete Defraja.

— Lo sente? I suoi Evangelisti parlavano così!

Jorgj guardava come affascinato la sottile lettera che gli tremava fra le mani, azzurra e profumata come un fiore, e non pensava ad aprirla. Voleva esser solo, per godersi tutta la sua gioia: prete Defraja lo capì e si alzò per andarsene, mentre il vetturale si batteva una mano sulla gamba indolenzita dicendo al dottore:

— Di tanto in tanto mi fa questo scherzetto, sì, e l'unico rimedio, per farla trottare, è di minacciarla della sega!... Allora si muove, vi dico!

Il dottore rideva guardando prete Defraja.

— Lo sentite? Questo è un uomo!

Ma il prete non aveva voglia di continuare a

discutere e se ne andò, col suo passo cauto eppure rapido. Nell'uscire dal cortile incontrò zio Remundu che tornava dall'ovile sul suo cavallo carico di fasci d'erba fra cui rosseggiava qualche papavero e spiccava l'oro di qualche ranuncolo.

Anche sul cielo lucido del crepuscolo brillava l'oro delle prime stelle; cadeva una sera pura e dolce, l'aria odorava di erbe aromatiche, le rondini stridevano ancora volando da una casupola all'altra come eccitate anch'esse da una smania di vita che ritardava l'ora del loro riposo.

La figura di zia Simona s'era mossa dalla sua cornice nera: il nonno fermò il cavallo e salutò il prete.

— Come andiamo, pride Defrà? — domandò a voce alta; ma anche la sua voce, come la sua figura, s'era come rammollita. Egli aveva nell'aspetto, nello sguardo, in tutta la persona, un segno di languore, di stanchezza dolce e melanconica.

— Bene, ziu Remundu. E voi?

— E noi invecchiamo, pride Defrà! Ah, sì, tutte le stagioni arrivano!

— La vecchiaia è l'età più bella! È il tempo della raccolta, ziu Remù!

— E se la semina non è stata buona?

— Ah, bè, ma io parlo per quelli che han seminato bene, come voi!

Parlava con ironia, il prete? Dall'alto del suo vecchio cavallo il nonno abbassò gli occhi che avevano ancora lo sguardo dell'aquila, e accennò di sì, di sì, approvando, ma pur esso alquanto ironico.

— Tutti crediamo di seminar bene. Ma tante volte è la semente che c'inganna! Basta, vuol venire a bere un bicchiere di vino nero?

— Grazie, è tardi: domani, che è festa.

Il prete fece un passo per andarsene, ma il vecchio lo richiamò.

— Pride Defrà, mi dica, come sta Jorgj Nieddu?

Il prete lo guardò sorpreso. Era la prima volta che il nonno domandava notizie di Jorgj. Ma appena ebbe la risposta: «sempre lo stesso» il vecchio spinse il cavallo verso il portone che la serva aveva spalancato e rientrò senza dir altro.

Prete Defraja andò fino alla chiesa e si mise a passeggiare sullo spiazzo. Le sue mani diafane e il suo pallido viso d'albino parevano al chiarore del crepuscolo più cerei del viso e delle mani di Jorgj.

Egli camminava su e giù: pareva recitasse le sue preghiere, tanto i suoi occhi erano velati e spesso rivolti al cielo; ma all'improvviso si fermò davanti al parapetto che dava sulla valle, si curvò alquanto, si mise una mano sul petto e cominciò a tossire. Tutto il suo viso parve gonfiarsi, diventò paonazzo, poi livido, poi ritornò scarno e pallido d'un pallore mortale. Sul fazzoletto ch'egli s'era avvicinato alla bocca rimase una macchia, rossa come i papaveri che zio Remundu aveva portato in mezzo all'erba. Allora s'appoggiò al parapetto; sentì le sue ginocchia tremare e la sua gola chiudersi come stretta da una catena ardente.

— È finita, — mormorò.

L'estate gli portava i suoi fiori sanguigni, e l'autunno l'avrebbe cosparso dei suoi crisantemi. Ed egli, egli non aveva nessuno che lo confortasse, e neppure il vetturale portava per lui, dalle azzurre lontananze dell'orizzonte, un soffio di vita e di sogno....

Egli invidiò Jorgj; ma poi si sollevò e si rimise a camminare, mentre dal paesetto salivano gridi di gioia e davanti alla chiesetta di San Gio-

vanni, al di là del Municipio, alcuni buontem-
poni accendevano qualche razzo e i fanciulli davano fuoco a una catasta di rami di lentischio.

«Morire! — pensava prete Defraja andando su
e giù per lo spiazzo come una rondine inquieta.
— Ebbene, questo è il nostro destino; perchè ribellarsi? Oggi, domani, adesso o poi, è lo stesso; ma che non sia spenta la fiamma d'amore
divino, l'amore di Dio che ci guida ed è l'anima
nostra».

Sul cielo rosso del crepuscolo i razzi salivano come corde d'oro lanciate dal basso scio-
gliendosi in grappoli azzurri e violetti, in dia-
manti e smeraldi. La luna che spuntava sopra
Monte Acuto pareva indecisa a salire sul cielo,
offesa per lo spettacolo di quei fuochi insolenti
che pretendevano d'illuminare loro la sera; una
stella rossastra ferma sopra la torre della chiesa guardava invece fissa e malinconica, un po'
pallida e come rattristata dal falso splendore
dei razzi....

E prete Defraja camminava, camminava, pensando che le passioni umane, l'odio, il piacere,
l'amore della donna, gli onori e i poteri sono
simili ai fuochi di gioia in una sera di festa.

Il suo amore di Dio, la gioia di ricongiungersi
presto a Lui, erano davanti alle altre passioni
come la stella fissa davanti a quei fuochi rapidi e vani. Eppure egli continuava a pensare
a Jorgj, alla lettera che era come un piccolo
brano dei mari lontani, dei lontani orizzonti del
mondo, e come la stella sopra la torre della chiesa anche il suo amore di Dio impallidiva davanti all'amore per le cose del mondo....

VI.

Anche nella stamberga rischiarata dalla luce rossa del crepuscolo, Jorgj e il dottore discutevano d'amore.

L'omone voleva fare una confidenza a Jorgj, e quando aveva un segreto era come Pretu: non poteva tenerlo e non si interessava ad altro.

Andati via il prete e il vetturale, accostò dunque lo sgabello al letto, senza smettere di dare colpettini al giornale; e senza accorgersi che Jorgj desiderava di restar solo, disse sbuffando:

— Ti faccio sapere che Margherita è incinta!

La sua voce era turbata, il suo viso s'era coperto di rossore come quello di una fanciulla.

Jorgj volse gli occhi, destandosi dai suoi sogni:

— Ebbene, e non è una cosa naturale?

— Non è questo che mi preoccupa.... Adesso.... adesso, caro mio, capirai, è impossibile trovarle marito....

— Ma perchè vuol darle marito?

— Perchè? Mi pare d'avertelo già detto e ripetuto; per non sposarla io!

Jorgj si mise a ridere.

— Questo non me lo ha mai detto! Solo, diceva che non l'avrebbe mai sposata: poi una sera mi confidò che aveva paura di venir meno ai suoi propositi; diceva che avrebbe finito con lo sposarla per bastonarla, tanto Margherita lo fa spesso stizzire; diceva, sì, queste sciocchezze....

— Sciocchezze? — esclamò il dottore abbassando e scuotendo la testa e ripetendo a sè stesso la parola di Jorgj. — E giusto!

Ma dopo un momento d'esitazione sollevò il capo con un gesto energico.

— Eppure, vedi, io sono stupidamente felice, Jorgj, capisci, io non sono più s o l o !

Nessuno più di Jorgj poteva capire questa gioia, ma quasi per un puerile desiderio di fargli dispetto disse:

— Lei non era solo, dottore: non c'era la donna, che lo amava?

— La donna? Al diavolo! Essa mi ama oggi, chissà perchè; forse per ignoranza, forse per interesse, ma mi vorrà bene domani? E sopratutto le vorrò bene io, domani? Non mi stancherò, non la caccerò via? Ecco perchè volevo darle marito, per non sposarla e non legarla a me come il randello alla vite; utile oggi, dannoso domani. Ma il figlio è altra cosa, ottimo amico; è parte di noi stessi; è il nostro seme. Egli potrà anche abbandonarmi e dimenticarmi, un giorno; io sarò sempre suo padre; io non sarò più solo anche se lui sarà all'altro capo del mondo: non sarò solo perchè avrò con me il mio amore per lui. Che c'entra la compagnia materiale, la convivenza, i vincoli sociali? Non c'entrano per nulla. La legge è qui; i vincoli son qui, la compagnia è qui!

Egli si dava forti pugni sul petto: Jorgj approvava e la lettera azzurra si scaldava sul suo cuore palpitante di quell'amore che appunto non ha bisogno di contatto e che varca il tempo e gli spazi.

— Quest'amore può nutrirsi anche per creature non unite a noi da vincoli di sangue, — osservò timidamente, — perchè, del resto, non siamo già noi tutti fratelli?

— Vecchie parole, mio caro, fruste e rifruste e false prima ancora che fossero inventate. Non esiste che l'amore per noi stessi, ed è questo che

si riflette sui parenti, e specialmente sui figli.
Noi li amiamo perchè essi son noi: null'altro.
Il dolore, in noi, qualunque forma esso prenda,
non è che il terrore della fine, della sparizione
di noi stessi o di una parte di noi stessi; ora, un
figlio ci salva da questo terrore: egli ci soprav-
viverà, porterà nella sua corsa attraverso la vita
la fiaccola che noi gli abbiamo trasmessa. Ecco
perchè noi lo amiamo, ecco perchè non sentiamo
più intorno a noi la solitudine, cioè la morte,
la fine.

— Eppure ci son di quelli che amano senza
speranza di veder proseguita la loro esistenza.
Le dico di sì! Se il dolore in ogni sua forma,
com'ella dice, è il terrore della fine, cioè della
morte, l'amore, in ogni sua manifestazione, è
il segno stesso della vita. Noi amiamo e vogliamo essere amati per provare a noi stessi che
siamo vivi. Sì, avviene così in tutti, anche in
quelli che come me son già sepolti....

— Tu risorgerai, — disse il dottore alzandosi
e troncando il colloquio che per Jorgj, al solito,
volgeva al sentimentale. — Chi parla come te
ha ancora la fiaccola in mano; l'importante è
di non lasciarla spegnere. Buona sera.

Rimasto solo Jorgj aprì la lettera attento a
non far volar via neanche un pezzetto della busta: la luce moriva nella stamberga, ma a lui
sembrava che le parole scritte sul foglietto azzurro scintillassero come stelle sul cielo della
sera.

Un tremito lo agitava tutto e si comunicava
al foglietto. Ah, ciò che ella gli scriveva era
così dolce, così ardente che gli dava un'ebbrezza
vertiginosa. Gli pareva d'esser ad un tratto salito fino alle altezze del sole e di dominare l'infinito, pronto però a precipitare di nuovo nel-
l'abisso.

« Io tornerò, sì, Giorgio, non dubiti, perchè anch'io l'amo, come lei, Giorgio, mi ama; e il nostro amore non può venir distrutto nè dal tempo nè dalla lontananza: sorgente inesausta che alimenta la nostra vita, esso è lo stesso amore dell'amore.... »

*

Quando Jorgj riprese coscienza della realtà era quasi notte. S'udivano i gridi dei bimbi, le voci delle donne che si giuravano amicizia stringendo i nodi del comparatico di San Giovanni: ed egli si rivide ragazzetto, poscia adolescente: rivide le valli inondate dal chiarore azzurro della luna, i sentieri gialli attraverso il bosco nero dell'altipiano e le greggie vaganti e il mare lontano.... Il desiderio di alzarsi e di correre attraverso il mondo lo faceva rabbrividire. Gli pareva d'essere ancora ragazzetto, sotto la tirannia della matrigna, e meditava il modo di scappare, come allora....

*

Pretu rientrò e gli disse:
— Mangiate, ziu Jò, io poi andrò a cogliere l'alloro e i fiori di San Giovanni ed a bagnarmi i piedi nella sorgente. Vi porterò un po' d'acqua: su, mangiate, ripasserò prima di andare al bosco; su, sorge la luna lucente e bella come un viso di sposa. Ecco la vostra zuppa.

E andò via di corsa, diretto alla casa di Martina Appeddu.

Nella straducola le donnicciuole, Banna, la serva, i ragazzi, parlavano di andar alla sorgente per bagnarsi, e stringevano fra loro il compa-

ratico di San Giovanni annodando e snodando
sette volte le cocche d'un fazzoletto. Il nonno
seduto sullo scalino col bastone fra le gambe
guardava e taceva. Quando vide uscire Pretu lo
seguì con lo sguardo, poi abbassò la testa, cosa
che non gli accadeva mai, fino ad appoggiarla
alle mani ferme sul pomo del bastone. Così parve addormentarsi.

Pretu balzava su per la scalinata del Municipio
come un piccolo muflone; nella piazza raggiunse
il prete che se ne tornava a casa nero e lieve
come un'ombra, gli baciò la mano, vide zia Giuseppa e Lia sedute sul «patiu» intente anch'esse a chiacchierare con altre donne.

Parlavano di Margherita e Lia diceva con malizia:

— L'ho veduta poco fa a passare qui dietro;
forse andava da Martina Appeddu per qualche
medicamento.... Ah, ecco Preteddu che forse anche lui va da Martina. Pretu, animalino, senti
qui, vieni....

Ma il ragazzo aveva fretta, e non si sarebbe
fermato se anche zia Giuseppa non l'avesse chiamato con la sua voce imperiosa.

— Pretu! Non torni più, stasera, dal tuo padrone? Ripassa di qui, che devo darti una cosa
per lui.

Egli promise e riprese a correre. La luna ancora bassa sopra i monti al di là della vallata
illuminava la piazza con un chiarore dorato di
lume lontano; metà della valle rimaneva oscu-
ra mentre l'altra metà era tutta argentea, e d'argen-
gento azzurrognolo parevano le montagne spie-
gate come grandi ale al di qua e al di là del-
l'Orthobene coperto d'ombra.

Pretu ridiscese un viottolo, dall'altro lato della piazza, s'inoltrò in una specie di sobborgo
ove viveva la parte più misera della popolazio-

ne di Oronou. Erano catapecchie addossate alle roccie, muricciuoli, siepi, tettoie, tutto un agglomeramento di piccole costruzioni primitive che sembravano fatte da antichissimi uomini nomadi, lì di passaggio per qualche giorno, e che invece vi si erano poi fermati per secoli.

Pretu abitava in una di queste casupole senza finestre, piccola e buia quanto era grande e luminoso l'orizzonte su cui invano guardava. Ma passò dritto davanti al muricciuolo del viottolo, al di là del quale si sentiva il pianto del suo fratellino Bore cullato dalla voce sonnolenta della madre. Più in là zia Martina Appeddu viveva in una strana casetta, vera abitazione di fattucchiera; una specie di torretta circolare fabbricata con piccole pietre nerastre e con fango, e al cui piano superiore si saliva per mezzo di una scaletta esterna riparata da un alto muro a secco di macigni. Tutta la casa dava l'idea d'un «muraghe», e non mancava il «patiu», come davanti alla casa di zia Giuseppa Fiore, cioè una specie di cortiletto sollevato, dove Pretu vide Simona, la figlia cieca di zia Martina, che filava e pregava.

— Vado su da vostra madre, zia Simò.

— C'è gente. Aspetta.

Egli sedette accanto a lei sul muricciuolo.

— Come sta il tuo padrone?

— Bene, ma non tanto.... E voi?

Ella filava, e la sua conocchia gonfia di lino sembrava una testa bionda da cui le agili dita di lei traevano un filo interminabile dorato come quello di un sogno.

— Anch'io bene.... ma non tanto! — La sua voce era dolce e ironica. — E il dottore cosa dice?

— Che dice? Che guarirà. Ma io....

— Ma tu?

— Son venuto per quella medicina che mi avete promesso.... Madre vostra deve averla fatta
poco fa, al sorgere della luna. E a voi perchè
non ve la fa?

La cieca filava sorridendo al filo d'oro che
scorreva fra le sue dita: i suoi grandi occhi neri,
sotto le folte sopracciglia arcuate, parevano sani.

— Contro il volere di Dio non esiste medicina, — disse sottovoce. — Sia fatta la sua
volontà; basta che in questo mondo ci sia la
pace; la salute vera sarà nell'altro.

Ma Pretu non la intendeva così: egli era pieno
di vita e cominciò a saltellare intorno al «patiu» impaziente di veder zia Martina.

— Lo so chi c'è; Margherita la serva del dottore! Fatemi dunque salire.

— Ah, diavoletto, come lo sai?

— Eh, lo so, — egli disse con aria di mistero;
e poichè il convegno fra zia Martina e Margherita si prolungava troppo, egli finse di andarsene, ma deludendo l'attenzione della cieca s'arrampicò sulla scaletta fino al ballatoio sul quale
dava la porticina della camera superiore.

La cieca però aveva l'udito fino: lo chiamò
due volte e non ottenendo risposta, salì anch'essa
a tastoni sul ballatoio.

— «Mama, mama», — disse, — c'è qualcuno.

Pretu, col viso ansioso sull'apertura della porticina socchiusa, aveva già veduto Margherita e
la fattucchiera ferme davanti a un tavolinetto
coperto da un fazzoletto nero sul quale zia Martina disponeva in semicerchio un mazzo di carte
da gioco. La stanzetta non aveva nulla di parti-
colare; ma la lampadina di ferro a tre becchi,
appesa alla parete sopra il tavolinetto, pareva
un uccello nero con una fiammella per lingua;
e l'ombra che si spandeva sul muro, e le figure
delle due donne, pallida e triste quella di Mar-

gherita, tragica e nervosa quella di zia Martina
le cui sopracciglia si movevano di continuo e le
cui dita adunche correvan sulle carte come zam-
pe di aquila, davano alla scena alcunchè di sa-
tanico. Pretu provò un senso di paura e di piacere.

— Il gioco è buono, — diceva zia Martina.
— Non aver timore, tortorella! Egli ti sposerà!

In quel momento s'udì la voce di Simona: zia
Martina corse alla porta e vide Pretu sul ballatoio.

— E chi ti ha permesso di venir su? Ah, Si-
monè, perchè l'hai lasciato salire?

— M'è scappato, «mama»!

— Ebbene, tanto lo sapevo chi c'era! — disse
Pretu con coraggio. — Non è vero, zia Simona,
che lo sapevo già? Datemi quella cosa, zia Martina, poi me ne andrò: vi giuro sulla mia coscienza che non dirò nulla a nessuno.

Per levarselo di tra i piedi la donna prese col
dito da un vaso rosso un po' di manteca e l'av-
volse in un pezzo di carta.

— Va, ecco; e se tu dici di aver veduto qui
Margherita guai a te. Mi capisci?

— Zia Martina, mi possiate veder cieco se io
aprirò bocca. Addio.

D'un balzo fu nel viottolo e di lì in piazza,
col prezioso involtino in seno. Zia Giuseppa Fiore
lo aspettava; voleva consegnargli per Jorgj un
vaso di sughero colmo di latte cagliato, ma egli
si rifiutò di prenderlo.

— Domani, domani, adesso ho fretta.

— Martina ti ha dato il farmaco? — domandò
Lia rincorrendolo fino alla scalinata. — E Margherita?

— Era là, — egli disse impavido. — Sì, il
farmaco l'ho qui: adesso Jorgeddu il mio padrone
dormirà, perchè di solito egli sonnecchia, appe-

na calata la sera. Io gli ungerò la fronte e il lobo delle orecchie e la gola, e stanotte stessa, se egli si sveglia, troverà giovamento. Poi andrò anche a prendere l'acqua della sorgente che fa bene.

Tornata verso la padrona Lia riferì i progetti del ragazzo: zia Giuseppa allora raccontò fatti straordinari accaduti la notte di San Giovanni, e concluse:

— E può darsi che Jorgeddu trovi giovamento. Se egli riesce ad alzarsi ed a riprendere i suoi spiriti, ah, egli.... egli riacquisterà il tempo perduto....

Ella non diceva tutto il suo pensiero; ma la serva fedele e anche le vicine di casa conoscevano le sue speranze.

— Sì, — disse Lia, — l'uomo malato è come lo straccio sporco, tutti lo disprezzano; ma se Jorgj guarirà sarà di nuovo buono a qualche cosa e si vendicherà.

La luna saliva fra gli alberi della piazza illuminando il «patiu» e le donne sedute in giro. Su proposta di Lia un gruppo di esse partì per andare a bagnarsi i piedi alla sorgente ed a cogliere l'alloro e il timo sull'orlo della valle: altre si ritirarono; zia Giuseppa rimase sola sulla sua panchina, col recipiente del latte accanto e col pensiero di Jorgj in mente.

S'egli fosse guarito! Ella non era riuscita a vendicarlo, ed anzi aveva veduto la fortuna dei Corbu crescere e divenire quasi insolente. Ma egli, il disgraziato fanciullo, era sempre circondato di cattivi consiglieri; dal dottore pazzo, dal prete bonaccione, da donnicciuole, da ragazzi e da vecchi rimbambiti. Sì, anche quell'Innassiu Arras era diventato sciocco e ciarlone come una femminuccia! Zia Giuseppa non era più riuscita a trovar solo Jorgeddu ed a fargli

capire la ragione: ma adesso, adesso che tutti
sapevano il nome del vero colpevole, era tempo
di invitare nuovamente il disgraziato a rivendi-
care il suo onore.

A un tratto s'alzò, chiuse la porta, prese il
recipiente del latte e s'avviò. Come l'altra volta,
scese la scalinata della piazza dirigendosi alla
casa di Jorgj. Alcuni ragazzi per non andar troppo lontano si bagnavano i piedi nel rigagnolo
che scendeva dalla fontana, e spruzzandosi l'acqua sul viso si rincorrevano ridendo.

Seguita dalla sua ombra che aveva pur essa
un recipiente dondolante in mano, la vecchia
passò davanti alla casa dei Corbu, ma vide solo
la serva seduta sullo scalino, al posto del nonno. La straducola era deserta, essendo le donne
andate alla sorgente; ma nel cortiletto di Jorgj
c'era Pretu, immobile, con un omero appoggiato
al muro, una mano sul petto, un piede sollevato.
Appena vide zia Giuseppa le corse incontro e
le si mise avanti per impedirle di avanzarsi.

— Siete venuta voi? Ebbene, non entrate, adesso; c'è gente.

— Chi, il dottore o il prete?

Siccome ella faceva atto di avanzarsi egualmente, Pretu le saltellò intorno dicendo sottovoce:

— Ebbene, sentite: c'è zio Remundu!

Ella si fermò attonita.

— Sì! c'è lui! Pare voglia far la pace col mio
padrone. Stanno lì a discorrere da quando son
tornato, voi m'avete veduto. Zio Jorgeddu mi
ha mandato fuori, dicendo di non lasciar entrare nessuno....

Zia Giuseppa non pronunziò parola: bruscamente indietreggiò fino all'ingresso del cortiletto e se ne tornò a casa scalpitando come una

vecchia giumenta frustata. Il cuore le batteva
di rabbia e di vergogna; sì, vergogna di esser
ancora viva in questi tristi tempi di transazioni
e di viltà.

Ah, il vecchio sparviero voleva far pace con
l'uccellino che aveva dapprima acciecato e mezzo divorato? E Jorgj Nieddu, fiero con gli amici
e i benefattori, accettava la visita del suo car-
nefice? Tempi da agnelli e da lucertole! Ebbene, che i vili se ne stiano coi vili; l'aquila non
cesserà per questo di esser aquila. E la vecchia
tornò a sedersi sul suo «patiu», come un'antica
abitatrice dei «nuraghes», insensibile ai canti
della notte serena, pieno il cuore di ricordi d'o-
dio e di grandiosi progetti di vendetta.

VII.

Veduto Pretu allontanarsi e credendo che per
quella sera non tornasse più, il nonno aveva atteso che le donnicciuole andassero alla sorgente
e a cogliere l'alloro; s'era poscia alzato per av-
viarsi alla stamberga di Jorgj.

Era calmo e sapeva quel che faceva. Si meravigliava anzi di non averlo fatto prima: tuttavia,
via, entrato nel cortiletto si fermò e parve spec-
chiarsi nella sua ombra, accomodandosi bene sul
capo la berretta e cambiando il bastone da una
mano all'altra: infine s'avanzò risoluto, picchiò
lievemente alla porta socchiusa ed entrò.

Jorgj rileggeva la lettera di Mariana, e fu attraverso un'atmosfera di sogno che vide la figura scura del vecchio avanzarsi fino al lettuccio. Anche lui non si meravigliò (aspettava da

tanto quella visita!) ma provò un senso di sorpresa nel veder l'uomo molto invecchiato, curvo, rammollito.

« Dev'esser malato ed ha paura di morire », pensò nascondendo la lettera sotto il guanciale.

Il vecchio sedette sullo sgabello senza salutare, quasi fosse abituato ad entrar tutti i momenti da Jorgj, e solo dopo alcuni istanti domandò:

— Ebbene, come andiamo?

— Bene, — disse Jorgj con un filo di voce.

E tacquero. Che dovevano dirsi? Troppe cose, per poterle esprimere con semplici parole.

Il nonno tornò ad accomodarsi la berretta, si guardò attorno per accertarsi che era proprio lì, nella stamberga di Jorgj Nieddu, e finalmente disse:

— Non ti rechi meraviglia se son qui: dovevo venir prima, ma molte cose me ne hanno distolto. Io devo domandarti un parere.... Che vogliamo fare, dimmi? Dobbiamo denunziare Dionisi Oro?

Jorgj rispose senza esitare:

— Non tocca a me.

— Sei stato tu il più danneggiato; toccava a te denunziare il colpevole, appena hai saputo chi era. Perchè non l'hai fatto?

— E voi perchè non lo avete fatto?

— Ebbene, Jorgè, ascoltami, parliamoci chiaro. Perchè io fino ad oggi non ero sicuro.

Jorgj sorrise suo malgrado e il vecchio capì il significato di quel sorriso triste e sarcastico. Accostò lo sgabello al letto, accavalcò le gambe e appoggiò le mani al bastone: adesso i suoi occhi splendevano e il suo sguardo andava dritto come un raggio fino agli occhi di Jorgj.

— Tu dirai: vengono adesso questi scrupoli al vecchio rimbambito? Sì, ti vedo queste parole sulle labbra. Ebbene, sì; perchè non deve arrivare l'ora degli scrupoli? Arrivano tutte le ore, Jorgj Niè; anche quella della morte, archibugiata la trapassi! E perchè si è vissuti al buio si deve morire al buio? Ascoltami: non c'è uomo al mondo che non abbia errato: ebbene, dimmene uno, ma con coscienza di dire la verità, ed io ti crederò. Cristo? Cristo non era uomo: era Dio; gli altri, tutti, compresi gli Apostoli, tutti abbiamo errato. Tu forse no? Pensaci bene e vedrai che tu pure hai commesso errore. Dimmi di no, in tua coscienza, ed io allora mi vergognerò di confessare che anch'io sono stato un uomo di questo mondo!

Jorgj non sorrideva più: ascoltava, e nelle parole del vecchio sentiva fremere, non il rimorso, il pentimento, la debolezza, ma lo stesso orgoglio che aveva sostenuto lui come il puntello sostiene l'edifizio in rovina.

— Ascoltami, Jorgeddu, è più facile dire: non mi sono sbagliato, che riconoscere il contrario. Anche tu, che studiavi legge e sapevi molte lingue, ti sei sbagliato quando mi hai ritenuto un uomo ignorante e di cattivo cuore. Ignorante, sì, ma non idiota; superbo, sì, ma non di cattivo animo. Quando tu mi giudicavi così eri tu il cattivo; perchè noi siamo tanti specchi e vediamo la figura nostra nella persona che giudichiamo. Se io ho l'odio in cuore vedo il mio nemico col viso nero come l'ho io che ho la fisionomia del demonio; e se ho l'amore vedo bello anche il nemico che ha il coltello nel pugno.... E così lui in me....

— È vero! — disse Jorgj. — Ma perchè queste idee non vi son venute prima?

— Cosa ne sai tu? Eppoi tu non eri disposto ad ascoltarmi, come adesso, ed io non era disposto a vederti ridere come avevi ricominciato a ridere poco fa! Tu non volevi bene a me nè io a te. Questo era l'accidente! Ma!... Basta, quello che è accaduto è accaduto; è inutile parlarne. Tu pensa a guarire e tutto si dimenticherà.

— Io non guarirò, — disse Jorgj, — l'odio mi ha fulminato, e neanche l'amore può disfare le opere del male!

Il vecchio scuoteva la testa.

— Chi lo sa? Sei giovane, Jorgè; non dire mai: questo non accadrà. Adesso dunque ti dirò perchè son qui.... Il tuo servetto non torna?

— No per stasera.

Allora il vecchio raccontò sottovoce come il suo antico nemico Innassiu Arras gli aveva rivelato che il vero colpevole era il mendicante e dove questi aveva nascosto il tesoro. Un resto di malizia, e poichè gli sembrava che gli occhi scintillanti di Jorgj lo guardassero ancora con diffidenza e con disprezzo, gli impedì di parlare di Columba e della paura e della pietà che lo svenimento di lei gli avevan destato in cuore. Solo osservò:

— Innassiu Arras mi ha rivelato il fatto in un momento poco opportuno: ma egli è stato sempre così, un uomo senza prudenza. Vada alla forca! Basta; gli ho tutto perdonato; come lui ha perdonato a me. Siamo vecchi entrambi; e le passioni cadono coi denti. Come ti dicevo dunque io filai dritto a San Francesco, trovai i denari, maledetti come quelli di Giuda; e ne feci.... bene, questo non importa. E subito pensai di venir da te; ma cosa dovevo dirti? Ero sicuro del fatto mio? No; perchè tutto poteva essere una finzione di Innassiu Arras. Avevo sempre il dubbio ch'egli volesse prendersi beffa di me. E così passavano i giorni, agnello mio, brutti come giorni d'inverno. Ma ieri venne da me il prete e mi disse: «Passando davanti all'ovile di Innassiu Arras entrate, zio Remù; c'è qualcuno che vuol parlarvi». Io lo guardai ed egli mi guardò, e ci siamo capiti, Jorgè, perchè gli occhi son più sinceri delle labbra. «Prete Defraja, — gli dissi, — lei sa tutto; che cosa mi consiglia di fare?» Egli mi rispose: «Ciò che vi consiglia la vostra coscienza». Queste parole, agnello mio, queste parole mi hanno stretto il cuore più che tutti gli insulti, i rimproveri, le bestemmie di Innassiu Arras. Perchè io la coscienza ce l'ho, Jorgè, sì, e sempre sveglia come il tarlo entro il legno. Basta, poichè prete Defraja insisteva, misi la sella al cavallo e partii; trovai l'uomo lassù, nell'ovile di Innassiu, buttato in un angolo come un cinghiale ferito; aveva la febbre e delirava raccontando come entrò in casa mia, come rubò, come nascose i denari; e parlava di te, e ti rivolgeva la parola, chiamandoti come un bambino, domandando perdono. Parve non riconoscermi, ma mi raccontò tutto perchè lo racconta a chiunque gli va davanti. «Adesso crederai alle tue orecchie, — disse Innassiu Arras, — che dobbiamo fare?» Ed io sono venuto da te, Jorgj Nieddu: che dobbiamo fare?

— Quello che il vostro cuore vi consiglia.

Il viso del vecchio si rischiarò.

— Ah, tu credi dunque al mio cuore? Ebbene, il mio cuore mi direbbe di lasciar correre.... Quando io avrò denunziato quel pezzente che cosa ne ricaverò? Egli non può più far male a nessuno: e far male a lui, oramai, è come far male a un ladro già impiccato. Ma tu, Jorgè, ma tu....

La sua voce tremò alquanto e le sue parole parvero spegnersi in un sospiro; ma Jorgj capì.

— Non vi preoccupate di me! — disse, e cercò di render aspro il suo accento per nascondere la sua commozione.

In quel momento rientrò Pretu: visto il nonno spalancò gli occhi, poi si mise a ridere: ma
bastò che la terribile testa del vecchio si vol-
gesse e la voce del padrone si facesse sentire,
perchè la tragica serietà del momento s'impo-
nesse anche sull'animo del ragazzo: e Jorgj non
aveva finito di dire:

— Che c'è da ridere? Va fuori e non lasciar
entrare nessuno, — che già Pretu era di senti-
nella nel cortile.

Il nonno volse di nuovo gli occhi verso quelli
del malato; non parlò, ma il suo sguardo era
così ansioso che Jorgj abbassò le palpebre.

— Ebbene, ziu Remundu, se il vostro cuore vi
dice di perdonare perdonate. Per conto mio, io....
da lungo tempo ho già perdonato.... a lui.... a
tutti!...

Il nonno diede un lungo sospiro: aprì le labbra per riprendere il discorso ma all'improvviso
un fremito convulso gli alterò i lineamenti: le
sue sopracciglia selvagge s'avvicinarono, diste-
sero come una nuvola fra gli occhi corruscanti
e la fronte ōscura solcata da rughe simile ad un
orizzonte tempestoso; la bocca si contrasse, e
le labbra che avevano conosciuto la menzogna,
la maledizione, l'urlo dell'odio, tremarono come
quelle d'un bimbo che sta per piangere.

Ma egli si vantava di non aver pianto neanche
da bambino; vinse quindi il suo turbamento,
mentre stendeva la mano, tenendola alquanto
sospesa su quella di Jorgi, quasi per assicurarsi
prima se questa era disposta alla stretta: finalmente la posò, nera e ancora potente, su quella
piccola mano cerea che non andava incontro ma
neppure sfuggiva a quell'atto di pace.

— Sei un uomo, Jorgè!

Di nuovo entrambi tacquero, senza guardarsi,
le mani unite. Jorgj però si sentiva ripreso dal

suo antico spirito maligno: domande acerbe gli salivano alle labbra, sospetti e dubbi turbavano la sua gioia.

Il nonno parve capire quell'istinto di diffidenza. Ritirò la mano e riprese:

— Ascoltami, Jorgè: oggi son ritornato nell'ovile di Innassiu Arras. Il pezzente era più tranquillo e mi riconobbe: non parlava più e solo, quando mi vide, nascose il viso sotto un lembo della bisaccia. Io gli parlai scherzando: gli dissi: « Resta qui finchè starai bene, poi torna in paese e va da Jorgeddu e fa ciò che egli ti dirà di fare: poichè tu non hai offesó me, Remundu Corbu, togliendomi quei pochi denari, vile pecunia che va e che viene; ma mi hai offeso togliendomi la pace della famiglia e della coscienza, ed hai soprattutto offeso quel disgraziato ragazzo ». Egli dunque verrà un giorno o l'altro da te, e tu, se credi, digli ciò che stasera è passato fra noi. E adesso me ne vado, Jorgè: qualche volta, di tanto in tanto, ritornerò e chiacchiereremo, fino al giorno in cui ti rialzerai e riprenderai con più lena la strada. Poi toccherà a me cadere: e quando io sarò sulla stuoia, buttato per non più rialzarmi, verrai tu qualche volta.... Addio, buona notte.

Si alzò appoggiandosi con una mano al bastone, e rimettendo l'altra su quella di Jorgj: ma adesso la diafana mano si volse e afferrò la mano nera ancora potente: i limpidi occhi che il dolore rendeva più vividi cercarono quelli del vecchio e parvero voler afferrare l'anima di lui come la mano afferrava la mano.

— Aspettate; voglio domandarvi una cosa sola. M'avete davvero creduto colpevole?

— Al primo momento sì.

— Ma perchè? Ma perchè?

— Perchè ti odiavo e tu mi odiavi. E l'odio

è come la gelosia; sospetta di tutto senza ragione.

— Dio mio, Dio mio! — gemè Jorgj ripreso dall'angoscia del passato.

— Si vive di errori.... — riprese il nonno, dopo un momento di silenzio. E battè il bastone per terra. — Basta, adesso! L'importante è di riconoscere d'aver sbagliato. Buona notte, Jorgeddu.... non mi saluti?

— Buona notte, — rispose alfine Jorgj, calmandosi; e solo allora il vecchio se ne andò.

Nel cortile si fermò e parve volesse dire qualcosa a Pretu, ma il ragazzo lo sfuggì, premuroso di rientrare dal suo padrone.

Jorgj era pallidissimo, con gli occhi circondati come da un'impronta nera, ma vivi e brillanti. Mentre di solito, dopo una crisi nervosa o un avvenimento straordinario cadeva in un sopore febbrile, quella sera non trovava pace e non gli riusciva di addormentarsi.

«Giusto questa sera!» pensava Pretu palpando di tanto in tanto il suo involtino; e per non eccitare oltre il padrone non gli domandò il perchè della visita del nonno.

A sua volta Jorgj desiderava di restar solo per raccogliere le sue idee e frenarne il tumulto. A momenti gli pareva d'esser trasportato violentemente nello spazio dalla corsa stessa della terra, a momenti che tutto intorno a lui fosse vuoto e immobile. Gli sembrava che le sue tempie scricchiolassero, pronte a spezzarsi come argini alla piena di un fiume, e che il loro tremito si comunicasse a tutte le sue povere membra inerti.

— Hai veduto? — disse sottovoce a Pretu mentre questi gli accomodava le coperte prima di andarsene, — anche il vecchio s'è piegato! Adesso sono contento! Ma sono stanco e voglio dormire. Vattene

— Sì, sì, dormite, dormite....

Pretu uscì sollecito e attese. La luna sempre più alta illuminava la straducola; il nonno aveva ripreso il suo posto sullo scalino, con le mani appoggiate al bastone aspettando il ritorno delle donne.

Il paese sembrava deserto, abbandonato a un tratto dai suoi antichi abitatori nomadi; solo il nonno era rimasto sul suo alto scalino di pietra, a custodire i ricordi e a ricordare a sua volta tutta un'età scomparsa.

Ma una figura armata, preceduta da due cani allegri, apparve in fondo alla straducola, su, su, come emergendo dalla valle; si disegnò nera e grande sullo sfondo lunare, e cantando, accompagnata da un tintinnìo di catenelle, di sproni, di campanellini, attraversò la strada solitaria. Tutto il paese parve risvegliarsi; i cani abbaiavano, l'eco rispondeva, e la voce del dottore che andava alla caccia della lepre riempì di vibrazione il silenzio della notte.

Amore, mistero....
Solenne, profondo....

Pretu origliava alla porta del suo padrone; il lume era spento, tutto taceva nella stamberga. Pian pianino rientrò lasciando la porta spalancata perchè entrasse un po' di chiarore: trasse l'involtino, si fece il segno della croce, prese col dito un po' dell'unto portentoso e in punta di piedi s'avvicinò al letto.

Jorgj non dormiva, ma messo in sospetto dalle manovre del ragazzo stava immobile con le palpebre abbassate; sentì un respiro ansioso a stento frenato, un dito freddo e unto che gli sfiorava la fronte, il mento, il lobo delle orecchie: poi il chiarore incerto della porta sparì, il passo lieve di Pretu strisciò nel silenzio del cortile e parve sperdersi sulle traccie della voce lontana del dottore.

Jorgj indovinò ciò che il ragazzo aveva voluto tentare e asciugandosi col fazzoletto il viso cominciò a ridere. A poco a poco la sua risata, dapprima lieve, si fece alta, nervosa, insistente. Egli la sentiva risonare nel buio, e gli pareva la risata di un altro, di un uomo felice che si moveva, si disponeva ad uscire e ad andarsene per il mondo pieno di gioia. E pur abbandonandosi alla sua gaiezza puerile se ne domandava sorpreso il perchè. Perchè? perchè?

Era lui l'uomo felice. Gli sembrava di non esser più malato: le chiacchiere del dottore, la visita del nonno, le fattucchierie di Pretu, tutto gli appariva così bello, così divertente!

Ma un singhiozzo nervoso seguì la risata, e di nuovo un abbattimento profondo lo vinse. Perchè ridere così? Aveva ragione di ridere? Ah, perchè quest'insonnia, stanotte? Non manca che l'insonnia, adesso, per render più completa la sua miseria. Ebbene, che importa se anche il nonno riconosce i suoi torti? Può rendergli l'onore, non gli rende la salute; ed è questa che egli vuole, adesso che ha riavuto tutto il resto: la fama, la giustizia, l'amore.

E ricomincia a turbarsi, a palpitare, e ripensa alla lettera della sua amica, ma gli sembra di averne dimenticate le parole.

Riaccendo il lume e rilegge:

«Anch'io l'amo, come lei, Giorgio, mi ama; e il nostro amore non può venir distrutto nè dal tempo nè dalla lontananza: sorgente inesausta che alimenta la nostra vita, esso è lo stesso amore dell'amore.... »

Attorno alla parola «amore» le altre della lettera si aggruppavano come pianeti intorno alle

stelle fisse; e a lungo, nella notte serena, di cui
l'aria profumata e la dolcezza lunare penetrava-
no fino alla stamberga, Jorgj fissò il foglietto
azzurro come una volta dall'orlo del ciglione
contemplava il cielo stellato.

Per calmarsi volle scrivere alla sua amica:
prese dal tavolinetto il libro e la carta, accostò
il calamaio, il lume, la penna. Ma questa cadde
a terra. Egli non ne aveva altra e per raccattarla
doveva curvarsi sul letto. Questo movimento gli
portava sempre la vertigine: tuttavia senza esitare egli si volse col petto sull'orlo del lettuccio, la testa in giù, il braccio teso a cercare.

Trovò la penna e si rimise nella solita posizione; e solo allora si accorse che aveva potuto
muoversi senza provare la vertigine.

Un sudore gelato lo coprì tutto; le sue tempia,
i suoi polsi e le sue dita pulsarono violentemente, ma i pensieri rimasero lucidi, le cose intorno non si mossero nel solito giro vorticoso....

Egli credette di morire per la gioia: una gioia
simile all'angoscia, così violenta che gli spez-
zava il cuore.

Rimase immobile per alcuni momenti. Non ricordava più neanche la sua amica. Solo vedeva
uno splendore lontano, come di un incendio.

Ma il timore d'illudersi tornò ad offuscare ogni
cosa. Si sollevò e stette seduto in mezzo al giaciglio ardente e umido di sudore, coi pugni tre-
manti e i pollici fissi come due chiodi sul materasso. La sua testa tremava e dondolava, i suoi
denti battevano; ma i pensieri continuavano a
sfilar lucidi nella sua mente e le cose intorno
rimanevano ferme, di nuovo illuminate da uno
splendore abbagliante.

Allora fu certo d'esser guarito. Piano piano
si tirò su, respinse il cuscino sulla testiera del
letto e vi appoggiò la schiena; mosse la testa,

si guardò attorno. E le cose rimanevano ferme, e tutto gli sembrava bello, luminoso. La povera cassa che conteneva i suoi vestiti, lo sgabello ove Mariana s'era tante volte seduta, l'antico focolare, la brocca donde aveva bevuto tanti sorsi amari, i miseri arnesi e persino le tele dei ragni agli angoli delle pareti, tutte, tutte le cose erano belle come gli oggetti e le tende della casa di un re: il velo scintillante che le copriva era fatto di lagrime che si tramutavano in perle.

Le ore passarono, il lume si spense; ma egli rimase seduto, immobile, al buio, aspettando l'alba.

FINE.

Romanzi Italiani

EDIZIONI TREVES

I volumi segnati con ★ sono in corso di ristampa.

Adolfo **Albertazzi**.

Ora e sempre. . . .	L. 1 —
★Novelle umoristiche .	. 1 —
In faccia al destino .	. 3 50
Il zucchetto rosso. .	. 3 50

Riccardo **Alt**.

O uccidere, o morire.	. 1 —

Ciro **Alvi**.

Gloria di re	. 1 —

Guglielmo **Anastasi**.

Eldorado	. 1 —
La rivale	. 1 —

Diego **Angeli**.

L'orda d'oro	. 3 50
Centocelle	. 3 50
Il Confessionale . .	. 3 —

Luigi **Archinti**.

Il lascito del Comunardo.	1 —

Massimo **d'Azeglio**.

★Niccolò de' Lapi. 2 vol.	. 2 —
★Ettore Fieramosca. 2 vol.	2 —

A. G. **Barrili**.

Capitan Dodèro. . .	. 1 —
Santa Cecilia . . .	. 1 —
Il libro nero . . .	. 2 —
I' Rossi e i Neri. 2 vol.	2 —
Confess. di fra Gualberto.	1 —
Val d'Olivi	. 1 —
Semiramide	. 1 —
Notte del commendatore.	1 —
Castel Gavone. . .	. 1 —
Come un sogno . .	. 1 —
Cuor di ferro e Cuor d'oro.	
2 volumi	. 2 —
Tizio Caio Sempronio .	3 50
L'Olmo e l'Edera. .	. 1 —
Diana degli Embriaci	. 3 —
Conquista d'Alessandro.	4 —

A. G. **Barrili**.

Il merlo bianco . .	L. 1 —
— Ediz. in-8 illust. .	. 5 —
Il tesoro di Golconda .	1 —
La donna di picche .	. 1 —
L'XI comandamento .	. 1 —
Il ritratto del diavolo .	1 —
Il Biancospino. . .	. 1 —
L'anello di Salomone .	1 —
O tutto o nulla . . .	1 —
Amori alla macchia .	. 3 50
Monsù Tomè . . .	. 1 —
Fior di Mughetto. .	. 3 50
Dalla rupe	. 3 50
Il Conte Rosso. . .	. 1 —
Lettore della Principessa.	4 —
— Ediz. in-8 illust. .	. 5 —
Casa Polidori . . .	. 1 —
La Montanara. 2 vol.	. 2 —
— Nuova edizione popolare	
in-8 illustrata . .	. 2 —
Uomini e bestie . .	. 1 —
Arrigo il Savio . .	. 1 —
La spada di fuoco .	. 1 —
Un giudizio di Dio .	. 1 —
Il Dantino	. 1 —
La signora Autari .	. 1 —
La sirena.	. 1 —
Scudi e corone. . .	. 4 —
Amori antichi . . .	. 4 —
Rosa di Gerico. . .	. 1 —
La bella Graziana .	. 1 —
— Ediz. in-8 illust. .	. 2 —
Le due Beatrici . .	. 1 —
Terra vergine . . .	. 1 —
I figli del cielo . .	. 1 —
La castellana . . .	. 1 —
Il prato maledetto .	. 1 —
Galatea	. 1 —

Dirigere commissioni e vaglia ai Fratelli Treves, editori, Milano.

A. G. Barrilli.

Fior d'oro . . . . L.	1 —
Il diamante nero . . .	1 —
Raggio di Dio . . .	1 —
Il ponte del Paradiso .	3 50
Tra cielo e terra . . .	3 50
Re di cuori	3 50
La figlia del re . . .	3 50

I suoi tre capolavori: Capitan Dodèro. - Santa Cecilia. - Il libro nero. . . . . . 1 —

Ambrogio Bazzero.
Storia di un'anima . . 4 —

Giulio Bechi.
I racconti d'un fantaccino.	4 —
Lo spettro rosso . . .	3 50
Il capitano Tremalaterra.	3 50

Antonio Beltramelli.
Anna Perenna . . .	3 50
I primogeniti . . .	3 50
Il cantico	3 50
L'alterna vicenda . .	3 50
Gli uomini rossi . . .	1 —
Le Novelle della Guerra.	3 50

Silvio Benco.
La fiamma fredda. . .	1 —
Il castello dei desideri .	1 —

Leo Benvenuti.
Racconti romantici . .	1 —
Serenada, racc. sardo. .	1 —

Vittorio Bersezio.
Aristocrazia. 2 vol. . .	2 —
Povera Giovanna ! . .	1 —

P. Bettòli.
Il processo Duranti . .	1 —
Giacomo Locampo. . .	1 —
*Carmelita.	1 —
La nipote di don Gregorio.	1 —

Alberto Boccardi.
Cecilia Ferriani . . .	3 50
Il peccato di Loreta . .	1 —
L'irredenta	1 —
*Ebbrezza mortale . .	1 —

Camillo Boito.
Storielle vane . . .	1 —
Senso	1 —

Virgilio Brocchi.
Le aquile. . . . . L.	3 50
La Gironda	3 50
L'Isola sonante. . . .	3 50
I sentieri della vita . .	3 50

E. A. Butti.
L'Incantesimo . . . . . 4 —

Antonio Caccianiga.
Bacio della cont. Savina.	1 —
— Ediz. in-8 illust. . .	2 —
Villa Ortensia	1 —
*Il Roccolo di Sant'Alipio.	1 —
Sotto i ligustri	1 —
Il Convento	1 —
Il dolce far niente . .	1 —
La famiglia Bonifazio .	1 —
Brava gente !	1 —

Luigi Capranica.
*Donna Olimpia Pamfili .	1 —
Papa Sisto. 4 vol.. . .	4 —
Racconti	2 —
Contessa di Melzo. 2 vol.	2 —
Re Manfredi. 3 vol.. .	3 —
Le donne di Nerone . .	3 50
Giovanni Bande Nere 2 v.	2 —
*Fra Paolo Sarpi. 2 vol..	2 —
Maria Dolores	1 —
Maschere sante. . . .	1 —
*La congiura di Brescia.	2 —

Luigi Capuana.
Homo	1 —
March. di Roccaverdina.	4 —
Rassegnazione	3 50
Passa l'amore	3 50
La voluttà di creare. .	3 50

Enrico Castelnuovo.
Nella lotta, In-8, illustr.	4 —
Lauretta	3 50
Due convinzioni . . .	4 —
P.P.C. Ultime novelle .	3 50
I Moncalvo	3 50
L'on. Paolo Leonforte .	2 —
Dal 1.° piano alla soffitta.	2 —
*Alla finestra.	3 50
*Filippo Bussini juniore .	1 —
*Sorrisi e lagrime . . .	3 50
*Natalia	1 —

Moisè **Cecconi.**
Il primo bacio . . . L. 1 —
Giovanni **Chiggiato.**
Il figlio Vostro . . . 4 —
Primo premio al Concorso indetto
dalla Società degli Autori di Roma.
Domenico **Ciàmpoli.**
Diana . . . . 4 —
Il barone di San Giorgio. 1 —
R. P. **Civinini.**
Gente di palude 3 50
Luigia **Codèmo.**
La rivoluzione in casa. 2 —
Cordelia.
*Il regno della donna . 2 —
Dopo le nozze . . . . 3 —
*Prime battaglie . . . 2 —
Vita intima . . . . . 1 —
Racconti di Natale, ill. 3 —
Casa altrui . . . . . 1 —
*Alla ventura . . . . 4 —
Catene. . . . . . . 1 —
Per la gloria 3 50
Forza irresistibile . . 3 50
Il mio delitto . . . . 1 —
Per vendetta . . . . 1 —
Verso il mistero . . . 3 50
L'incomprensibile . . . 1 —
Maria **Corelli.**
Vendetta . . . . . . 1 —
Enrico **Corradini.**
La patria lontana . . . 3 50
La guerra lontana . . 3 50
Filippo **Crispolti.**
Un duello . . . . . 1 —
Antonio **Curti.**
*S. M. l'Orpello . . . . 1 —
Carlo **Dadone.**
La forbice di legno . . 1 —
Danieli e **Manfro.**
Nel dubbio 3 50
Gabriele **D'Annunzio.**
Il Piacere . . . . . 5 —
L'innocente . . . . . 4 —
Il trionfo della Morte . 5 —

Gabriele **D'Annunzio.**
Il Fuoco . . . . . L. 5 —
Le Vergini delle Rocce . 5 —
Le novelle della Pescara. 4 —
Forse che sì forse che no. 5 —
Prose scelte . . . . . 4 —
Ippolito Tito **D'Aste.**
Ermanzia . . . . . 1 —
Mercede . . . . . 1 —
Edmondo **De Amicis.**
La vita militare . . . 4 —
— Edizione economica . 1 —
Alle porte d'Italia . . 3 50
Il romanzo di un maestro.
2 volumi . . . . . 2 —
Fra scuola e casa . . 4 —
La carrozza di tutti . 4 —
Memorie 3 50
Capo d'anno. 3 50
Nel Regno del Cervino. 3 50
Pagine allegre . . . 4 —
Nel Regno dell'Amore . 5 —
Nuovi racconti e bozzetti. 4 —
Cinematografo cerebrale. 3 50
Gli amici. 2 vol. . . . 2 —
Ricordi infanzia e scuola. 4 —
Pagine sparse . . . 2 —
Ricordi del 1870-71 . . 1 —
Novelle. Ediz. di lusso. 4 —
— Edizione economica . 1 —
Grazia **Deledda.**
I giuochi della vita . . 3 50
Sino al confine . . . 4 —
Il nostro padrone . . 4 —
Cenere (*nuova edizione*) . 3 50
Anime oneste . . . . 3 —
Il vecchio della montagna 4 —
Nel deserto . . . . 4 —
Colombi e sparvieri . 4 —
Chiaroscuro . . . . 4 —
Canne al vento . . . 4 —
Gian **Della Quercia.**
Il Risveglio . . . . 1 —
Sul meriggio . . . 4 —

Dirigere commissioni e vaglia ai Fratelli Treves, editori, Milano.

Emilio **De Marchi.**
Il cappello del prete. L. 2 —
★Giacomo l'idealista . . 3 50
★Storie d'ogni colore . . 3 50
Nuove storie d'ogni colore 3 —
Arabella. 2 vol. . . . . 2 —
★Col fuoco non si scherza. 3 50
Redivivo . . . . . . 1 —
Demetrio Pianelli. 2 vol. 2 —

Federico **De Roberto.**
L'illusione . . . . . 1 —
Una pagina della storia del-
l'amore. . . . . . 1 —
La sorte . . . . . . 1 —
La messa di nozze . . 3 50
L'albero della scienza . 3 —
Le donne, i cavalier'... In-8,
con 100 incisioni . . 7 50

F. **Di Giorgi.**
La prima donna . . . 1 —

Cesare **Donati.**
Flora Marzia . . . . 2 —

Paola **Drigo.**
La fortuna . . . . . 4 —

Paulo **Fambri.**
Pazzi mezzi e serio fine. 2 —

Onorato **Fava.**
La discesa di Annibale. 1 —
Per le vie 2 50

Gemma **Ferruggia.**
★Fascino . . . . . . 1 —

Ugo **Fleres.**
L'anello . . . . . . 1 —

Folchetto (J. Caponi).
Novelle gaje. 3 50

Ferdinando **Fontana.**
Tra gli Arabi . . . 3 50

T. **Gallarati-Scotti.**
Storie dell'amore sacro e del-
l'amore profano. . . 4 —

Piero **Giacosa.**
Specchi dell'enigma . . 3 50
Il gran cimento . . . 3 —

Arturo **Graf.**
Il riscatto . . . . . 1 —

O. **Grandi.**
Macchiette e novelle. L. 1 —
Destino . . . . . . 1 —
Silvano . . . . . . 1 —
La nube . . . . . . 1 —
Per punto d'onore. . . 3 —
— Edizione economica . 1 —

Luigi **Gualdo.**
Decadenza . . . . . 1 —
★Matrimonio eccentrico . 1 —

F. D. **Guerrazzi.**
★L'assedio di Firenze. 2 v. 2 —
★Battaglia di Benevento. Vero-
nica Cybo. 2 vol. . . 2 —

Jarro.
L'assassinio nel vicolo della
Luna . . . . . . 1 —
Il processo Bartelloni . 1 —
Apparenze. 2 vol.. . . 2 —
La vita capricciosa . . 1 —
La duchessa di Nala . 1 —
La principessa. . . . 1 —
Mime e ballerine . . 1 —
★La figlia dell'aria. . . 1 —

Paolo **Lioy.**
Chi dura vince . . . 3 —

Giuseppe **Lipparini.**
Il filo d'Arianna . . . 3 50

Paola **Lombroso.**
La vita è buona . . . 3 50

Manetty.
Il tradimento del Capitano.
2 volumi . . . . . 2 —

Giuseppe **Mantica.**
Figurinaio. In-8, illus. 4 —

G. **Marcotti.**
Il conte Lucio . . . . 1 —
La Giacobina. 2 volumi. 5 —

Ferdinando **Martini.**
Racconti . . . . . . 1 —

Luigi **Materi.**
Adolescenti . . . . . 1 —

Dora **Melegari.**
Caterina Spadaro . . . 3 50
La piccola m.lla Cristina. 3 50
La città del giglio . . 5 —

Mercedes.
Marcello d'Agliano . L. 1 —

Guido Milanesi.
Thàlatta 3 50
Nomadi 3 50
Ànthy, romanzo di Rodi. 3 50

Luigi Motta.
Il dominatore della Malesia.
  In-8, illustrato . . . 5 —
— Edizione economica . 3 —
L'onda turbinosa. In-8, ill. 4 —
— Edizione economica . 2 —
L'occidente d'oro. In-8, ill. 5 —
— Edizione economica . 3 —
La principessa delle rose. In-8,
  illustrato 3 50
— Edizione economica . 2 —
Il tunnel sottomarino. In-8,
  illustrato . . . . . 5 —
Fiamme sul Bosforo. Ill. 4 —
— Edizione economica . 2 —

Neera.
Crevalcore . . . . . 4 —
L'Indomani. In-8, illus. . 2 —
Una passione . . . . 1 —
La vecchia casa . . . 3 —
Duello d'anime . . . . 4 —
La sottana del diavolo . 4 —

Ippolito Nievo.
Le confessioni di un ottuage-
  nario. 3 vol.. . . . 3 —
Angelo di bontà . . . 1 —

A. S. Novaro.
L'Angelo risvegliato. . 3 —

Ugo Ojetti.
Donne, uomini e burattini 3 50
L'amore e suo figlio . . 3 50

Antonio Palmieri.
Novelle Maremmane . 3 50
I racconti della Lupa . 3 50

Enrico Panzacchi.
I miei racconti . . . 3 —

Alfredo Panzini.
La lanterna di Diogene. 3 50
Piccole storie del Mondo
  grande. . . . . . 1 —
Le fiabe della virtù . . 3 50

Emma Perodi.
Caino e Abele . . . L. 1 —
Suor Ludovica . . . . 1 —

Luigi Pirandello.
Erma bifronte 3 50
L'esclusa . . . . . . 1 —
La vita nuda 3 50
Il fu Mattia Pascal. 2 v. 2 —
Terzetti 3 50

Carlo Placci.
Mondo mondano . . . 1 —
In automobile . . . . 1 —

Marco Praga.
La Biondina. . . . . 1 —

Mario Pratesi.
Le perfidie del caso . . 1 —

Corrado Ricci.
*Illustre avventuriera . 3 50
Rinascita. . . . . . 1 —

Egisto Roggero.
Le ombre del passato . 1 —
Komokokis. In-8, illus. . 3 —

Gerolamo Rovetta.
Sott'acqua 3 50
Il primo amante . . . 3 50
*Novelle . . . . . . 1 —
*Il processo Montegù . . 1 —

Ferdinando Russo.
Memorie di un ladro . 1 —
Il destino del Re . . . 1 —

Roberto Sacchetti.
Candaule. . . . . . 3 —

Baron. di S. Maria (Fides).
Vittoriosa! 3 50
Vie opposte. 3 50

Sara.
I peccati degli avi . . 1 50

G. A. Sartorio.
Romæ Carrus Navalis . 1 —

Augusto Schippisi.
La colpa soave. . . . 4 —

Dirigere commissioni e vaglia ai Fratelli Treves, editori, Milano.

Isabella **Scopoli-Biasi.**
L'erede dei Villamari. L. 1 —

Matilde **Serao.**
Suor Giovanna della Croce 4 —
La Ballerina 3 50

Serra-Groci.
Adelgisa . . . . . . 1 —
La fidanzata di Palermo . 1 —

Sfinge.
Dopo la vittoria . . . 1 —

Valentino **Soldani.**
Viva l'Angiolo! . . . 1 —

Flavia **Steno.**
L'ultimo sogno. . . . 1 —
Il pallone fantasma . . 1 —
Così, la vita! . . . . 1 —
Fra cielo e mare . . . 1 —
La veste d'amianto . . 1 —
La nuova Eva . . . . 1 —

Térésah (Teresa Uberti).
Il corpo e l'ombra . . 4 —

Tokutomi.
Nami e Takeo . . . . 1 —

I. **Trebla.**
Volontario d'un anno. – Sotto-
tenente di complem . 3 —

L. A. **Vassallo.**
La signora Cagliostro . 2 —
Guerra in tempo di bagni. 2 —
La famiglia De-Tappetti. 2 —
Uomini che ho conosciuto 3 50
Dodici monologhi. . . 2 —
Ciarle e macchiette . . 3 50
Il pupazzetto tedesco . 2 —
Il pupazzetto spagnolo . 2 —
Il pupazzetto francese . 2 —

Giorgio **Vellerl.**
Elegie mondane . . . 3 50

Giovanni **Verga.**
Storia di una capinera . 3 —
Eva. . . . . 2 —
Cavalleria rusticana . . 3 —
— Ediz. in-8 i lust. . 9 —
Novelle 2 50
Per le vie . . . . . 1 —

Giovanni **Verga.**
Il marito di Elena . L. 1 —
Eros . . . . 1 —
Tigre reale . . . . . 1 —
Mastro-don Gesualdo . 3 50
Ricordi del capit. d'Arce 1 —
I Malavoglia 3 50
Don Candeloro e C. . . 1 —
Vagabondaggio. . . . 3 —
Dal tuo al mio . . . 3 50

Giulio **Verne.**
Il giro del mondo in ottanta
giorni . . . . . . 1 —
★— Ediz. in-8 illus. . 2 50
★Dalla terra alla luna . 1 —
★20 000 leghe sotto i mari 1 —
★Novelle fantastiche . . 1 —
— Ediz. in-8 illust. . 3 —
★I figli del capitano Grant e una
città galleggiante. 2 v. 2 —
★Avvent. del cap. Hatteras 1 —
Il faro in capo al mondo. In-8,
illustrato 3 50
Il dottor Oss; I violatori di
blocco. In-8, illus. . 1 —

G. **Visconti-Venosta.**
Il curato d'Orobio . . 4 —
Nuovi racconti. . . . 3 50

Mario **Vugliano.**
Gli allegri compari di Borgo-
drolo. Con disegni. . 1 —

Remigio **Zena.**
La bocca del lupo . . 1 —
L'apostolo 3 50

Luciano **Zuccoli.**
La Compagnia della Leg-
gera 3 50
L'amore di Loredana . 3 50
Farfui. . . . . . . 4 —
Ufficiali, sott'ufficiali, capo-
rali e soldati. . . . 1 —
Il Designato. . . . . 1 —
Donne e Fanciulle . . 3 50
I lussuriosi . . . . . 1 —
Romanzi brevi . . . . 4 —
Primavera 3 50

Dirigere commissioni e vaglia ai Fratelli Treves, editori, Milano.

Romanzi Stranieri

EDIZIONI TREVES.

*I volumi segnati con * sono in corso di ristampa.*

Amedeo **Achard.**

Giorgio Bonaspada. 2 v. L. 2 —

Mattey **Arnould.**

*Lo Stagno delle suore grigie.
  2 volumi . . . . . 2 —
Giovanni senza nome. 2 v. 2 —
Gli amanti di Parigi. 2 v. 2 —
La rivincita di Clodoveo. 1 —
*La Brasiliana . . . . . 1 —
La bella Nantese . . . 1 —
La figlia del giudice d'istru-
  zione. 2 volumi. . . 2 —
Zoè. 2 volumi . . . . 2 —
Un punto nero. . . . 1 —
Un genero . . . . 1 —
La bella Giulia. . . . 1 —
La vergine vedova . . . 1 —
Dieci milioni di eredità. 1 —
La figlia del pazzo . . 1 —
Castello della Croix-Pater. 1 —
Zaira . . . . 1 —
L'impiccato della Baumette.
  2 volumi . . . . 2 —

Arnould e **Fournier.**

Il Figlio dello Czar . . 1 —
L'erede del trono. . . 1 —

Onorato **Balzac.**

Memorie di due giovani
  spose . . . . . . 1 —
Piccole miserie della vita co-
  niugale. . . . . 1 —
Papà Goriot. . . . . 1 —
Eugenia Grandet . . . 1 —

Onorato **Balzac.**

Cesare Birottò . . . L. 1 —
I celibi:
  I. Pierina . . . . . 1 —
  II. Casa di scapolo. . 1 —
I parenti poveri:
  I. La cugina Betta . 1 —
  II. Il cugino Pons . 1 —
Illusioni perdute:
  I. I due poeti; Un gran-
   d'uomo di provincia a
   Parigi . . . . . 1 —
  II. Un grand'uomo di pro-
   vincia a Parigi; Eva e
   David . . . . . 1 —
Splendori e miserie delle cor-
  tigiane. . . . . 1 —
Giovanna la pallida . . 1 —
L'ultima incarnazione di Vau-
  trin. . . . . . 1 —
Il deputato d'Arcis . . 1 —
L'Israelita . . . . 1 —
Orsola Mirouet. . . . 1 —

Pio **Baroja.**

La scuola dei furbi . . 1 —

Edoardo **Bellamy.**

Nell'anno 2000. . . . 1 —

Adolfo **Belot.**

Due donne . . . . 1 —

Alessandro **Bérard.**

Cypris; Marcella . . . 1 —

Elia **Berthet.**

La tabaccaia. . . . . 1 —
Il delitto di Pierrefitte . 1 —

Dirigere commissioni e vaglia ai Fratelli Treves, editori, Milano.

Pietro Beyerlein.

Il cavaliere di Chamilly L. 1 —

Björnstierne Björnson.

Mary . . . . 1 —

Pietro Boborykin.

Battaglie intime . . . 1 —

Fortunato Boisgobey.

La vecchiaia del signor Lecoq
2 volumi . . . . . 2 —
L'avvelenatore . . . . 1 —
La canaglia di Parigi . 1 —
La casa maledetta . . 1 —
Il delitto al teatro dell'Opéra.
2 volumi . . . . . 2 —
Albergo della nobile Rosa 1 —
Cuor leggero. 2 volumi . 2 —
Marie . . . . 1 —
Il segreto della cameriera 1 —
La decapitata . . . . 1 —

Johan Bojer.

Potenza della Menzogna. 3 —
Un cuore ferito . . . 3 —
La coscienza (Erik Evje) . 3 —
Vita . . . . 3 —

Guy Boothby.

Il dottor Nikola . . . 1 —

Paolo Bourget.

Un delitto d'amore . . 1 —
Andrea Cornelis . . . 1 —
— Ediz. in-8 illust. . . 1 —
Enimma crudele . . . 1 —
— Ediz. in-8 illust. . . 1 —
Menzogne. . . . . . 1 —
L'irreparabile . . . . 1 —
Il discepolo . . . . . 1 —
Il fantasma . . . . . 1 —

Alessio Bouvier.

Madamigella Olimpia. . 1 —
Il signor Trumeau . . 1 —
Discordia coniugale . . 1 —

Ida Boy-Ed.

Serti di spine . . . . 1 —

Miss Braddon.

Per la fama. . . . . L. 1 —
Verrà il giorno . . . 1 —
La zampa del diavolo. 2 v. 2 —
Asfodelo. 2 vol. . . . 2 —
Un segreto fatale. . . 1 —
Una vita, un amore . . 1 —

Carlotta Bronte.

Jane Eyre. 2 vol. . . 2 —

Rhoda Broughton.

Addio, amore . . . . 1 —

Edoardo Bulwer.

La razza futura . . . 1 —

Delannoy Burford.

L'assassino . . . . . 1 —

Busnach e Chabrillat.

La figlia di Lecoq. . . 1 —

Roberto Byr.

La legge del taglione . 1 —

Alfredo Capus.

Robinson . . . . . . 3 —

Anton Cecow.

Racconti russi . . . . 1 —

Cernicevski.

Che fare? . . . . . 1 —

Enrico Chavette.

Quondam Bricheti. . . 1 —
★La stanza del delitto. . 1 —
In cerca d'un perchè. . 1 —
Un notaio in fuga . . 1 —

Vittorio Cherbuliez.

Miss Rovel . . . . . 1 —
L'avventura di L. Bolski. 1 —
Samuele Brohl e comp. . 1 —
L'idea di G. Testaroli. . 1 —
★Fattoria della cornacchia. 1 —

Giulio Claretie.

Il milione . . . . . 1 —
S. E. il Ministro . . . 1 —
★Laura la saltatrice . . 1 —
★La casa vuota . . . . 1 —
★L'amante . . . . . 1 —
Roberto Burat . . . . 1 —
La commediante. 2 vol. . 2 —
I Moscardini. 2 vol. . . 2 —

Giulio Claretie.

La fuggitiva . . . . L.	1 —
Michele Berthier . . .	1 —
Troppo bello! (Puyjoli) .	1 —
Il 9 termidoro	1 —
Maddalena Bertin . . .	1 —
Noris	1 —
Il bel Solignac. 2 vol. .	2 —

Wilkie Collins.

Le vesti nere. 2 vol. .	2 —
No. 2 vol.	2 —
Il segreto di morte .	1 —
Il cattivo genio . .	1 —
L'eredità di Caino . .	1 —

Conscience.

Statua di legno . . .	1 —

Beniamino Constant.

Adolfo	1 —

Ugo Conway.

Il segreto della neve. .	1 —
Un segreto di famiglia.	1 —
Novelle. 2 vol.	2 —
Vivo o morto	1 —

Luigi Couperus.

Maestà.	1 —
Pace universale. . . .	1 —

Francis Marion Crawford.

Saracinesca. 2 vol. .	2 —
Sant'Ilario. 2 vol. .	2 —
Don Orsino. 2 vol. ,	2 —
Corleone. 2 vol. . .	2 —
Paolo Patoff. 2 vol. .	2 —

Alfonso Daudet.

*Ditta Fromont e Risler.	1 —
*I re in esilio . . .	1 —
— Ediz. in-8 illustr. .	2 —
*Numa Roumestan. .	1 —
Novelle del lunedì .	1 —
*L'Evangelista . . .	1 —
— Ediz. in-8 illustr.	2 —

A. De Alarçon.

L'ultimo amore. . . .	1 —

Pietro De Coulevain.

Su la frasca. . . . L.	1 —

E. De Kerzollo.

Nella Montagna nera. .	1 —

Delpit.

Il figlio di Coralia . .	1 —
Teresina	1 —
Il padre di Marziale. .	1 —
Appassionatamente . .	1 —

G. De Lys.

Duplice mistero . . .	1 —

F. De Nion.

Giovanna e Giovanni. .	1 —

L. De Robert.

Il romanzo del malato .	3 —

S. Deval.

Una gran dama . . .	1 —

Melchiorre De Vögué.

Giovanni d'Agrève . .	3 —

Carlo Dickens.

*Storia d'amor sincero .	1 —
Il Circolo Pickwick. 2 v.	2 —
Grandi speranze. 2 vol.	2 —
Memorie di Dav. Copperfield.	
2 vol.	2 —
— Ediz. in-8 illustr. .	3 —
*La piccola Dorrit. 3 vol.	3 —
*Tempi difficili	1 —
L'abisso	– 80

Beniamino Disraeli.

Alroy o il liberatore. .	1 —

Dick Donovan.

Caccia a fondo. . . .	1 —

Feodor Dostojewski.

Dal sepolcro dei vivi. .	1 —
Il delitto e il castigo. 3 v.	3 —
*Povera gente!	1 —
I fratelli Karamazoff. 2 v.	2 —
L'idiota. 2 vol. . . .	2 —

Conan Doyle.

Il dramma di Pondichery-Lodge	1 —

Gustavo **Droz.**

Attorno una sorgente L. 1 —
★Marito, moglie e bebè . 1 —

Duáyen
(Emma Llanos de la Barra).

Stella, con prefazione di Edmondo De Amicis . . 4 —

Alessandro **Dumas** (figlio).

Teresa; L'uomo-donna . 1 —

Giorgio **Ebers.**

Homo sum . . . . . 1 —

Ernesto **Eckstein.**

I Claudii. . . . . . 1 —
Cuor di madre. . . . . 1 —

F. **Elliot.**

Gli Italiani . . . . . 2 —

Erckmann e Chatrian.

L'amico Fritz . . . . 1 —
I Rantzau . . . . . 1 —
La casa del guardaboschi. 1 —

Lanoe **Falconer.**

Mademoiselle Ixe . . . 1 —

F. G. **Farrar.**

Tenebre e albori . . . 1 —

Fergus Hume.

La dama errante . . . 1 —

Ottavio **Feuillet.**

★La vedova. Il viaggiatore. 1 —
★Il signor di Camors . . 1 —
Storia di Sibilla . . . 1 —
★Un matrimonio nell'alta società . . . . . . 1 —
Giulia di Trecœur . . 1 —

Paolo **Féval.**

La regina delle spade . 1 —

Gustavo **Flaubert.**

Madame Bovary . . . 1 —

A. **Fleming.**

Matrimonio strano. 2 v. L. 2 —

Anatole **France.**

Taïde . . . . 1 —
Il delitto di Silvestro Bonnard. . . . . . . 1 —

Alfredo **Friedmann.**

Due matrimoni. . . . 1 —

Lady **Fullerton.**

L'Uccellino di Paradiso. 1 —

Emilio **Gaboriau.**

Il signor Lecoq. 3 vol. . 3 —
La cartella 113. . . . 1 —
Il processo Lerouge . . 1 —
La vita infernale. 2 vol. 2 —
Il misfatto d'Orcival. . 1 —
Gli amori d'una avvelenatrice. . . . . . . 1 —

Principe **Galytzin.**

Il rublo . . . . . . 1 —
Senz'amore . . . . . 1 —
Il contagio . . . . . 1 —

Federico **Gerstäcker.**

Casa d'angolo . . . . 1 —

Volfango **Goethe.**

Le affinità elettive . . 1 —

Edmondo de **Goncourt.**

Maria Antonietta . . . 1 —
La Faustin . . . . . 1 —
Carina. . . . . . . 1 —
Suor Filomena . . . . 1 —

Emanuele **Gonzales.**

La strega d'amore. 2 v. 2 —
La principessa russa. . 1 —
Le due favorite. 2 vol. 2 —
Il vendicatore del marito. 1 —

Maxim **Gorki.**

La vita è una sciocchezza! 1 —
★I coniugi Orlow . . . 1 —

E. Gréville
Nania . . . . L. 1 —
Clairefontaine . . . . 1 —
Maritiamo la figlia . . 1 —
Amore che uccide. . . 1 —
Il voto di Nadia . . . 1 —
Nikanor . . . . . . 1 —
Perduta . . . . . . 1 —
Un violinista russo . . 1 —
Il romanzo d'un padre . 1 —
La via dolorosa di Raissa. 1 —

Rider Haggard.
Beatrice . . . . . . 1 —
Jess, o Un amore nel Trans-
vaal. . . . . . . 1 —
Il popolo della nebbia. 2 v. 2 —
Giovanna Haste. 2 vol. . 2 —
La fanciulla dalle perle . 1 —

Halévy.
L'abate Constantin . . 1 —
Grillina (Criquette) . . 1 —

Hall Caine.
Il figliuol prodigo. . . 2 —

Hamilton-Shields.
Tre novelle di Van Dyke. 3 —

Guglielmo Hauff.
La dama piumata. . . 1 —

Enrico Heine.
Reisebiller. 2 volumi. . 6 —

Paolo Hervieu.
Lo sconosciuto . . . . 1 —
L'Alpe omicida. . . . 1 —

M. Hewlett.
Gli amanti della foresta. 1 —

Silas Hocking.
La figlia del Signorotto. In-8,
illustrato . . . . . 2 —
Il cappuccio rosso. In-8, illu-
strato . . . . . . 1 —
Le avventure di un curato.
In-8, illustrato . . . 3 —

Arsenio Houssaye.
Diane e Veneri. . . . 1 —

Vittor Hugo.
Nostra Donna di Parigi o E-
smeralda. Con 72 incis. 3 50
Han d'Islanda. Illustrato 2 50
Bug-Jargal. Con 36 inc. 2 50

Miss Hungerford.
Dalle tenebre alla luce . 1 —

Giorgio James.
L'Ugonotto. 2 volumi . 2 —

Maurus Jòkai
Amato fino al patibolo . 1 —

Sofia Junghans.
La fanciulla americana . 1 —

W. Korolenko.
Il sogno di Makar . . 1 —

Kraszewski.
Sulla Sprea . . . . . 1 —

R. Labacher.
La scritta di sangue. . 1 —

Paul Maria Lacroma.
La modella; Formosa . 1 —

Selma Lagerlöf.
La leggenda di Gösta Ber-
ling. . . . . . . 3 —
La casa di Liljecrona . 3 —

Vallace Lewis.
Ben Hur. Racconto storico dei
tempi di Cristo. 2 v. ill. 4 —

Rodolfo Lindau.
Roberto Ashton. . . . 1 —

Lindner.
La marchesa Irene . . 1 —

William John Looke.
Idoli . . . . 3 —

Pierre Loti.
Mio fratello Ivo . . . 1 —

Renato Maizeroy.
Piccola regina . . . . 1 —
L'adorata . . . . . . 1 —

Ettore Malot.
Il dottor Claudio. 2 v. . 2 —
Un buon affare. . . . 1 —
Il luogotenente Bonnet . 1 —
★Milioni e vergogne . . 1 —
Paolina . . . . . . 1 —

Dirigere commissioni e vaglia ai Fratelli Treves, editori, Milano.

Paolo Margueritte.

La tormenta. . . . L. 1 —
Amor nel tramonto . . 1 —

P. e V. Margueritte.

Il Prisma. . . . . . 1 —

Giulio Mary.

Le notti di fuoco. . . 1 —
La famiglia Danglard . 1 —
L'amante del banchiere. 1 —

M. Maryan.

Guénola. In-8, illust. . 1 —

Guy de Maupassant.

Forte come la morte. . 1 —
Bel-Ami . . . . . . 1 —
Una vita. . . . . . 1 —
Il nostro cuore. . . . 1 —
Racconti e novelle . . 1 —
Casa Tellier. . . . . 1 —

Mayne-Reid.

La schioppettata mortale. In-8,
illustrato . . . . . 3 —

Giorgio Meredith.

Diana de' Crossways . . 3 —

Demetrio Mereshkowsky.

*La Morte degli Dei. 2 v. 2 —
La Resurrezione degli Dei.
3 volumi . . . . . 3 —
— Edizione di lusso. . 6 —

Prospero Mérimée.

La contessa di Turgis . 1 —

Carlo Mérouvel.

Priva di nome. 2 vol. . 2 —
Febbre d'oro. 2 vol. . . 2 —
L'inferno di Parigi. 2 v. 2 —
L'amante del Ministro . 1 —
La signora Marchesa. . 1 —
Figlioccia della duchessa. 1 —
La vedova dai cento milioni.
2 volumi . . . . . 2 —
Teresa Valignat . . . 1 —
Un segreto terribile . . 1 —
Pari e patta. . . . . 1 —

G. Méry.

Un delitto ignorato . L. 1 —

Corrado Meyer.

Giorgio Jenatsch . . . 1 —

Otto Moeller.

Oro e onore. . . . . 1 —

Molière.

Commedie sce'te. 2 vol. 2 —

Marco Monnier.

Novelle napoletane . . 1 —

Saverio Montépin.

*La veggente. . . . . 1 —
*Il condannato . . . . 1 —
*L'agenzia Rodille. . . 1 —
*L'ereditiera . . . . . 1 —
Il ventriloquo. 3 vol. . 3 —
*I delitti del giuoco . . 1 —
*I delitti dell'ebbrezza . 1 —
Espiazione . . . . . 1 —
*La bastarda. 2 vol. . . 2 —
*La casina dei lillà . . 1 —
La morta viva. 2 vol. . 2 —
*L'impiccato. 3 vol. . . 3 —
*Il marchese d'Espinchal. 1 —
*Un fiore all'incanto . . 1 —
Compare Leroux . . . 1 —
L'ultimo dei Courtenay . 1 —
*Una passione . . . . 1 —
I fanti di cuori. . . . 1 —
Due amiche di St.-Denis 1 —
L'avventuriero . . . . 1 —
Il segreto del *Titano*. . 1 —
L'amante del marito . . 1 —
L'avvelenatore . . . . 1 —
S. M. il Denaro. 2 vol. . 2 —
Ammaliatrice bionda. 2 v. 2 —
*Donna Rovina . . . . 1 —
*Segreto della contessa. 2 v. 2 —

Miss Mulock.

Zio e nipote. . . . . 1 —

Julio Nombela.

La carrozza del diavolo. 1 —

Dirigere commissioni e vaglia ai Fratelli Treves, editori, Milano.

Max Nordau.

Parigi sotto la terza repubblica. . . . . L. 4 —
Battaglia di parassiti. 2 v. 2 —
Morganatico. 2 volumi . 2 —

Giorgio Ohnet.

Il padrone delle ferriere. 1 —
— Edizione illustrata . 3 —
La contessa Sara . . . 1 —
— Edizione illustrata . 3 —
Sergio Panine . . . . 1 —
Lisa Fleuron . . . . 1 —
— Edizione illustrata . 3 —
Debito d'odio . . . . 1 —
Il diritto dei figli. . . 1 —
Vecchi rancori. . . . 1 —
La sig.ª vestita di grigio. 1 —
L'indomani degli amori. 1 —
Il curato di Favières. . 1 —
I Gaudenti . . . . . 1 —

Principessa Olga.

La vita galante in Russia 1 —

F. Oppenheim.

Mistero di Bernard Brown 1 —
La spia misteriosa . . 1 —

Ossip Schubin.

Ali spezzate. . . . . 1 —
Un cuore stanco . . . 1 —
Gloria Victis! . . . . 1 —

Ouida.

Affreschi (con biografia). 1 —
*In maremma. . . . . 3 —

Vittorio Perceval.

*10,000 franchi di mancia. 1 —
Le vivacità di Carmen . 1 —
Il nemico della signora. 1 —

Benedetto Perez-Galdós.

Donna Perfetta. . . . 1 —
Marianela; Trafalgar. . 1 —

Elisa Polko.

Lontani! . . . . . 1 —

Renato de Pont-Jest.

L'eredità di Satana . L. 1 —
Le colpe di un angelo . 1 —
Un nobile sacrificio . . 1 —

Giorgio Pradel.

Compagno di catena. 2 v. 2 —

Abate Prévost.

Manon Lescaut. . . . 1 —

Marcello Prévost.

Lettere di donne . . . 1 —
Nuove lettere di donne. 1 —
Ultime lettere di donne. 1 —
Coppia felice . . . . 1 —
Il giardino segreto . . 1 —
L'autunno d'una donna. 1 —
Lettere a Francesca . . 2 —
Lett. a Francesca marit. 3 —
Lettere a Franc. mamma 3 —
Pietro e Teresa . . . 2 —
Le Vergini forti:
  I. Federica . . . . 3 —
  II. Lea. . . . . . 3 —
La principessa d'Erminge 3 —
Donne. . . . . . . 3 —
A passo marcato . . . 3 —

L. Reybaud.

Il bandito del Varo . . 1 —

Emilio Richebourg.

L'idiota. 2 vol. . . . 2 —
Innamorate di Parigi. 2 v. 2 —

Carlo Richet.

Fra cent'anni . . . . 1 —

Eugenio Richter.

Dopo la vittoria del socialismo . . . . . . 1 —

Rivington-Pyke.

Il viaggiatore misterioso. 1 —

M. Roberts.

Il segreto della marchesa. 1 —

Edoardo Rod.

*Il senso della vita . . 1 —
La vita privata di Michele Teissier. . . . . 1 —

Dirigere commissioni e vaglia ai Fratelli Treves, editori, Milano.

Edoardo Rod.

La seconda vita di Michele
Teissier . . . . L. 1 —
Lo zio d'America . . . 1 —
Taziana Leilof . . . . 1 —
L'acqua che corre. . . 1 —

Bianca Roosevelt.

La regina del rame. 2 v. 2 —

Arnaldo Ruge.

Bianca della Rocca . . 1 —

Sacher-Masoch.

Racconti galliziani . . 1 —

Remy Saint-Maurice.

Gli ultimi giorni di Saint-
Pierre . . . . . 1 —

Gregor Samarow.

In cerca di una sposa . 1 —

Giorgio Sand.

Mauprat . . . . . 1 —

Giulio Sandeau.

Madam.ª della Seiglière. 1 —
— Edizione illustrata . 4 —

R. H. Savage.

Una moglie d'occasione . 1 —
Conquista d'una sposa . 1 —
Una sirena americana . 1 —

Walter Scott.

Ivanhoe. In-8, illustr. . 5 —
Kenilworth. In-8, illustr. 5 —
Quintino Durward. Illus. 5 —

Enrico Sienkiewicz.

Quo Vadis? Ediz. pop. . 1 —
— Edizione in-8, illustr. 3 —
— Edizione di lusso . 6 —
Oltre il mistero . . . 1 —
Invano. . . . . . . 1 —
*I Crociati. 3 volumi . 3 —
Per il pane . . . . 1 —

R. L. Stevenson.

Rapito . . . . . . 1 —
La strana avventura del dottor Jekyll. . . . . 1 —

Ermanno Sudermann.

La fata del dolore . L. 1 —
L'Isola dell'Amicizia. 2 v. 2 —
— Edizione di lusso . . 3 —
Il ponte del gatto. . . 1 —
Fratelli e Sorelle . . . 1 —

Berta de Suttner.

Abbasso le armi! 2 vol. . 1 —

Texier e Le Senne.

Memorie di Cenerentola. 1 —

W. M. Thackeray.

La fiera della vanità. 3 v. 6 —

Andrea Theuriet.

Elena . . . . . . 1 —
Un'Ondina; I dolori di Claudio
Blouet . . . . . 1 —
Amor d'autunno . . . 1 —
Sacrifizio d'amore . . . 1 —

Guy Thorne.

Nelle tenebre . . . . 3 —

Marcelle Tinayre.

Hellé . . . . 3 —

Kenjiro Tokutomi.

Nami e Takeo . . . . 1 —

Alessio Tolstoi.

Ivan il Terribile . . . 1 —

Conte Leone Tolstoi.

Anna Karenine. 2 vol. . 2 —
La sonata a Kreutzer . 1 —
La guerra e la pace. 4 v. 4 —
Ultime novelle. . . . 1 —
I Cosacchi . . . . . 1 —
Padrone e servitore . . 1 —
Che cosa è l'arte? . . 1 —
Resurrezione. 2 volumi. 2 —

Ivan Turghenieff.

Fumo; Acque primavera 1 —
*Racconti russi . . . . 1 —
Nidiata di gentiluomini. 1 —
Terre Vergini . . . . 1 —
Padre e figli . . . . 1 —

Dirigere commissioni e vaglia ai Fratelli Treves, editori, Milano.

Manuel Ugarte.

Racconti della Pampa L. 1 —

Don Juan Valera.

Illusioni del d.ᵣ Faustino. 1 —

Clara Viebig.

L'esercito dormente . . 1 —

Vincent.

Il cugino Lorenzo. . . 1 —

Giovanni Wachenhusen.

Per vil denaro . . . . 1 —
L'inesorabile. . . . . 1 —

Wagner.

Sotto la bandiera dei Boeri 1 —

Mrs Humphry Ward.

Miss Bretherton . . . 1 —

H. G. Wells.

Novelle straordinarie. In-8, con
11 incisioni a colori . 3 —
Nei giorni della Cometa. 3 —
Quando il dormente si sve-
glierà. Con 3 incisioni. 8 —
— Edizione economica . 1 —
La visita meravigliosa . 3 —
La signora del mare. . 3 —
La guerra nell'aria. 2 v. 2 —

E. Werner.

Un eroe della penna. . 1 —
San Michele. . . . . 1 —
Il fiore della felicità. . 1 —
Fiamme . . . . . . 1 —
Rejetto e redento. . . 2 —
Via aperta . . . . . 1 —
— Ediz. ill. con 41 dis. 1 50
Vineta. . . . . . . 1 —
Catene infrante . . . 1 —
Verso l'altare . . . . 1 —
Buona fortuna! . . . 1 —
Fata Morgana. 2 volumi. 2 —
— Ediz. ill. da 89 incis. 3 —
A caro prezzo . . . . 1 —
Messaggieri di primavera. 1 —

E. Werner.

La fata delle Alpi . L. 1 —
Caccia grossa . . . . 1 —
Rune . . . . 1 —
Il Vincitore. . . . . 3 —

G. Winderling.

Ricordi d'America. . . 4 —

Miss H. Wood.

Nel labirinto. . . . . 1 —

E. Yates.

La bandiera gialla . . 1 —

Pietro Zaccone.

Bianchina. . . . . . 1 —

Emilio Zola.

L'assommoir 2 volumi. 2 —
— Edizione illustrata . 3 —
Il ventre di Parigi . . 1 —
— Edizione illustrata . 2 50
La fortuna dei Rougon. 1 —
La cuccagna (La Curée). 1 —
La conquista di Plassans. 1 —
Il fallo dell'abate Mouret. 1 —
S. E. Eugenio Rougon. 1 —
Una pagina d'amore . . 1 —
Teresa Raquin . . . . 1 —
Racconti a Ninetta . . 1 —
Nuovi racconti a Ninetta. 1 —
Nantas ed altri racconti. 1 —
Pot-Bouille (Quel che bolle in
pentola) 2 volumi . . 2 —
*Misteri di Marsiglia. 2 v. 2 —
Il voto di una morta . 1 —
Il Denaro. 2 volumi. . 2 —
La Guerra. 2 volumi. . 2 —
La Terra 2 volumi . . 2 —
Germinal. 2 volumi . . 2 —
Vita d'artista (L'Œuvre) 1 —
— Edizione illustrata . 4 —
Il dottor Pascal. 2 vol. 2 —
Il sogno . . . . . . 1 —
— Edizione illustrata . 4 50
Maddalena Ferat . . . 1 —

Dirigere commissioni e vaglia ai Fratelli Treves, editori, Milano.

NOVITÀ

Canne al vento, rom. di **Grazia DELEDDA.** L. 4 —

Anthy, romanzo di Rodi, di **Guido MILANESI.** 3 50

La Fortuna, novelle di **Paola DRIGO** . . . 4 —

L'Amore e suo figlio, nov. di **Ugo OJETTI.** 3 50

Primavera, novelle di **Luciano ZÙCCOLI** . 3 50

La Giacobina, rom. di **G. MARCOTTI.** 2 vol. 5 —

I Moncalvo, romanzo di **E. CASTELNUOVO.** 3 50

Dal primo piano alla soffitta, romanzo di **Enrico CASTELNUOVO.** . . . . 2 —

L'onorevole Paolo Leonforte, romanzo di **Enrico CASTELNUOVO.** . . . . 2 —

I sentieri della vita, di **Virgilio BROCCHI.** 3 50

Le Novelle della Guerra, di **Antonio BELTRA-MELLI.** 3 50

Il figlio Vostro, romanzo di **G. CHIGGIATO.** 4 —

Gente di palude, romanzo di **R. P. CIVININI.** 3 50

IN PREPARAZIONE:

LA FRECCIA NEL FIANCO, di **Luciano ZÙCCOLI.**

LA VITTORIA SENZ'ALI . . **Carlo BASILE.**

FAUSTINA BON . . . . **Haydée** (Ida Finzi).

IL SALOTTO VERDE . . . . **Térésah** (Teresa Ubertis).

ANNA VERONICA . . . . . . **H. G. WELLS.**